KB126972

황금별자리

황금별자리

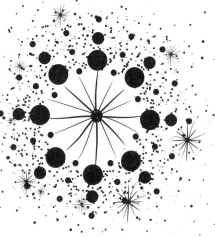

이재운
장편소설

나무옆의자

* 이 책은 2016년 출간된 『황금부적』의 개정판입니다.

차례

1
부산 한일해저터널

부산 한일해저터널 출입구인 해룡구(海龍口).

오전, 바다안개가 자욱하게 끼어 있는 가운데 '축! 한일해저터널 1000만 번째 차량!'이라고 적힌 현수막이 걸려 있다.

한일해저터널 개통 이후 부산시는 도시 기능이 날로 발달하고, 일본인의 입출국이 일본 국내 여행 수준으로 늘어났다. 부산의 일본인 거주 비율은, 도호쿠 대지진 이후 차츰 늘다가 해저터널 개통 이후에는 30퍼센트까지 올라갔다. 더구나 북한 쪽으로 아시안하이웨이란 이름의 국제고속도로가 개통되어 중국의 지린(吉林)성과 러시아 연해주로 뻗어 나가자 한일해저터널은 일본 육상 물류의 대동맥으로 떠올랐다.

한일해저터널이 뚫리고 차량 통행이 시작된 이래 통행량이 급증, 국토교통부는 오늘 중으로 천만 번째 차량이 입국할 것으로 내다보왔다. 국토부 장관, 외교부 장관, 주한 일본 대사, 문화관광부 장관, 부산시장 등 기관장, 그리고 언론사 중계 차량과 기자들이 나와 행사가 열리기를 기다리고 있다. 부산 쪽 출구인 해룡구엔 일본으로 나가는 차량과 부산으로 들어오는 차량이 꼬리를 물고 달리는 중이다.

천만 번째 차량이 출입국관리사무소 앞 바리케이드에 도착한 뒤 순번이 확인되면 장관들, 대사, 부산시장 등이 운전자에게 꽃다발을 증정하고, 기념품을 줄 예정이다. 한일 양국 생방송 뉴스를 의식해 부산시가 자랑하는 합창단과 무용단도 정장을 한 채 대기 중이다.

그 시각 부산항, 국제여객터미널, 한일해저터널 출입국관리소 등을 관할하는 부산항 기동경찰대.

대원들이 대부분 행사장 주변에 나가 교통 통제를 하고 있는 가운데 기동대 상황실 박 경사가 전화를 받고 있다.

"4박 5일은 가야 한다고? 자야, 내가 휴가를 그렇게 길게 못 낸다. 마누라 눈치도 있는데……."

─오빠야, 파타야를 3박 4일로 가자는 게 말이 되나? 하루 가고, 하루 오고 딱 하루 자자, 이 말이가? 차라리 모텔 가자. 물침대 있고 천장이 다 거울이라더라.

"나도 더 오래 있고 싶기는 하지. 어? 이게 무슨 소리지? 하늘에서 무슨 북소리가 나는 것 같네? 비가 오나?"

─오빠야, 지금 이 소리 뭐고? 하늘이 북 치나? 비가 올라 카믄 출국하거든 오지 구질구질하구로.

그때 하늘에서 우르릉거리는 소리가 들려오더니 다른 전화벨이 요란하게 울린다.

"자야, 전화 좀 받자. 나 근무 중 아이가. 끊지 마라."

한일해저터널 관제센터에서 걸려온 전화다.

"경찰대 박이수 경사입니다. 뭐요? 방금 들어온 버스가…… 승객이 다 사망한 채 터널을 빠져나왔다고요?"

—해룡구를 빠져나오자마자 정지 신호를 무시하고 달리다 바리케이드에 걸려 정차되기는 했는데, 이게 도무지 아무런 응답이 없어요. 망원경으로 보니 사람들이 다 엎어져 있습니다. 죽은 것처럼요. 일단 사고 버스가 확인되자마자 장관이고 시장이고 대사고 모두 다 소개했습니다만, 여기가 지금 아수라장입니다.

그러잖아도 구급대의 사이렌 소리가 들려온다.

"우리 경찰은 이미 나가 있고요, 보건소에도 보고하고, 국토부, 법무부, 부산시, 모두 연락해주세요. 해저터널 통행 금지시키고요. 일본 쪽에서 더 진입하지 못하도록 하고, 진입한 차량들은 사태 파악이 완료될 때까지 중간 안전지대에서 대기하라고 터널 방송하십시오."

—다 했지요, 아, 이거 정말 뭔가 크게 터진 겁니다. 비상을 걸어주십시오.

'테러인가?'

그는 기동대에 비상을 걸기 위해 빨간 버튼을 누르고 명령을 내렸다.

"전원 출동 준비! 실탄 장전된 소총에 방독면 휴대한 다음 차량에 탑승한다. 실제 상황이다."

그는 내려놓았던 휴대폰을 다시 들면서 그 역시 현장에 출동하러 뛰어나갔다.

"자야, 지금 상황이 생겼다. 전화할 시간 없다. 들어가라."

─핑계 대지 마라. 만날 놀면서 전화만 하면 바쁜 척이야? 난 4박 5일 아니면 안 간다.

"바쁘다. 일단 끊자."

─전화 끊을 거면 차라리 나를 끊어라, 오빠야.

"진짜 상황이라니까. 테러라고!"

─테러 같은 소리 하고 있네. 니한테는 내가 진짜 상황이다! 머리에 불났으니 소방차나 보내라!

그러거나 말거나 박 경사는 휴대폰을 끄고는 권총을 찾아 허리에 찼다.

"야, 김 순경, 무기고 열어 소총 빨리 실탄 장전해. 혹시 총소리 나거든 들고 뛰어. 대장님 찾아서 보고드리고!"

"예, 경사님. 저, 대장님은 사우나 갔는데요?"

"미친 거 아이가! 때가 어느 땐데 사우나에 가 자빠져 있노!"

박 경사는 재빨리 오토바이를 타고 출입국관리사무소로 달렸다. 이곳은 부산항 국제여객터미널과 한일해저터널로 들어온 일본인 등 외국인들에 대한 입국 심사를 하는 곳이다.

그런 중에 또 휴대폰이 요란하게 울린다.

"박 경사님, 크, 큰일 났습니다."

그새 도착한 김 경장이다.

"뭐가?"

"사, 사람들이 다 죽은 모양입니다. 게다가 근처 사람들이 자꾸 쓰러져갑니다. 저, 전염병 같습니다. 방송 카메라맨, 기자, 혼비백산하여

다 도망갑니다."

"뭐라고? 전염병? 테러 아니고?"

"예, 지금 망원경으로 버스 안을 바라보니 다들 잠이 든 것처럼 쓰러져 있습니다. 움직임이 전혀 없습니다. 독가슨가?"

김 경장의 보고로는 심각한 상황이다.

그는 외근 중인 경찰들에게 경찰대로 돌아오라는 급전을 쳤다. 그 사이 사람으로 붐비는 인근 부산항 여객터미널에서도 사이렌이 울리며 승객들에게 역사 내에 머물라는 방송이 나오기 시작했다. 한일해저터널도 부산 출구가 봉쇄되면서 부산에서 일본 쪽으로 향하는 차로가 탈출로로 지정되었다. 연락을 받은 일본에서는 대마도 구간부터 일단 해저터널 진입을 막기로 했다.

박 경사가 한일해저터널 관제센터로 들어서니 당황한 직원들이 여기저기 전화 보고를 하고 있었다. 그에게 전화를 걸었던 센터장은 손가락으로 CCTV 화면을 가리켰다.

과연 버스에 접근하던 출입국관리사무소 직원들이 쓰러져 있다.

'화학물질?'

'아니면 생물학무기?'

"저 정도 속도면 한 시간 이내에 중구 일대가 다 오염됩니다. 우리도 지금 나가야 합니다."

"화학물질이 새는 거라면? 해저터널에 이상이 생긴 건 아닐까요? 터널 통행은 금지되고, 현재 다른 차량들은 이상 없이 대피 중인 것으로 보면 그건 아닌 것 같고."

"원인은 미상이지만, 하여튼 사람들이 쓰러지고 있잖습니까.

119가 출동했으니, 아, 저기 왔네요."

창밖을 내다보니 구급차가 버스를 향해 접근 중이다.

이윽고 구급차에서 내린 대원들이 버스에 올라 쓰러진 사람들을 확인한다.

"뭐, 뭐야?"

환자를 살피던 구급대원들이 잇따라 쓰러지기 시작했다. 즉시 뒤따라 달려간 다른 구급대원들이 구조하려 했지만 그들도 손으로 이마를 짚더니 그대로 쓰러졌다.

'뭐야? 가스야, 바이러스야……?'

박 경사는 관제센터장을 돌아다보며 소리를 질렀다.

"즉시 한일해저터널 관제센터, 부산항 국제여객터미널 인력을 소개하고 모든 매장을 폐쇄해야 합니다. 우리 기동대는 부산항으로 들어오는 여객선, 화물선에 항로 변경을 지시하겠습니다. 여기 직원들도 어서 방독면을 써야 합니다. 가스든 바이러스든 방독면부터 나눠 줘야 합니다."

"내 방독면 좀 챙겨 와! 마, 마스크도!"

"마스크는 소용없습니다. 119 대원들은 마스크를 쓰고도 쓰러졌잖습니까."

"그, 그러네."

직원들은 전화기를 내려놓고 저마다 방독면을 구하러 밖으로 뛰쳐나갔다.

박 경사는 상황이 위급하다고 판단하고 재빨리 관제센터에서 나와 경찰대로 복귀했다.

그사이 사우나를 하다 말고 달려온 기동대장이 대원들을 무장시키고, 방독면까지 착용시킨 다음 상황을 통제하고 있었다.

"가스인지 바이러스인지 아직 알 수가 없어. 위험하니까 우린 일단 부산항 일대 교통부터 통제한다. 있는 차량은 모두 내보내고, 진입은 금지시킨다. 알았지? 경찰청에선 뭐래?"

"부산경찰청에서는 CCTV 연결해 현장 상황 지켜보며 테러진압부대를 보내야 할지, 질병관리본부에 연락해야 할지 판단하겠답니다. 우린 교통 통제부터 하랍니다."

"아, 알았어. 다들 방독면 착용하고 나가! 마스크는…… 그래도 해. 이거 실제 상황이야. 차라리 간첩이 나타나 총질하는 게 낫지 이건 더 겁난다."

"무장할까요?"

"시민들이 놀라잖아. 무기는 특수 차량에 옮겨 실은 뒤 충장대로에서 명령 대기해. 상황 봐서 쏠 일 있으면 쓰자고."

"알겠습니다."

방독면을 쓴 경찰들은 빨간 지시등을 하나씩 켜 들고 한일해저터널과 국제여객터미널, 부산항 일대를 잇는 충장대로로 달려나갔다. 주변 도로를 무조건 통제해야 한다. 근처를 지나가게 해서도 안 된다. 어떤 일이 벌어질지 아무도 모른다. 매뉴얼도 없다.

기동대 소속 경찰들이 충장대로를 통제하는 사이 부산시청 방역반이 도착하고, 이어 중구경찰서 소속 순찰차 두 대가 긴급 지원차 달려왔다. 무슨 일인가 크게 터졌다.

2
할미산성

경기도 용인시, 동백평야에 우뚝 솟은 석성산 웃자락에 펼쳐진 할미산성.

청동기 시대부터 천제를 지내온 고적 유허(遺墟)로, 강화도 마니산 참성단과 같은 성지다. 혹은 중국의 태산처럼 천자들이 하늘에 제사를 지낼 수 있는 석단이다. 신라 때 이 지역을 장악한 김무력 장군, 즉 김유신의 할아버지가 천제를 지냈다고 한다. 유적 조사 중에, 천신과 시조신에게 제를 지낼 때 쓴 굽 높은 술잔 고배 등이 이곳에서 출토되었다.

이곳이 천제를 지내온 제단이라는 사실을 아는 사람이 드물기 때문에 평소 인적이 드물다.

"언제 봐도 신비롭다? 우리가 저쪽 에버랜드나 놀러 갈 줄 알았지 이 산성까지 올 생각은 못 했잖아. 북하 씨하고 오니 세상이 더 아름

답네.”

“5월은 계절의 여왕이라잖아. 시절이 수상해 그런지 초록빛이 마치 강물처럼 흐르는 것 같아.”

“세상이 어수선하지만 그래도 태양을 보니 아직 싱싱하네. 봄 햇살이 이렇게 싱그럽잖아.”

봄꽃이 지더니 금세 초록이 눈부시다. 햇볕은 따스하고 하늘은 맑다.

저만치 앞서 윤하린의 열 살 난 딸 꽃님이가 혼자 뛰어다닌다.

“할미산성이라서 할미꽃이 많은가? 할미산성의 할미가 마고할미라잖아. 세상을 여시고 우리 민족을 창조하신 분. 이거 봐, 북하 씨.”

윤하린은 잠시 앉은 채로 할미꽃을 매만지면서 말했다. 진보랏빛 할미꽃 몇 포기가 피어 있다. 물론 붓꽃, 하얀 바람꽃도 보인다

“내가 이 선배를…….”

“하린이가 갑자기 왜…….”

두 사람은 거의 동시에 발걸음을 멈추고는 누가 먼저랄 것도 없이 똑같이 입을 열었다. 서로 눈을 마주치고는 멋쩍어 큭큭 웃었다.

“우린 진짜 왜 이러지? 하긴 우리 궁합이 잘 맞긴 했지.”

“그러게 말이야. 하린이 너하고는 두뇌 주파수도 딱딱 맞나 봐.”

윤하린이 웃는 눈과 입매는 여전히 눈이 부시도록 해맑다. 동쪽에 보이는 경안천 맑은 물처럼 햇빛에 반짝이는 파란 물비늘 같은 웃음이랄까, 하지만 로맨스 소설에 나오는 비련의 여주인공처럼 허허롭다. 웃는 얼굴에 세월의 자취가 깊이 그늘졌다. 슬쩍 얼굴을 들여다보니 콧잔등과 눈꼬리 쪽으로 잔주름이 보인다. 무섭다, 세월이.

"하린이가 먼저 말해. 만나자고 한 사람도 하린이니까."

이북하는 먼저 바위에 걸터앉았다.

북하가 자리를 조금 비켜 앉자 하린이 그 옆에 붙어 앉으며 팔짱을 낀다. 소슬바람이 발끝까지 다가와 할금거리다가 성벽으로 저만치 물러난다.

"많이 놀랐지?"

하린은 세월의 그림자라도 캐려는 사람처럼 북하의 옆얼굴을 빤히 바라보았다.

하린의 시선을 느낀 북하는 며칠 전 하린의 전화를 받았을 때처럼 가슴이 뛰었다.

—이 선배, 저 윤하린입니다. 부탁드릴 게 있어서 전화 좀 했어요.

짐짓 명랑을 가장한 윤하린의 목소리는 평소보다 한 옥타브 높았다.

하린은 이럴 때 가장 불안정하다. 밝게 웃을수록, 웃는 소리가 크면 클수록 고민이 깊고 많다는 뜻이다. 목젖이 보이도록 웃는 날에는 마음의 준비를 단단히 해야 한다. 죽을 만큼 힘들 때 하린은 더 크게 웃는다.

혼자 있을 때는 늘 심각하고 무표정한 얼굴인 하린은 인기척만 느끼면 금세 웃음을 지으면서 얼굴에 남아 있는 우수를 감추는 습성이 있다. 그렇기 때문에 하린을 가끔 만나는 사람들은 그가 늘 명랑한 줄로만 안다. 북하도 처음에는 하린이 굉장히 명랑하고 농담 좋아하고 매사 씩씩한 줄 알았다. 그러나 하린은 결코 행복하지도, 낙관적이지도, 명랑하지도, 씩씩하지도 않았다. 오히려 비관적이고, 불안하고, 초조했다. 청둥오리가 수면 아래에서는 수없이 물질을 하면서도 겉으로는 평온한 척하는 것처럼 그의 머릿속에는 무수한 번뇌와 잡념, 불안과 걱정이 가득 차 있으면서도 입가에는 꽃잎처럼, 립스틱처럼 미소를 물고 다녔다.

—달력 보니 어린이날이 며칠 안 남았네요?

—그러네.

—미안한데요, 저하고 어디 좀 가줄 수 있을까요?

—우리 애들도 있는데…….

수화기 너머 잠시 조용하더니, 곧 하린의 말투가 달라진다.

—……나, 그럴 권리 정도는 있지 않아? 그러니 당신 시간 중 몇 시간만 떼서 내게 좀 줘! 우리 꽃님이, 어린이날, 늘 혼자였거든.

윤하린의 전화 목소리가 착 가라앉아 있다. 게다가 갑자기 반말이다. 그 정도 목소리를 듣고도 그의 청을 거절하기란, 적어도 그와 사랑을 나누어 본 북하로서는 절대 불가능하다는 걸 안다. 그 한마디를 하기 위해 하린은 아마도 열흘쯤은 고민했을 것이다. 왜냐고 물어서도 안 된다는 걸 북하는 알고 있다. 다른 선택을 할 수가 없다.

—어딜?

—언제?

뜻밖의 요구에 이북하는 뭐라고 대답해야 할지 몰라 질문만 잇따라 퍼부었다.

그는 아내 황부영을 사랑한다. 진심이다. 그런데도 윤하린은 남으로 느껴지질 않고, 언제나 그의 여자인 것처럼 아련하고 아프다. 돌이킬 수 없는 병이지만 현실이다.

—나 이번 한 번만 요구할게. 딱 한나절이면 돼. 부인한테는 미안하지만, 40년쯤 남은 인생에서 딱 한나절만 내게 주고 나머진 다 부인한테 줘, 선배.

윤하린의 음성이 겨울 문풍지처럼 떨린다. 바깥 찬바람이 따뜻한 안방으로 들어오고 싶어 울어대는 그 문풍지 떨림처럼.

아, 윤하린은 이북하의 운명이다. 그가 중학교 1학년일 때, 30리 길을 걸어서 학교에 다니던 어느 봄날, 윤하린이 그를 찾아왔다.

30리나 되는 학교까지 걸어서 다녀온 뒤 너무 피곤해 안방에 누워 쉬던 참이었다. 마침 농사일을 마친 그의 어머니와 5일장을 파하고 하룻밤 묵으러 들어온 고모는 윗방에서 두런두런 한담을 나누고 있었다. 너무 피곤하면 쉬 잠들지 못하는데, 이때도 그랬다.

누군가 방문을 열면서 그를 바라보며 웃었다.

—나 좀 따라와.

검은 생머리를 어깨너머로 길게 흘린, 대략 30세가량의 여인이다. 키는 1미터 65센티미터는 넘는 것 같고, 얼굴은 갸름한 계란형인데 귀염성이 있어 보인다. 낯이 익은 얼굴인데 도무지 기억이 나지 않는다. 어디서 본 듯한 익숙함, 주저 없이 일어났다.

따라오라는 그 음성이 낯설지 않은 게 참 이상하지만, 여인은 어린 이북하의 아내라도 되는 것처럼 반갑게 웃으면서 손짓으로 그를 불렀다. 더 이상 말은 없었다. 이북하는 이 여인을 따라가야만 할 것 같다. 자리에서 일어나 마루까지 나가 운동화를 신고 뜰팡을 내려섰다.

여인은 앞서 걸어가며 자꾸만 뒤를 돌아다보았다. 웃는다. 그 미소가 낯익다. 어디서 많이 본 얼굴이다.

여인이 대문을 막 나서는 순간, 이북하는 어른들이 귀신 따라가면 죽는다고 말하는 소리를 들은 적이 있어 퍼뜩 정신을 차리며 윗방을 향해 "엄마!" 하고 소리쳤다. 어머니가 무슨 일인가 하여 문을 열었다. 그는 다짜고짜 방으로 뛰어 들어가 귀신 따라가다 도망쳐 왔다고 말했다. 어머니는 큰일 났다며 읍내에 나가 약재상 하는 오빠에게 청해 한약이라도 한 재 달여 먹여야겠다고 말했다.

그날 이후 까마득히 잊고 지냈다. 그런데 그때 그 여인이 어느 날 갑자기 현실에 나타났다.

처음 하린을 만났을 때 이북하는 그 자리에 그만 얼어붙고 말았다. 중학교 때 본 바로 그 여인이었다.

이북하는 하린에게 자신의 경험을 털어놓았다. 하린은 아무것도 기억이 안 난다면서도 어딘지 모르게 이북하가 낯이 익고, 남 같지 않은 느낌이 든다고 화답했다. 중학교 때, 여인은 기억하고 이북하는 기억하지 못했는데, 이번에는 이북하는 기억하고 여인은 기억하지 못한다. 하지만 어제 헤어졌다 오늘 또 만난 가족처럼 낯이 익고, 작년에 만났다가 다시 만난 친구처럼 반가웠다. 무작정 끌렸다. 이유 없이 어떤 보이지 않는 관성에 이끌리듯 뜨겁게 사랑했다.

그러나 결혼을 앞두고 양가 부모의 강력한 반대에 부딪혀 두 사람은 울면서 헤어졌다. 같은 하늘 아래 살면서도 그저 한숨만 쉬었다.

윤하린의 떨리는 목소리가 들려온다.

―더 욕심부리지 않을게. 죽을 때까지 절대로 아무것도 요구하지

않을게. 한나절만 나하고 있어 줘. 사실 어린이날에 이런 요구하는 거, 무리인 줄은 알지만.

하린의 간절한 말투에 이북하는 이유 불문 감당해야 할 상황이 왔다는 걸 알 수 있었다.

"무슨 일…… 생긴 거야?"

하린의 전화를 받고 나서부터 생겨난 불길한 예감이 다시 머리를 휘감는다.

하린이 북하에게 전화를 걸어와 무언가 부탁을 한다는 것은 결코 그답지 않은 일이다. 하린은 무얼 묻더라도 금세 제 입으로 결론을 내버리고, 설사 실수를 가장하여 말을 내뱉었어도 눈치를 보고는 금세 농담이었다고 둘러대며 뒤로 빠지곤 했다.

—혹시 돈 좀 있어? 빚 갚느라고 죽을 지경이야, 아니, 나 말고 내 친구 얘기야. 옆에서 보기 민망해서. 아니, 지금쯤은 해결됐을지도 모르겠구나. 아이, 이 장미는 왜 이렇게 예쁘게 핀 거야? 이 붉은빛, 눈이 부셔 미치겠네.

이런 식이다. 그 자신이 빚을 갚느라고 고생하는 얘기를 남의 일처럼 멀리 돌려서 던지는 것이다.

—북하 씨하고 안 된다는 걸 확실히 안 뒤 한 달 동안 누워 지냈어. 맨날 SF만화만 봤거든. 비현실? 우리 삶이 더 비현실적이야. 요즘 만화 재미있는 거 많더라. 눈이 다 아프네.

눈물범벅으로 지낸 이별의 슬픔조차도 이런 식으로 표현했다. 하린의 화법을 잘 아는 북하는 하린이 그럴수록 더 마음이 아팠다.

그런 하린을, 이 세상에서 가장 잘 안다고 자부하는 북하로서 이번 일은 정말 예사롭지 않다. 더구나 함께 있어 달라는 요구를 한다는 것은 더욱더 놀라운 일이다.

두 사람이 한때 연인 사이였다는 것은 주변에서 알 만한 사람은 다 아는 일이다. 이북하의 아내 황부영까지도 알고 있으니까.

몇 년 만인가. 두 사람이 전생의 부부였다는 착각, 아니 막연한 믿음을 놓고 열병을 앓은 지 벌써 십수 년이 돼간다. 그간 서로 현실을 인정할 줄 아는 어른이 되고, 그냥 친한 사이로 돌아가 피차 지인 정도의 부자연스러운 관계를 유지해오던 중이다.

그래도 이북하의 마음에는 윤하린에 대한 애틋함이 아직 남아 있다. 결혼에 실패한 뒤 마음 정리를 하고 미국으로 유학을 떠난 하린은 현지에서 유학생을 만나 동거를 하다가 딸을 하나 낳고 헤어졌다. 그 소식을 들었을 때 북하 혼자 소주 한 박스를 해치우고 밤새 울었다. 잘못한 게 없는데도 죽을죄를 지은 것만 같았다.

하린이 어린 딸을 데리고 귀국해 잡지사 기자로 뛰어다니며 사는 모습을 볼 때도 늘 가슴이 아팠다.

어느 날 길을 가다가 어깨가 가녀린 여인의 뒷모습이라도 볼라치면 외롭고 힘들게 살아가는 하린이 생각나 가슴이 저렸다. 한밤중에 잠에서 깨어나 뒤척일 때면 어김없이 그의 얼굴이 눈앞에 떠오르면서 주체할 수 없이 눈물이 흐르기도 했다. 아내 몰래 훔친 눈물이 그렇게나 많다.

미혼모의 몸으로 따가운 눈총을 받으면서도 당당하게 살아가던 하린, 과거 두 사람의 관계에 대해서는 잊은 듯 한마디도 언급하지 않던 하린, 그 윤하린이 갑작스레 전화를 걸어와 자신을 위해 그의 긴 인생 중 한나절만 달라고 요구한다.

"어린이날인데 막상 갈 데도 없고, 다른 집 아이들은 엄마 아빠 두 손 잡고 다니는데 우리 꽃님인 내 손만 잡아야 하니까, 그런 우리 모녀가 쓸쓸해서. 우리 꽃님이가, 다른 애들은 다 아빠가 있는데 왜 자기는 없느냐고 울어대길래 내가 그냥 선배한테 투정 부리는 거야. 어제는, 엄마는 윤하린, 나는 꽃님이 이리화, 성은 있는데 왜 아빠가 없느냐는 거야. 네 아빠 미국에 있다, 이러고 마니까 애가 안 믿어. 오늘 하루 아빠 노릇 좀 대신해줘. 선배 말고는 떼쓸 남자가 없잖아. 심부름대행업체에 아빠 대행할 사람 빌려 달라기엔 너무 쪽팔리고."

윤하린은 이북하의 시선을 붙잡기라도 하려는 듯 뚫어져라 바라보았다. 그 눈빛, 언제나 당당하다. 부탁하기가 어렵지 막상 결심하면 하린은 너무나 당당하게 요구한다. 그렇다는 걸 이북하도 안다. 그래서 이번에는 큰마음 먹고 나왔다.

"지금도 보고 싶어. 이렇게 보고 있는데도. 아마도 선배 가슴속에 깊이 파고들기 전에는 이 갈증이 풀리지 않겠지? 아니, 죽기 전에는 아마 안 될 거야."

"꽃님이 아빠 대역을 하라더니, 우리 하린이, 아주 엉큼하네? 하하."

"일하면서 만나는 것 말고, 학교 선후배로 만나는 것 말고, 전생의 어느 하늘 아래서 그랬던 것처럼 부부처럼 연인처럼 손잡고 내 어깨 좀 감싸 안아줘. 마치 꽃님이가 우리 두 사람이 낳은 딸인 것처럼 한나절만 연기하자."

"왜, 왜 갑자기 그런 생각이 들었어? 어린이날이 오늘 하루만 있던 것도 아니잖아? 작년에도 있었고, 재작년에도 있었고."

"요즘 세상이 끝나가고 있는 듯한 불안감이 들어. 그래, 세상이 끝날 것만 같아. 내가 우울해진 건지, 세상이 우울해진 건지 나도 잘 모르겠어. 그래서 만나자고 한 거야. 죽기 전에, 세상이 끝나기 전에 선배 좀 가까이서 보려고. 이렇게……. 그래야 다음 생에 다시 만날 거 아니야?"

윤하린은 갑자기 이북하의 가슴으로 파고들었다. 작은 몸이 파르르 떨린다.

"어, 꽃님이가 보겠다."

"꽃님이는 신경 쓰지 마. 난 있잖아, 선배를 만지지 않고도 사랑할 수 있다? 선배하고 자지 않고도 사랑할 수 있다고 생각했어. 미국에 있을 땐 선배가 그저 이 세상 어느 하늘 아랜가 살아 있다는 사실만으로도 위안을 삼으며 버틸 수 있었어. 다른 남자와 잘 때도 그 사람이 이 선배라고 생각했어. 눈 감고 그렇게 상상했어. 그러곤 꽃님이를 낳았지. 한국에 돌아와서는 선배를 가끔이라도, 먼발치에서라도 볼 수 있다는 그 희망 하나만으로 행복했어. 그런데 죽음이, 종말이 가까워진다는 절망감이 들면서부터는 마음이 조급해지더라고. 꼭 한 번만이라도 선배를 갖고 싶었어. 선배와 한 몸이 되고 싶었어. 우리 인연을 징그럽게 엮어 놔야 내생에 다시 만나지. 만약 죽음 이후에 어떤 세상이 또 있다면, 그곳에서만큼은 지금처럼 어이없이 남남이 되어 살고 싶지 않았어. 그래서 이 세상이 끝나기 전에 선배를 다시 만나고 싶었던 거야. 하늘이 우리 두 사람을 잊을까 봐, 이 세상이 끝나기 전에······."

이북하는 하린이 왜 이렇게 절박한 심정이 되었는지 짐작은 할 수
있다.

올봄 지구촌 곳곳에 지진, 해일, 화산 등 지각 변동이 이어지더니
곧 홍역이니 구제역이니 하는 난데없는 감염병이 창궐했다. 급기야
수십 년 전에 멸종된 천연두가 갑자기 기승을 부렸다. 그 바람에 하린
의 어머니가 세상을 떴다. 외할머니 손에서 자라던 하린의 딸 꽃님이
도 전염돼 온갖 고생 끝에 회복되었으나 딱지 떨어진 얼굴에 몇 군데
자국이 남았다. 어머니와 아이를 한꺼번에 잃을 뻔했던 윤하린한테
삶과 죽음을 맞닥뜨린 후유증이 얼마나 클지 이북하는 짐작만 할 뿐
이다.

이북하는 하린의 어깨를 감싸 안았다.

"끝나긴······. 지진이나 전염병 따위로 우리 세상이 끝날 리가 있
어? 이제 전염병은 진정됐어. 지진, 해일이야 일본하고 미국이 걱정이
지 우리나라야 뭐."

멀리 서해 쪽으로 하얀 뭉게구름이 흘러간다. 그래, 구름이니 나무
니 파도니 꽃이니 하는 것들은 언제나 한가롭기만 하다. 한 번도 진지
하게 슬픔을 나눌 줄 모르는 무심하기 짝이 없는 존재들이다. 석성산
오르는 길마다 등산복을 입은 사람들이 무수히 오르내리지만 막상
내가 아플 때 위로해주지도 못하고, 기쁠 때 맞장구쳐주지도 못한다.

"그래. 우리 둘이 함께 있는 동안만은 그런 얘긴 하지 않기로 해. 우
리의 짧고 소중한 시간을 그렇게 쓸 순 없지."

윤하린은 고개를 들었다. 그새 눈물을 흘렸는지 눈자위가 물기에 젖어 있다.

"나, 보고 싶을 때도 있었어?"

윤하린이 금세 웃음을 지으며 물었다.

"바보야, 네 얼굴이 그냥 내 부적이다. 그냥 보기만 해도 기운이 난다. 그것보다, 하린이가 날 보고 싶어 했다는 게 사실이야? 난 도통 믿기질 않는걸? 워낙 감정을 드러내지 않는 사람이잖아."

"내가 왜?"

"한 번도 그런 내색을 안 했잖아. 단둘이 만난 적도 많았는데, 그냥 이웃집 아저씨 대하듯 무덤덤했잖아."

"그러는 선배는? 성미 까다로운 이혼녀 대하듯 했으면서? 전에 만났을 때도 마누라한테 들킬까 봐 전전긍긍하고, 입으로만 전생의 아내 운운하는 바보였으면서."

윤하린이 까르르 웃는 동안 꽃님이는 천제를 지내는 제단까지 올라가 장난을 쳤다. 이 천제는 본디 왕이나 부족장이 하늘에 제사를 지내던 터로, 지금도 용인시는 해마다 가을이면 이곳에서 국태민안 남북통일을 기원하는 천제를 지낸다.

"실은, 보고 싶었어…… 나도."

이북하는 다음 말을 잇지 못했다. 온갖 상념이 밀려들어 그의 말문은 거기서 막혀버렸다. 꽃님이에게 들리지 않을 만큼, 두 사람은 마음속 말을 꺼내 서로 맞춰보았다. 오랜만이다. 이렇게 숨김없는 진짜 속마음을 꺼내 상대에게 고스란히 내보이기는.

돌이켜 보면, 두 사람은 지금쯤 둘의 아이를 키우면서 오손도손 재미있게 살아야 할 운명이었다. 이북하는 윤하린을 처음 보았을 때 미친 듯이 사랑했다. 운명이라는 걸 느꼈다. 다른 이유가 없었다. 중학교 때 허한 눈으로 보았던 그가 눈앞에 척 나타나버린 것이다. 꿈이나 환영인 줄 알았는데, 아, 신기루나 아지랑이처럼 그저 사라지는 꿈 한 조각이려니 여겨 애써 잊고 살았는데 그때 그 꿈이 눈앞에서 이루어지다니.

이북하는 윤하린이 자신의 사람이라는 걸 한눈에 알아볼 수 있었다.

―아, 당신은…….

대학교 동아리 모임에서 처음 윤하린을 본 날, 이북하는 회원이 되겠다고 찾아온 그의 갑작스러운 등장에 자신의 눈을 의심했다. 시간이 뭉텅 잘려 나가 중학교 때 그 순간으로 돌아간 듯했다.

―왜요? 제가 이상해요?

윤하린은 방글방글 웃으면서 총무를 보고 있던 이북하에게 입회원서를 적어 냈다.

이북하는 '나 중학교 1학년 때 당신을 본 적이 있다' 차마 그렇게 고백하지는 못했다. 하지만 그는 무너졌다.

하린 역시 마찬가지다. 그 역시 이북하가 왠지 남 같지 않고, 뭔가 전부터 알고 지내온 사람처럼 친근하게 느껴진다고 말했다.

―이 느낌…… 뭐랄까? 선배님한테는 뭐라고 말해도 괜찮을 것 같고, 무슨 요구를 해도 될 거 같고, 그냥 편한. 혹시 전생에 제게 빚지고 도망 온 거 아니에요?

두 사람은 아무 말을 나누지 않고도 서로가 끈끈한 인연으로 묶인

사이라는 걸 직감할 수 있었다.

하지만 현실은 난망했다. 미치도록 사랑하고, 서로 푹 빠졌지만 결혼을 꿈꾸던 두 사람은 절벽 앞에서 물러났다.

지금 남의 시간을 꾸어 오듯, 아니 훔치기라도 하듯 이렇게 한나절 짧은 시간을 움켜쥐고 꺼질까 사라질까 안타까워하며 보내게 될 줄은 상상도 하지 못했다.

속절없이 세월만 흘러 이북하는 하린이가 아닌 다른 여자 황부영한테서 아들 하나 딸 하나를 두고, 하린은 하린대로 이북하가 전혀 알지 못하는 유학생 남자의 딸을 낳아 기르고 있다.

유학 간 후 소식조차 없던 하린이 초췌한 모습으로나마 돌아와 이북하의 주변에 다시 나타났을 때, 그는 하린의 모습을 다시 볼 수 있다는 그 사실 하나만으로도 만족할 수 있을 것 같았다.

멀리서 이따금 안부 전화나 나누면서 삭이기에는 가슴속에 쌓아둔 잔정이 너무 애절하고 깊었다. 그렇다고 해서 이미 한 가정의 가장이 돼버린 그로서는 자신의 마음을 솔직히 표현할 길이 없었다. 아니 표현해서는 안 되었다. 어쩌다 사무치는 그리움을 도저히 견딜 수 없을 때는 잠깐 커피를 나누어 마시며 마음을 달래기도 했지만 감히 그의 손목 한 번 잡아 보질 못했다. 용기, 도덕, 현실, 아내, 그의 감정을 휘젓는 단어가 너무 많았다.

"그런 마음 표현했다간 나 자신이 무너질 것만 같았어. 그럴수록 긴장을 풀지 않았지, 목에 힘 잔뜩 주고."

이북하는 쓸쓸히 웃었다.

"흥, 그래도 그렇게 무심할 수가 있어? 난 선배가 처인구 산다니까

수지구로 일부러 이사 왔는데? 아, 농담이야."

윤하린은 어린애처럼, 그리고 옛날 연인 시절처럼 입을 삐죽거렸다. 이 정도 농담은 받아라, 그런 표정이다.

그렇게 생각하면서 다시 하린의 얼굴을 들여다보니 지난 10여 년 동안 눌러온 연정이 순식간에 불타오른다. 아마도 세상이 종말을 맞을지 모른다는 하린의 말에 마음에 걸어 놓은 빗장이 느슨해진 탓이리라.

그는 하린의 어깨를 끌어안으며 입술을 덮쳤다. 그의 촉촉한 입술은 처음 만난 그때처럼, 진달래 꽃잎 같던 그해 캠퍼스 벤치에서 나눈 첫 키스처럼 싱그럽다.

"선배, 저기 좀 봐!"

이북하의 허리를 감싼 채 걷고 있던 윤하린이 손가락으로 산성 끝자락을 가리켰다.

키 큰 왕소나무 아래 흰옷을 입은 사람들 몇이 모여 있는 게 눈에 띄었다. 그들은 하늘을 향해 손을 높이 쳐들기도 하고, 지팡이 같은 것으로 땅을 가리키기도 했다. 평소 볼 수 없는 낯선 장면이다.

"선배, 가볼까?"

"어휴, 기자 아니랄까 봐. 그새 호기심 생겼지?"

윤하린은 활짝 웃으면서 이북하의 손을 잡아끌었다.

"우리 국장이 저런 데 관심이 많거든."

"시절이 수상하니 별사람들이 다 있어. 정말 천지개벽이라도 하려나. 요즘 같아서는 공무원 못 해 먹겠어. 매일같이 비상이라니까."

그때다.

이북하의 손을 잡고 걷던 윤하린이 냅다 그의 따귀를 올려붙였다.

"야, 이 자식아. 평생 날 버리고 돌아다니니까 좋니? 그러고도 네가 사람이야? 내가 거지처럼 떠돌면서 이놈 저놈 채여 미칠 것 같을 때도 너 하나만 그리며 버텼는데 너는 팔자 좋게 팔도 유람이나 다녔다고?"

"왜, 왜 그래, 하린아?"

"넌 인간 망종이야. 오빠라고 귓가에 대고 속삭이며 유혹하더니 평생 나를 기다리게 한 놈."

이북하는 느닷없이 변한 윤하린의 태도에 어안이 벙벙해서 아무 말도 못 한 채 따귀를 맞았다.

"내 딸 눈에 눈물 나게 하고, 그마저 죽었어. 네 놈 눈에서 피눈물이 쏟아져야 해. 이 나쁜 자식아! 내가 사당으로, 첩으로, 거지로, 병자로 떠돌며 평생 흘린 눈물이 얼마나 되는지 네가 알아? 날 사랑한다 해놓고, 하늘이 무너져도 땅이 꺼져도 사랑한다고 말해 놓고 왜 그랬냐고! 왜 너 먼저 죽었냐고!"

윤하린의 눈빛을 보니 일부러 장난하는 게 아니다. 눈에 붉은 살기가 뻗치면서 입에서는 하얀 거품이 흘러나왔다.

이북하는 뜻밖의 상황에 놀라 그 자리에 털썩 주저앉았다.

그 순간 하늘에서 마치 북을 두드리듯 우르릉우르릉하는 소리가 들려오더니 곧 산성이 흔들리기 시작했다. 땅이 숨을 쉬는 듯 쉭쉭거리는 소리가 들려왔다. 큰 산이 기지개를 켜는 것처럼 지면이 쫙 늘어나는 것 같다.

"꽃님아! 꽃님아, 이리 와!"

이북하는 누각에 올라가 뛰어놀던 꽃님이를 불렀다.

꽃님이도 놀랐는지 울면서 달려왔다. 그새 정신을 차린 하린이도 이북하와 꽃님이를 향해 뛰어왔다.

"지진인가 봐."

그는 꽃님이를 내려놓았다. 땅이 계속 흔들리자 꽃님이와 윤하린 은 겁을 집어먹고 이북하를 끌어안았다.

"머리가 어지럽네. 지진이 나면 머리가 어지러운 건가?"

"글쎄. 선배, 나도 머리가 어지러운데? 가려운 것 같기도 하고. 지진 난다고 이러지는 않을 텐데?"

2, 3분이 지나서야 미진이 가셨다.

그나저나 지진이 일어나기 전 윤하린이 마치 접신한 사람처럼 군 게 영 꺼림칙하다. 윤하린은 워낙 시치미를 잘 떼기 때문에 장난친 게 아니냐고 물어볼 수도 없다. 하린도 그냥 지나가는 말로 한마디 내뱉 은 게 고작이다.

"머리가 좀 이상했어. 지진 그거 되게 무섭네."

윤하린이 그러는 데야 이북하가 자세히 물어볼 수도 없다.

"어? 사람들이 없어졌잖아?"

왕소나무 아래서 뭔가를 하던 사람들이 그새 사라졌다. 흰옷 입은 사람들이 있던 자리까지 찾아가 보았으나 자취를 감추고 없다. 그곳 에는 복숭아나무인 듯한 나뭇가지 몇 개와 무언가를 태운 듯한 재, 그 리고 무언가를 쌌던 구겨진 한지 조각 몇 장만이 남아 있다.

"이상한 일이군."

"선배, 저기."

산성 입구 쪽을 바라보니 흰옷 입은 사람들이 자리를 옮겨 앉아 뭔가를 하고 있었다. 큰 느티나무 그늘이다.

"우리도 그만 내려가 봐야겠군. 어쩐지 불안해."

이북하는 두 사람 손을 나눠 잡고 산성 입구 쪽으로 내려갔다.

느티나무 아래에 이르니, 흰옷 입은 사람들이 가부좌를 틀고 앉아 뭔가 하는 중이다. 아랫배가 쑥 나왔다 들어갔다 하는 걸 보니 단전호흡을 하는 듯하다. 그들은 명상 음악이라도 되는 양 아리랑을 틀어 놓고 수련을 하고 있었다. 그 모습에 말을 붙이기도 어려워 그냥 지나치려 했다.

"잠시만요."

그중에 나이가 가장 많아 보이는 사람이 이북하에게 말을 걸었다.

"무슨 일이시지요?"

"저는 '새 하늘 새 땅 새 사람을 준비하는 모임'을 이끌고 있는 영사 차기하라고 합니다. 줄여서 '하땅사'라고 합니다. 젊은이한테서 강렬한 기운이 느껴지길래 실례를 무릅쓰고 잠시 불렀습니다. 혹시 기도를 많이 하시거나 기 수련을 하시는 분인가요?"

"아, 아닙니다. 저는 그저 공무원일 뿐입니다."

"그러신가요? 광배, 그러니까 등 뒤에 오라가 느껴지는군요."

"예에? 그럼 수고들 하세요."

이북하는 그들을 지나쳐 산성을 빠져나가려고 했다. 그때 윤하린이 나서며 영사라는 사람에게 말을 걸었다. 기자 본능이 어디 가나 싶다.

"지진이 났는데 왜 위험하게 이런 데서 수련을 하시지요? 어서들 하산하세요."

"아, 저희는 세상이 변하는 광경을 지켜보는 사람들입니다. 천지공사 120년 만에 묵은 하늘이 가고 새 하늘이 오고 있거든요. 그래서 지금 이 땅도 새 땅으로 변하려고 지진, 화산, 해일 등으로 몸부림치는 겁니다."

"새 하늘이라니요? 무슨 뜻이지요?"

윤하린은 이북하의 손을 잡아당기며 걸음을 멈춰 세웠다.

"1901년부터 1909년까지 9년 동안 금오(金烏), 아 그러니까 황금까마귀지요, 금오 천제석(千帝釋) 선생은 묵은 하늘을 뜯어고쳐 새 하늘을 열고, 묵은 땅을 갈아엎어 새 땅을 열기 위한 공사를 하셨습니다. 그런데 묵은 사람 대신 새 사람을 나게 하는 한 가지 인개벽 공사가 남아 아직 완성되지 않았는데, 머지않아 이 공사도 이뤄질 듯합니다."

"말하자면 개벽이 된다는 거네요?"

윤하린은 그러잖아도 방송국에 나돌던 개벽 시나리오를 들어 알고 있다.

"천개벽, 지개벽은 사실상 거의 이뤄진 셈이고 아직 인개벽이 남았지요."

"인개벽이 뭐지요? 새로운 인종이 나오나요? 돌연변이 같은? 영화 〈엑스맨〉처럼요?"

"그렇습니다. 인류는 호모사피엔스에 이르는 동안 수차례의 인개벽을 겪었습니다. 유인원에서 오스트랄로피테쿠스, 호모 하빌리스, 호모 에렉투스, 네안데르탈인, 그리고 가장 가까운 20만 년 전의 호모사피엔스, 오늘의 호모사피엔스 사피엔스. 이런 단계마다 인개벽이 이뤄진 셈인데, 이제 다음 단계 신인류로 변할 때가 되었지요. 우리는 수련을 통해 다른 인종인 신인류가 될 준비를 하고 있는 모임입니다."

영혼의 스승이라는 뜻의 영사를 자처하는 차기라는 이가 '새 하늘 새 땅 새 사람을 준비하는 모임 하땅사'라고 적힌 명함을 두 사람에게 건넸다. 윤하린은 '핫코리아' 명함을 내밀었다. 다만 이북하는 보건복지부에 근무한다는 사실을 밝히기 싫어 명함을 꺼내 들지 않았다. 윤하린은 그러거나 말거나 취재에 열을 올렸다.

"저기, 영사님. 저 아리랑 음악은 끌 수 없나요? 녹음을 해야 하거든요."

"아, 잠시 끄지요."

"수련하신다면서 아리랑은 왜 들으시지요? 이 조용한 산성에서요?"

"네, 아리랑은 한을 풀어내는 음악입니다. 묵은 하늘에 가득 차 있는 원한을 빨리 풀어야 하는데, 그러자면 아리랑이 아주 효과적이지요. 아무리 힘들어도 이 노래 한 곡 들으면 근심 걱정이 다 녹으니까요. 특히 우리가 주로 듣는 이 아리랑은 최승희가 부른 노래입니다. 최승희는 선천을 대표하는 가장 원한이 깊은 분이지요. 식민지 백성으로 태어나 도적 소굴이나 다름없는 일본에 들어가 무용을 배웠거든요. 일본인들에게는 얄미운 조센징이 되었지요. 그래도 전 세계를 다니면서 조선 무용을 널리 알렸는데, 막상 고국에서는 일본군 앞에서 춤을 췄다 하여 친일파로 손가락질당하고, 남한에서는 남편 안막을 따라 월북하였다 하여 빨갱이라 손가락질당하고, 북한에서는 안막이 처형당하더니 나중에는 최승희마저 사상이 불순하다고 숙청당했거든요. 그러니 어디에도 설 자리가 없는 외로운 영혼이 돼버렸지요. 그런 분이 부르는 아리랑이니 얼마나 슬픕니까. 그래서 우리는 해원하는 음악으로 아리랑을 종종 쓴답니다."

"다른 아리랑하고는 좀 다르게 들리네요. 제 마음이 마구 울렁거리는걸요? 너무 익숙한 곡인데요."

"전생에 무슨 인연이 있을지도 모르지요."

"글쎄요, 그건 아무도 모르는 일이지요. 내가 최승희였으면 이 선배는 안막이었겠다, 그치?"

"쓸데없는 소리 말고 인터뷰나 계속해."

이북하가 톡 쏘아붙이자 윤하린은 웃으면서 차기하에게 질문을 던졌다. 거의 기계나 다름없다.

"그럼 아까 말씀하신 천제석이란 인물에 관해 질문을 드릴게요. 천제석이 말한 돌연변이가 세상에 나왔습니까?"

"돌연변이라고 할 것까지는 없고요. 호모사피엔스의 역사가 100만 년이 넘으니까 이제 신인류가 나올 때가 무르익었다고 직감하는 거지요. 남녀가 어깨를 나란히 하는 동덕(同德)이 되고, 물질이 개벽 되는 때가 바로 신인류가 나오는 인개벽의 시기이지요. 다만 천제석은, 묵은 사람이 새 사람으로 바뀔 때 묵은 사람, 즉 우리들은 네안데르탈인이 사라지듯, 데니소바인이 사라지듯 다 죽는다고 하시면서 그걸 막기 위해 의통(醫統)을 숨겨두셨습니다. 그걸 가리켜 해인(海印)이라고 한다는데, 실은 그게 뭔지 아무도 모릅니다. 황금부적이라는 소문도 있고요. 우리 하땅사는 그걸 찾기 위해 이 산 저 산 돌아다니며 수련을 하고, 하늘에 묻는 행사를 자주 가졌습니다."

"그래서 답이 나왔습니까?"

"아직 답은 나오지 않았는데, 천제석은 묵은 하늘, 즉 선천 세상은 탐욕과 무지가 넘치는 상극의 세상이었던지라 억울하게 죽은 원혼이 많으니 그 원망이 폭발하여 수많은 사람이 개벽 되는 중에 무수히 죽어 나갈 수 있다는 중요한 말씀을 남기시고, 그 원혼들을 해원시키는 공사를 많이 하셨습니다. 그래서 저희도 천지간에 가득 찬 원혼들을 불러 해원하는 일을 많이 합니다. 이른바 해원상생을 위한 구명시식이라고 하지요."

"원혼들을 불러 그 원한을 풀어 주신다는 건가요? 어떻게요?"

윤하린은 어느새 휴대폰을 녹음 모드로 돌려 놓고, 가방에서 취재 수첩을 꺼내 들었다. 이북하는 꽃님이를 업은 채 영사 차기하와 윤하린의 대화를 가만히 들었다.

"천제석은 묵은 하늘인 선천 상극 세상에서 전쟁, 반란, 계급 차별 등으로 억울하게 죽은 사람들의 한이 하늘에 사무치므로 이대로 새 하늘을 열면 온 인류가 다 죽게 된다고 하셨습니다. 아내가 남편을 칼로 찌르고, 자식이 아비를 죽이고, 부하가 상사를 쏘아 죽이고, 아무 연고 없는 사람을 뒤에서 갑자기 달려들어 죽이거나 사람이 많이 모인 자리에서 마구 폭탄을 터뜨리거나 자동소총을 갈겨 불특정한 사람들이 죽는 게 다 원한의 폭발이라는 겁니다. 히틀러의 유대인 대학살 홀로코스트가 그러하고, 이슬람교도들이 자주 벌이는 자살폭탄 테러가 그러합니다. 원자탄, 수소폭탄, 생물학무기 등 원한이 너무 깊은 무기가 온 지구를 불사르고도 남을 만큼 세상에 가득 차 있습니다.

천제석은 인종이 바뀔 때마다 일어나는 대멸종 같은 비극을 막기 위해 친히 세상에 하강하시어 천지공사를 벌이셨습니다. 다만 천지공사의 씨앗을 뿌리셨을 뿐 거두는 건 우리 묵은 세상의 사람들이 해야 합니다. 마침내 기다리고 기다리던 새 하늘 새 땅이 지금 열리고 있는데, 우리 묵은 사람이 새 사람으로 변하려면 이웃들의 원한을 풀고 끌러서 시원하게 해원시켜야 합니다. 저도 이 나이 때까지 해원상생제로 수많은 원혼들의 한을 풀어 주었지만 해도 해도 끝이 없습니다. 말이 해원상생제이지 실은 역사 치료요, 기억 치료입니다. 하지만 우리나라만 봐도 아직 친일파 역사가 청산되지 않고 임진왜란이나 태평양전쟁, 6·25전쟁의 원혼이 많습니다. 원한이 사무치는 원혼들이 골짜기마다 들판마다 가득 차 있습니다. 어쩌면 천제석이 마련해둔 문명신 등 신명 군대만으로 개벽을 맞아야 할지도 모릅니다. 저는 아쉬운 대로 국립묘지에 가서 6·25전쟁 때 희생되신 장병들의 원혼을 해원시켜 후천 신명 군대로 만들었습니다. 내일은 일본 히로시마에 가서 핵폭탄이 터질 때 그곳에 끌려가 강제노동을 하다가 억울하게 죽은 우리 동포들의 넋을 이끌고 돌아와 신명 군대로 쓸 참입니다."

윤하린은 자리에서 일어나며 취재수첩을 접었다. 그제야 자신이 이북하와 데이트하러 이곳에 왔다는 사실을 떠올린 듯했다.

"명함 보셨겠지만, 전 라디오 겸 인터넷신문 핫코리아 기자 윤하린입니다. 혹시 말씀하실 일이 있으시면 언제든 꼭 연락 주십시오."

"두 분께서도 운기조식하시면서 새 하늘 새 땅에서 꼭 살아남으시기 바랍니다. 지구상에는 지금까지 일곱 번의 빙하기가 있었습니다. 그때마다 하늘과 땅이 바뀌면서 새 인종이 나왔습니다. 하늘보다 땅보다 사람이 가장 중요하다고 말씀하셨습니다. 그래서 최제우 선생은 인내천(人乃天)이라고 하셨습니다. 사람이 곧 하늘이란 뜻이지요.

두 분도 하늘이십니다."

"그런가요? 천제석이라는 분이 천지공사를 덜 끝내셨나 보군요?"

"아닙니다. 다 해놓으셨습니다만 비록 천제석이라도 못 하는 일이 있지요. 더디도다, 더디도다, 한탄하시던 천제석은 9년 천지공사를 끝내자마자 15일간 곡기를 끊으셔서 스스로 세상을 떠나 하늘로 돌아가셨습니다. 그러니 이젠 우리 몫이지요."

"그럼 개벽이 우리나라에서 시작됩니까?"

"아마도 그러리라고 확신합니다. 우리 민족이 한의 민족 아닙니까. 한이 많기도 하지만 정도 많습니다. 우리나라는 민주주의가 가장 늦게 들어와 가장 빨리 완성된 나라입니다. 게다가 IT 기술이나 SNS 등이 가장 활발한 나라이기도 하지요. 두고 보면 아시겠지만 개벽이 닥쳐도 우리나라 사람은 그렇게 많이 죽지 않을 겁니다. 1984년 갑자년부터 천재들이 많이 태어나고, 혼혈 아이들이 급증해서 누구보다 튼튼한 유전자로 무장한 사람들이 아주 많으니까요. 반도 로마에서 기독교가 일어나고 반도 한국에서 천지인 3대 공사가 이뤄지는 것입니다."

"그러면 우리나라에 무슨 구세주라도 와야 하는 거 아닙니까? 미륵이라든가 재림예수라든가 그런 구세주요?"

"하하하. 그러잖아도 천제석이 이른 말씀이 있습니다. 구세주는 오지 않는다, 너희가 곧 구세주다, 제자들에게 이렇게 말씀하셨답니다. 우리 모두가 다 구세주이고 미륵이고 재림예수라는 거지요. 아마도 신인류는 그 자체가 일일이 구세주일 듯합니다."

"그래도 누군가 신인류를 이끌 지도자가 있어야 하는 것 아닙니까? 혼란을 막으려면요?"

"묵은 하늘 묵은 땅에서는 혼탁악세를 평정하려면 사람을 죽여서 이뤘습니다. 알렉산더든 아틸라칸이든 칭기즈칸이든 주원장이든 당 태종이든 히틀러든 메이지든 마오쩌둥이든 김일성이든 이승만이든 박정희든 선천 영웅들은 무수한 인명을 살육하여 원한을 생산하고, 탐욕과 악의 힘으로 세상을 침묵시키려 했습니다. 새 하늘 새 땅에서는 그런 지도자가 필요하지 않습니다.

천제석은 그런 질문을 받고 도리어 이렇게 물으셨답니다. 이 세상에 공기가 가득하다. 공기 주인이 너냐? 이 세상에 물이 가득하다. 물 주인이 너냐? 그러시면서 하늘이 직접 허물 벗듯 묵은 하늘을 버리고 새 하늘이 될 것이니 새 사람, 즉 신인류는 스스로 구세주가 되어 서로 서로 도우라 하셨습니다. 묵은 하늘에서는 상극이 법이었으나 새 하늘에서는 상생이 법이라 하셨지요. 그래서 저희는 묵은 하늘을 닫기 위해 한을 가진 영혼들을 해원시키고, 새 하늘을 열기 위해 상생하는 도리를 널리 전하는 일을 해왔답니다."

"어떤 분들을 해원하시지요?"

"정도전·조광조를 해원하고, 임란 때 의병장이 되어 나라를 구하지만 처형당한 이산겸·김덕령을 위로하고, 왜놈에게 죽은 명성왕후, 조선 일본 북한에서 버림받은 최승희를 천도했지요. 너무 많아서 해도 해도 끝이 없습니다."

"하여튼 머지않아 새로운 인종이 나타날 것이다, 이런 말씀이시지요, 영사님?"

"그렇습니다."

"그 시기가 언제부터이지요?"

"이미 시작되었습니다. 그래서 저도 내일 급히 히로시마로 떠납니다. 개벽은 자다가 올 수도 있고, 차 한잔하는 사이에 찾아올 수도 있습니다. 급할 때는 호흡지간도 길고, 찰나도 지루하지요."

이북하는 윤하린의 옷자락을 슬쩍 잡아당겼다. 한이 없는 얘기이니 그만하라는 뜻이다.

윤하린도 힐끗 돌아다보다가, 지루한 듯 입술을 물고 있는 꽃님이를 보고는 수첩을 가방에 넣었다.

"다음에 기회 되면 자세히 취재해보고 싶네요."

"일본에 다녀오는 대로 연락드리지요."

"예, 그럼."

윤하린이 인터뷰를 마치자 이북하도 눈인사를 하고는 꽃님이를 업은 채 산성을 빠져나왔다.

"선배, 지루했지? 사실 지난번에 천연두가 창궐할 때 방송국에서 개벽에 대해 이미 취재를 해놓았어. 그래서 확인 차원에서 몇 가지 물어본 거야. 저분 얘기, 재미는 있네."

"괴질이 돌 거라고 소문 퍼뜨리는 사람들이 있다던데? 그런 사람들 다 사이비야. 종말론자들은 범죄자 집단이라고. 어느 시대든 종말론자들이 나타나 혹세무민하는 건 지겨운 패턴이야."

"뭐 몇몇 종교에서 말세니 괴질이니 병겁이니 하는 말로 신도들을 속여 돈을 뜯는 데가 많다더라고. 하지만 요 바이러스라는 놈들이 말야, 메르스나 조류 독감처럼 계속 변신한다니까. 묵은 바이러스가 새 바이러스로 변신하면 인간은 꼼짝 못 하고 당하거든."

물론 이북하도 그런 상식은 안다. 바이러스만큼 다루기 힘든 재난도 없다. 그가 근무하는 곳이 보건복지부인 만큼 감염병에 관한 정보는 충분하다.

　1492년경 콜럼버스 일행을 시작으로 서유럽인들이 다투어 신대륙을 침략할 때, 그들의 몸에 묻어 있던 천연두 바이러스가 미친 듯이 날뛰어 원주민인 인디언 수천만 명이 죽었다. 인디언들은 유럽인들에게 살육된 게 아니라 그들이 들여간 바이러스에 몰살당했다.

　1788년 호주 역시 배를 타고 온 영국인들에게 짓밟히면서 똑같은 비극을 겪었다. 영국 왕실이 갖다 버린 죄수들이 천연두 바이러스를 퍼뜨리는 바람에 원주민 가운데 3분의 1이 일시에 사망했다.

　가까이는 1960년대에 세계적으로 천만 명의 천연두 환자가 발병하여 그중 2백만 명이 넘게 목숨을 잃었다.

　한국에서는 1945년과 그 이듬해에 걸쳐 2만여 명의 환자가 발생하고, 6·25전쟁 중에 4만 4천 명이 감염돼 그중 1만 2천 명이 사망하는 대참사가 일어났다.

　그러나 1967년부터 일어난 전 세계적인 천연두 근절 운동에 힘입어 1977년 이후 세계 어느 곳에서도 발병 사례가 없다. 물론 독감 바이러스는 해마다 변종이 나와 보건복지부와 질병관리본부를 괴롭힌다.

　이북하는 애써 관심을 보이지 않으면서 산성을 내려와 자동차에 올랐다. 이제 윤하린과 꽃님이를 집에 데려다주고 그의 집으로 가서 아이들을 데리고 나와 창덕궁 후원인 비원으로 꽃구경을 가야 한다.

3
하늘이 아프다

윤하린이 근무하는 뉴스 전문 라디오-인터넷신문 핫코리아 본사.

이 회사는 뉴스만 전문적으로 다루는 라디오 채널과 함께 이 뉴스를 실시간으로 기사화해 인터넷과 휴대폰 앱, 유튜브, SNS 등에 띄우는 미디어 사업을 하고 있다. 고성능 디지털 카메라와 스마트폰이 널리 보급되면서 중계차 없이도 현장 뉴스를 전하기가 매우 쉬워지고, 스마트폰을 통해 뉴스 입력과 기사 열람이 자유로워지면서 최근 강력한 언론 매체로 부상한 회사다. 한때 소강상태에 있던 라디오 방송도 깔끔한 앱이 나오면서 위치에 관계없이 전국, 아니 세계 어디서나 깨끗한 음질로 들을 수 있는 매체로 자리 잡았다. 그러다 보니 미국, 일본, 중국 등의 재외 동포들까지 즐겨 듣는다.

6층 소회의실에서는 보도국장과 각부의 부장들이 모여 조간신문 주요 기사에 대한 논평을 끝내고 특집방송을 선정하는 회의를 열었다. 윤하린은 휴가를 떠난 부장 대신 며칠 전부터 잇따르고 있는 기이한 자연현상에 관한 자료를 들고 이 회의에 참석했다.

표충사 사명대사비가 땀을 흘렸다느니, 법주사 미륵불이 눈물을 흘리고 운주사의 누워 있는 석불이 벌떡 일어섰느니 하는 기이한 자연현상이 주를 이루었다. 또 철새가 오지 않는다거나 남대천에 회귀하는 연어가 한 마리도 없다든가 하는 것들이다. 일본, 중국, 미국에서 들어온 외신도 수두룩하다. 더는 놀랄 것도 없는 전 지구적인 현상이다.

윤하린은 편집 회의 토론은 건성으로 들으면서 인터넷으로 천제석이 누구인지, 무엇을 한 사람인지 검색해보았다. 뜻밖에도『하늘북』에 자세히 나와 있다.

고부 사람 천제석은, 몰락 양반의 아들이다. 집안이 가난하여 어릴 적부터 고생을 많이 했다. 밥 먹는 끼니가 굶는 끼니보다 적었다.

다만 어린 시절 기록이 예사롭지 않다. 훈장에게 글을 익히는데 하늘 천(天), 따 지(地)를 배우더니 그만 공부를 폐했다. "웬 까닭인고?" 하고 훈장이 물으니, "내가 하늘을 알고 땅을 아는데 무얼 더 배웁니까." 하고 반문했단다.

훈장이 괘씸하게 여겨 놀랄 경(驚) 자를 써주면서 시 한번 지어 보라고 했다. 그는 대뜸 "원보공지탁 대호공천경(遠步恐地坼 大呼恐天驚), 땅을 차면 땅이 무너질 것 같고, 소릴 지르면 하늘이 놀랄까 두렵다."라고 답하여 훈장은 물론 고을 양반 사회를 뒤집어 놓았다.

열네 살 무렵, 양반 자제치고는 너무 고생을 하여 짚신이 닳아 발가락이 삐져나오고, 옷이라고는 낙엽처럼 낡은 무명옷을 걸치고, 밥때를 맞추지 못했다. 자갈길을 밟고 다니며 농사일을 거들었다. 그런데도 눈동자는 검고, 눈에는 항상 들짐승 같은 시퍼런 서기가 서렸다.

가난한 집안 살림에 입도 덜고, 새경이라도 받아 굶는 식구들 입에 풀칠이라도 해야 한다며 어린 나이에 머슴살이를 자처했다.

힘든 산판일도 주저 없이 나갔다. 일을 하다가 너무 허기져 개울물을 떠 마시기도 했다. 이렇게 밥 대신 물로 배를 채운 적이 많았다.

이후 고부 청년 천제석은 동학군이 큰 고초를 겪다가 끝내 뜻을 펴지 못할 것을 내다보고 얼굴을 아는 동네 사람들을 찾아가 말리다가 도리어 시련을 겪었다.

그러던 중 그는 산길을 가다가 우연히 한 노인을 만났다.

"오래전부터 죽은 하늘을 뒤집어 산 하늘을 만드는 대역사가 천상에서 이루어지고 있소. 하늘은 지금 아주 시끄럽소. 귀신들끼리 서로 죽이고 살리고 난리라오. 내가 그대를 기다리고 있던 까닭이 바로 이 말을 전하기 위해서요. 하늘에서 눈 빠지게 기다리는 인물은 다름 아닌 바로 그대라. 그대는 하늘과 땅과 인간을 새롭게 바꿀 신인이란 말이오. 무슨 말인지 아시겠소?"

노인의 말에 천제석은 말문을 잃었다. 상대가 그런 일과는 거리가 멀 것 같은 약초 캐는 노인이기에 더욱 그러했다. 또한 신인이라는 말은, 아직 펴볼 수 없는 봉인이다. 그가 왜 굳이 이 기억을 두드리는지 모를 일이다.

"저같이 가난한 학인에게 하늘이 왜 그런 큰일을 맡기겠습니까? 말씀을 거두어 주십시오. 다른 사람을 저로 잘못 보신 겁니다."

"그런 말 하지 마오. 젊은 날, 백일 산기도 중에 갑자기 제석천이 나타나더니 '이런저런 청년이 나타나거든 그가 할 일을 깨우쳐 다오. 내아무리 제석천이나 사람의 몸을 입으면 기억이 가물거릴 것이니 네가 깨우쳐 다오. 구담(瞿曇, 고타마) 실달다(悉達多, 싯다르타)처럼 29년이나 걸려서는 아니 된다.' 하시는 겁니다.

내가 죽지 못하고 여태 살아 있는 것도 실은 그대를 만나 이 비밀을 깨우쳐 주기 위함이었소. 그동안 나이는 먹어가고, 이 사람인가 저 사람인가 수도 없이 많은 사람을 기웃거리며 바삐 돌아다녔소. 이제야 그대를 만났으니 내 방랑은 끝났소. 나는 해야 할 말을 모두 전했소. 내 임무는 끝났으니 홀가분하게 하늘로 돌아갈 수 있겠소. 그리고 당신이 미리 전한 이 책을 그대에게 돌려드리니 잘 읽어 보시오. 그대가 정해 놓은 기억을 찾을 수 있을 테니……."

말을 끝낸 노인은 천제석에게 책을 한 권 건네고는 자리에서 일어 났다. 노인은 약초가 든 망태기를 짊어진 다음 삿갓과 지팡이를 집어 들었다.

"어르신, 무슨 말씀인지는 알겠으나 하늘이 정한 도수라도 저는 아직 기억이 나지 않습니다. 그러니 제가 하늘에서 온 사람이라는 말은 소문내지 말아 주십시오. 때가 아니면 항우도 힘 못 씁니다."

"내 역할은 끝났소. 너무나 오랜 세월 그대를 기다려왔기 때문에 이젠 숨쉬기도 지쳤소. 이제 내 길을 가야만 하오. 와줘서 고맙소. 뿐이오."

"제 기억을 더 또렷하게 닦아 주실 수 있나요? 솔직히 말하면, 인간의 몸을 지고 있다 보니 흐릿한 게 아직 많습니다."

"군이 그렇게 청한다면 나는 이렇게 대답할 수밖에 없소이다. 나역시 하늘이 미리 보낸 사자에 불과하다고 말이오. 이 모두가 다 그대가 전날 짜놓은 도수에 따라 움직이는 장기판의 말이 움직이는 것과 같을 따름이오. 그러니 나를 놓아 주시오. 하늘이 움직이면 저절로 이루어집니다. 당신은 하늘입니다."

노인은 호탕한 웃음을 남기면서 낙엽을 밟으며 그 자리를 떠났다.

천제석은 노인이 주고 간 책을 펼쳐보았다. 스무 쪽 정도밖에 안 되는 얇은 책이다. 앞으로 닥쳐올 환난이 차례대로 적혀 있다. 몸이 떨린다. 그다음에는 그림이 나온다. 부적 같기도 하고, 물형(物形) 같기도 하다. 혹은 괘(卦) 같기도 하다. 스무 쪽을 다 넘기다 보니 그제야 기억이 스르르 일어나듯 하더니 나중에야 또렷해진다.

'아, 하늘이라, 내가 하늘이라.'

천제석은 노인이 주고 간 책을 가슴에 안고 개울가에 망연히 섰다. 그의 귀엔 개울물이 흐르는 소리 말고는 아무것도 들리지 않는다.

'내가 하늘과 땅과 인간을 새롭게 바꿀 신인이라, 하늘이라. 안 그래도 힘든데 더 바빠지겠군. 으, 추워!'

한기가 돌자 천제석은 몸을 부르르 떨었다.

눈을 떠보니 그새 혼곤히 잠이 들었던 모양이다. 주위는 어둑해지고, 노인은 자취가 없다. 꿈이다.

취기가 좀 가신 듯 머리가 한결 맑아졌다.

'하하하. 내가 장난 좀 쳤군. 후천 도수 한번 무섭게 짜놓았군.'

그는 웃음을 흘리면서 산길을 내려왔다.

동학혁명이 실패한 뒤, 일본 낭인의 손에 명성왕후 민자영의 목숨까지 잃은 조선의 국운은 나락으로 치달았다. 이젠 그 누구도 일제의 걸림돌이 되지 못했다. 제 눈앞에서 왕비가 죽는 걸 지켜본 임금 정도는 손안의 노리개다. 일본인들이 기대하는 대로 여기저기서 자신과 문중의 이익만 좇는 친일파가 등장하고, 그들의 변절과 굴종 덕분에 일본의 조선 침탈 계획은 빠르고 순조롭고 무난하게 이루어졌다.

임진왜란 때 그 엄청난 전력 열세에도 불구하고 조선이 단 1년 만에 왜군을 몰아낼 수 있었던 것은 조선 백성들이 위에서 아래까지 손에 손을 잡고 단결한 덕분이었다. 양반 집권층으로부터 천대받던 노비, 기생, 승려, 갖바치, 백정 같은 사람들까지 일제히 들고일어난 그 불굴의 정신이 바로 왜군을 몰아낸 원동력이다.

이제는 달라졌다. 동학을 밟아 없애고, 남학까지 없애어 의병의 싹을 밟아 문질러버리니 우선 양반들부터 일제에 붙기 시작했다. 그들 중 상당수가 이권을 잡거나 높은 벼슬을 잡기 위해 친일에 앞장서고, 보부상 같은 장사꾼들마저 떼 지어 돌아다니며 일제가 착취한 것들을 본국으로 빼돌리는 물류를 독점하고, 몰락하는 왕실의 이권을 차지해가며 눈먼 돈을 거둬들였다.

바람 앞의 등불처럼 마지막 숨결이 하늘거리는 이 비극적인 상황에서도 천제석은 책을 읽고 또 읽었다.

하늘이라도 인간 세상에 내려왔으면 선천 인간의 언어와 법도를 알아야 한다. 방 안 가득 선천 상극의 법술을 자랑하는 수많은 책이 켜켜이 쌓여 있다. 앞서 읽은 책에는 먼지가 뽀얗게 앉고, 나중 읽은 책은 먼지가 덜 쌓였다. 다 읽어 돌려줘야 할 책들은 보자기에 싸 방 한편에 차곡차곡 정리되어 있다.

3년 가까이 되는 긴 세월이다. 그동안 천제석은 처남의 집에 서숙을 차리고 공부에만 힘썼다. 서숙을 열 때, '이 방 가득 책을 쌓아놓고 다 읽기 전에는 자리에서 일어나지 않으리라. 내가 선천 상극의 뼈대를 뽑아내겠다.'라고 다짐했던 일이 새삼스럽다. 결국은 모두 읽어내고 말았다.

'이제 선천 묵은 사람들의 말과 글로써 그 욕망을 파헤쳐 보았으니, 선천 묵은 세상의 도리를 모조리 엎어버리리라.'

천제석은 서숙을 나와 뜰로 내려섰다. 어느덧 가을의 숙살 기운을 만난 가을 나무들이 서리 맞은 이파리를 하나둘씩 털어내고 있다.

'새 사람의 길을 닦아 후천 상생의 도를 펴리라.'

천제석은 북쪽 하늘을 오래도록 바라보며 그의 도수를 헤아렸다. 그를 응원하는 듯 북녘 하늘의 뭇별이 반짝거린다.

핫코리아 본사.

윤하린은 아직 한일해저터널 해룡구 앞에서 일어난 의문의 버스 집단 사망 사건에 대해 듣지 못하고 있었다.

그는 하땅사 영사 차기하가 말한 천제석 자료를 더 찾아냈다. 아무래도 최근 일어나고 있는 괴이한 사건들이 개벽이란 단어와 어떤 식으로든 관련이 있는 듯하다. 상식을 뛰어넘는 사건에는 반드시 그 너머의 비밀이나 원리가 따로 있는 법이다.

그는 『하늘북』을 계속 읽어 나갔다.

인간의 도리와 말을 다 익힌 천제석은 일찍부터 아우를 찾았다.

"내가 좀 나갔다 와야 할 것 같구나. 너는 처남하고 같이 서숙을 정리하고 나서 집으로 돌아와라."

아우는 그제야 형이 또다시 역마살이 도져 집을 떠날 때가 되었다는 걸 눈치챘다. 질문도 그렇게 나간다.

"언제쯤 돌아오게요?"

아우는 말려서 될 일이 아니라는 것쯤은 잘 안다.

"글쎄다. 나가봐야 알겠지만 한 2년은 걸릴 것 같구나. 내가 인간의 묵은 길은 익혔는데 땅의 길이 얼마나 거칠고 험한지 아직 어둡다. 걸어 다니면서 선천 세상의 하늘과 땅과 사람이 벌이는 상극의 도를 더 살펴보련다."

"무슨 말씀이신지 모르겠지만, 형수님하고 조카들은 어떻게 살라고요?"

아우는 과부 아닌 과부로 사는 형수가 늘 측은하기만 하다.

천제석도 집을 생각하면 늘 가슴이 쓰리다.

"가는 길에 잠시 들러보마."

집으로 가는 길은 변함없이 정겹다. 동진강을 건너 작은 지류인 정읍천 둑길을 따라가다 보면 바람이 불 때마다 마른 갈댓잎이 바삭거리는 소리를 들을 수 있다. 자연은 이토록 한가한데 사람이 부대끼는 마을과 거리에서는 원망과 분노가 끊이지 않는다.

멀리 단풍이 붉게 물들어 가는 두승산이 눈에 들어온다. 시루봉도 그 둥그런 산비탈 여기저기 울긋불긋한 단풍 물이 들기 시작했다.

오랜만에 집에 들르자 그렇지 않아도 밖으로만 돌던 남편이 몇 년만에 들어와서는 한다는 소리가 또 나간다는 것이니 아내의 걱정이 이만저만 큰 게 아니다.

"꼭 집을 나가야만 하겠어요?"

아내가 두꺼비 등처럼 거칠어진 손을 비비며 야속한 남편에게 투정을 부렸다.

"부처는 왕위조차 버리고 출가했다는데, 나야 뭐 그냥 세상 구경이나 하다 돌아오겠다는데 뭘 걱정이시오. 염려 마오."

아내는, 천제석이 자신의 의중을 이해해줄 리는 애초부터 없다고 생각했다. 천제석 또한 아내에게 이해해달라고 말할 처지가 아니다.

"처자한테 어찌 그리 박정하십니까?"

귀에 들리는 천제석의 말 한마디 한마디가 모두 섭섭하게만 들린다.

"부처보다야 낫지. 부처는 마누라와 자식까지 끌고 나가 걸승으로 만들었잖소. 난 그렇게는 안 하잖소?"

"그걸 말씀이라고 해요?"

"미안해서 하는 말이오, 허 참."

올해가 정유년(고종 34년, 1897년)이니 천제석의 나이 스물일곱. 아내와 혼인을 한 지는 햇수로 벌써 7년이다.

천제석의 부모는 어려서부터 신동이라 불리던 아들의 결혼에 관심이 컸다. 매파를 두어 여러 차례 간선하였으나 마음에 드는 며느리를 구하지 못한 채 세월만 보냈다. 아버지는 간선을 너무 심하게 한다고 생각하여 누가 며느리가 되든 운명에 맡기기로 했다. 이후에는 어디서든지 청혼이 들어오면 즉시 결혼시키리라고 마음을 먹었다.

이렇게 하여 혼인하게 된 사람이 지금의 아내다. 천제석은 당일 초례청에서 아내의 얼굴을 처음 보았다.

문제가 생겼다. 신부의 한쪽 다리가 눈에 띄게 짧다. 걸을 때마다 뒤뚱거린다.

천제석의 부모는 장애를 속였다고 파혼을 주장했으나 그는 이제 와서 어쩌겠느냐며 도리어 부모를 설득하여 그대로 혼인했다.

결혼하고 3년 동안 천제석은 다른 사람들처럼 신혼살림을 꾸렸다. 처음부터 며느리가 마음에 들지 않던 시부모는 며느리를 그리 따뜻이 대하지 않았다.

결혼한 지 3년 되던 해 천제석은 동학을 따라 종군하고, 그 이후로도 집에 머문 시간은 며칠 되지 않는다.

천제석은 쪽마루를 지나 골방으로 들어섰다. 그가 동학군을 뒤따르는 사이 아들이 호열자로 죽었다는 소식을 들었다. 그래도 천제석은 집으로 돌아오지 않았다. 미안한 일이지만 천하사를 꿈꾸는 사람은 가정 대소사에 묶이면 안 된다고 생각했다.

천제석은 자고 있는 막내딸의 볼을 어루만졌다. 녀석은 제 아버지가 온 줄도 모르고 깊은 잠에 빠져 있다.

딸은, 아버지의 기척에 눈을 떴다가 천제석과 눈길이 마주치자 화들짝 놀라 그대로 눈을 감아버린다.

'자식한테도 낯선 아버지라니.'

새벽이 올 때까지 천제석은 뜬눈으로 밤을 지새웠다. 어디서 새벽

닭 우는 소리가 들려온다.

밤새 남편 품에 안겨 훌쩍거리던 아내는 하는 수 없이 일어나 부엌으로 나갔다. 천제석의 머리맡엔 지난밤에 아내가 싸놓은 괴나리봇짐이 놓여 있다.

딸은 아침상 앞에서야 아버지가 왔다는 사실을 알았다. 아버지가 왔다는 사실보다는 밥상에 두어 가지 더 오른 반찬이 반갑다.

천제석은 더 머물렀다가는 가슴이 미어져 견딜 수 없을 것만 같았다.

아침상을 물리자마자 천제석은 괴나리봇짐을 메고 일어났다.

길은 땅끝이 하늘과 맞닿은 데까지 이어졌다. 천제석은 가물가물 솟아오를 것만 같은 길 끝에서 무심한 하늘을 바라보았다. 서늘한 외로움이 온몸으로 밀려온다. 하늘의 구름도 들판의 바람도 제 갈 길을 간다.

천제석은 충청도 강경 땅을 지나 연산으로 향했다. 새 하늘 새 땅 설계도인 『정역』을 써놓고 그것을 전달하기 위해 신인을 기다린다는 김항이라는 인물에 관한 소문을 듣고, 그를 만나보고 싶어서다. 과연 그가 본 설계도가 도수에 맞는지 궁금하다.

천제석은 구름 사이로 달이 가듯 천천히 걸었다. 빨라도 일없고, 느려도 일없다.

집을 떠난 지 오래된 천제석의 모습은 초라하기 이를 데 없다. 노자도 떨어지고, 옷도 오랫동안 갈아입지 못해 추레하다. 얼굴만큼은 진흙 속에서 솟아나온 연꽃처럼 맑다. 초라한 입성이 천제석의 말간 얼굴을 더욱 돋보이게 한다.

천제석이 연산에 닿았을 때는 짚신마저 거의 닳아 버선발이 흙에 닿을 정도였다. 그러거나 말거나 사람들에게 길을 물어 향적산방으로 향했다.

"어서 오시게."

층계의 끝부분에 다다랐을 때, 누군가 마당에 서 있다가 천제석을 맞이했다. 백발이 성성한 노선비다. 그가 김항일 거라고 직감한 천제석은 공손히 머리를 숙였다.

"선생님을 뵙고자 찾아왔습니다."

"기다리고 있었소. 천 선비."

김항도 단번에 천제석을 알아보았다.

별채 안에는 밥상과 차가 마련돼 있었다. 김항은 한참 어린 천제석에게 말끝을 공손히 올렸다.

"어젯밤 꿈에서 천 선비를 뵈었지요. 하늘에서 사자가 내려와 하늘궁(玉京)으로 함께 가자 하더이다. 그래서 따라 올라가니 커다란 궁전으로 데리고 들어가더이다. 그곳에 들어가니, 가운데 커다란 의자에 어떤 분이 앉아 계셨는데 그분이 저를 반가이 맞으셨소이다. 바로 천 선비가 어젯밤 뵌 그분의 형모와 같습니다."

김항은 환한 웃음을 머금으며 천제석의 잔에 차를 그득 따랐다.

"하늘도 굶주리는군요. 먼저 밥을 드시오. 백성도 밥을 근본으로 삼는다고 하잖습니까."

"고맙습니다."

일흔셋이나 된 김항의 미소와 그윽한 눈매, 표정은 고요한 호수 같다.

김항은 하늘거리는 등잔불 너머 천제석을 향해 나직이 이야기를 하기 시작했다.

"하늘궁에 이르니 이 얘기를 들려주라 합디다. 저는 들은 대로 전할 뿐입니다."

김항은 미리 준비한 찻물을 마셔가며 꽤 긴 이야기를 들려주었다.

이야기는 산짐승 울음마저 잦아드는 새벽까지 이어졌다.

"선생님, 기억이 흐렸습니다만 말씀을 듣고 보니 뚜렷해집니다. 하늘 일은 급한데 이 땅과 조선의 도수는 뒤엉켜 있군요."

천제석이 면구스러워하며 말했다.

"하늘의 도수는 사라지지는 않습니다. 진리는 썩거나 상하거나 늘거나 줄어들지 않거든요. 안 찾아서 그렇지 찾으면 언제나 거기 있소. 언제나 말이오. 다만 찾지 않으니 마치 숨어 있는 것처럼 보이는 것이오. 그걸 찾아야지요."

"그 도수를 누가 찾지요?"

"수운 선생이 말한 인내천은 저마다 떠들어도 그 하늘이 바로 천 선비인 줄은 아무도 모르지요."

김항은 가슴속에 묻어 두었던 본론을 꺼냈다.

"천 선비는 내가 찾던 바로 그 신인이오. 바로 하늘이오."

김항은 천제석의 두 손을 마주 잡고 하늘에서 들었다는 이야기를 봇물처럼 토해냈다.

별채의 등잔불은 밤새 하늘거렸다. 도란도란 두 사람이 나누는 대화는 그칠 줄을 몰랐다. 거기서 김항이 칠십 평생 간직해온 『정역』도수를 전해 장차 하늘을 뜯어고치려는 대역사가 시작되건만, 풀벌레 소리만 간간이 들려올 뿐 세상은 아무 일도 없는 듯 어둠만 깊고 고요하다.

마치 오랜 벗을 만난 듯 두 사람은 마주 앉아 밤을 꼬박 새우며 하늘과 땅과 사람의 개벽에 관해 이야기를 나누었다. 그러는 중에 김항은 영가무도(詠歌舞蹈)를 손수 보여주기도 했다.

"가을밤이 짧기만 하구려."

김항은 아쉬운 듯 천제석을 바라보았다. 먼동이 트는지 창호가 서서히 밝아오면서 천제석의 수려한 얼굴을 비췄다.

"하룻밤이 단숨에 지나간 것 같습니다. 하늘에서 내려다볼 때는 세상이 핑핑 돌아가는 듯하더니 막상 살아보니 역시 빠릅니다. 하하하."

김항과 천제석은 전날 처음 만난 사람 같지 않다. 김항의 나이 일흔 셋, 천제석의 나이 스물일곱. 두 사람은 나이 차이가 마흔여섯 살이나 나지만, 그런 세월의 거리쯤은 아무런 장애가 되지 않는다. 두 사람은 준비된 만남을 이렇게 나누었다. 서로가 하는 말을 경청하고 자신의 뜻을 전하며 긴 밤을 찰나처럼 보냈다.

"하늘의 뜻이 부디 땅에서도 이루어지기를 소원합니다."

이날 김항은 그가 비밀히 준비한 후천개벽 설계도『정역』을 전했다. 다만 책으로 전하는 대신 조카 물한이를 딸려보냈다. 그는 정역을 조카 머리에 몰래 숨겨 두었다. 정역을 도둑질하려는 무리를 피해 그가 마련한 비밀 계책이다.

이후 천제석은 자신의 정체성을 일깨워 준 연산 땅을 떠나 공주 대통교 근처의 글방에 며칠 머물렀다. 그동안 물한이 암송하는『정역』
을 다 배워 익히고, 그 뒤로는 선천 사람들의 욕망을 관찰하기 위해 공
주부 사람들의 명리를 살폈다. 그 명성이 공주부에 널리 퍼져 많은 사
람이 몰려들어 저마다 운명을 물었다. 천제석의 신이한 비판에 경탄
을 금치 못한 사람들이 소를 잡아 그를 공양하기까지 했다. 그는 단지
사람들을 통해 다가오는 시대를 들여다보고 싶었을 뿐이다.

　"명리로 길흉을 가리고 화복을 피하려는 것은 잘못된 생각입니다.
길과 복만 인생이 아니라 흉과 화도 인생이기 때문입니다. 동지 속에
하지가 있고, 하지 속에 동지가 있듯이 흉과 화는 한 몸입니다. 하늘은
길복만으로 가르치지 않습니다. 때때로 흉화로도 가르침을 전한답니
다. 사람만이 아니라 나라도 그러합니다. 그러니 힘들더라도 매사 감
사해야 합니다."

　천제석의 발길은 공주에서 대전으로 옮겨 갔다. 그 뒤로는 경기, 황
해, 강원, 평안, 함경, 경상 각지를 돌아다녔다. 일컬어 대순(大巡)이다.

　맨발로 길을 걷고, 그러다가 밤이 되면 추녀 밑이나 헛간을 빌려 노
숙하고, 배가 고프면 걸식하고, 여의치 않을 때는 며칠씩 굶기도 했다.
때때로 들일을 하는 농부들을 거들며 밥술을 얻어먹기도 하고, 산일
하는 곳에서는 나무를 베어 노잣돈을 마련하기도 했다. 농부를 만나
면 대신 밭을 갈아 주고 채상장(彩箱匠)들과 함께 광주리를 엮기도 했
다. 쉴 때는 누대에 올라 농악을 듣고, 노인들과 옛일을 이야기하고,
관리를 만나 시사를 논하기도 했다.

　천제석은 온갖 곡절을 다 겪으며 조선 팔도 곳곳을 유력(遊歷)했다.
이 땅에서 일어난 만고풍상을 두루 열람한 것이다. 그의 땅, 그의 사람

을 배우는 시간이었다.

　신인의 유력이라기엔 너무도 초라한 행차다. 일부러 그렇게 험하고 고통스럽게 천태만상을 둘러본 것이다. 하늘도 이처럼 땅을 읽고 인간을 들여다봐야 도수를 놓을 수 있다.

4
새 하늘, 새 땅, 새 사람

천제석이 스물일곱 살 되던 정유년(1897년)에 집을 떠나 서른 살인 경자년(1900년)에 돌아왔으니 3년 동안 천하를 유력대순(遊歷大巡)한 셈이다.

그사이 김항은 무술년(1898년) 11월 24일에 일흔넷의 나이로 학이 하늘을 날아오르듯 고요히 승천했다.

3년 주유 끝에 집으로 돌아온 천제석의 첫 변화는 고향 집에서부터 일어났다.

달이 뜨지 않은 캄캄한 밤. 이웃집 들창에서 흘러나오던 희미한 불빛마저 모두 잠들어 칠흑 같은 어둠이 깔렸다. 하늘에는 흐릿한 빛을 흘리며 별 몇 점이 가까스로 떠 있다. 간간이 시루봉 쪽에서 산짐승이 울부짖는 소리가 아련히 들려온다.

온 세상의 만물이 잠든 듯 고즈넉한 밤이지만 고부 객망리에 있는 천제석의 본댁 사랑채에는 밤늦도록 불이 켜져 있다.

자시(한밤중 11시~1시 무렵)가 지날 무렵, 사랑문이 열리면서 천제석이 책과 종이를 한 아름 안고 밖으로 나섰다.

곧 안마당 구석에 있는 우물가에 불길이 일기 시작했다. 불길은 너울너울 춤을 추듯 타오르고, 불그림자가 안채의 창문까지 어른거렸다. 안채 문이 열리면서 천제석의 모친이 숨넘어가는 소리로 외쳤다.

"불이야!"

모친의 외마디에 온 집안사람들이 잠에서 깨어나 마당으로 뛰어나왔다. 깊은 밤중에 온 집 안은 벌집을 쑤셔 놓은 듯이 소란스러워졌다. 모두 불길이 타오르고 있는 우물가로 모여들었다.

그곳에 천제석이 서 있었다. 그는 소란에도 개의치 않고 마른 나뭇가지를 긁어모아 계속 불을 지폈다. 천제석의 눈동자에 벌건 불빛이 어른거렸다. 불길이 오를수록 그의 얼굴은 붉게 상기되었다. 눈에 불길이 이는 듯했다.

모닥불이 불끈 일어나자 천제석은 가슴에 품고 있던 책과 종이를 불길 속에 집어던졌다. 그제야 부친이 한 발짝 앞으로 나서며 입을 열었다.

"지금 네가 던진 것이 무엇이냐?"

천제석은 대답을 하지 않고 다른 문서를 꺼내 불길에 넣으려 했다. 그때 부친이 달려들어 문서를 빼앗아 들고는 불빛에 비춰 보았다.

"아, 아니!"

부친은 입을 떡 벌리며 천제석을 쳐다보았다.

"네가…… 네가 어찌?"

책을 움켜쥔 부친의 손이 덜덜 떨렸다.

천제석이 불길에 던지려던 문서는 집안 대대로 전해 내려오는 교지(4품 이상 벼슬아치의 사령)와 공명첩(실제 벼슬은 주지 않고 명목상으로만 관직을 내린 서임서)이다.

"문중의 가보를 태우다니…… 이럴 수는 없다. 이래서는 안 되는 법이다."

비록 자신이 낳은 아들이지만, 천제석이 예사 사람이 아니라고 생각하여 함부로 대하지 않은 부친이다. 그러나 조상 대대로 내려온 가보를 태우는 것만은 차마 그냥 바라볼 수 없었다. 난리가 나더라도, 목숨이 위태롭더라도 자식보다 먼저 챙기던 것들 아닌가.

"문중에서 이 일을 알면 큰 난리가 난다. 그러면 네가 하고자 하는 일도 방해를 받을 것이 틀림없다. 제발 다시 생각을 해보거라."

부친은 터져 나오는 격정을 꾹 참으며 아들을 설득했다.

천제석이 무겁게 입을 뗐다.

"아버님, 다가오는 세상은 이런 문서에 의지해서는 안 됩니다. 앞으로 귀천 없이 평등하고, 남녀가 동등한 세상이 열립니다. 이런 게 필요 없습니다."

천제석은 부친의 두 손을 꼭 잡았다.

"모든 것이 저로부터 다시 시작됩니다."

평소 아들의 영민함을 믿어 온 부친은 하는 수 없이 교지와 공명첩을 아들 천제석에게 도로 내밀었다.

"그래. 이 아비는 비록 목숨같이 여겨온 것들이지만, 이 아비도 너에게 부친다."

천제석은 부친이 내민 문서를 받아서 불길에 던졌다. 사그라들던 불길이 훅 하는 바람 소리를 내며 다시 타올랐다. 순식간에 불이 붙은 교지와 공명첩은 어느덧 빨간 불티가 되어 꽃가루처럼 날렸다. 천제석은 모닥불을 들쑤시며 교지와 공명첩이 재가 될 때까지 태웠다.

"묵은 것은 과감히 버려야 합니다. 버리지 않고는 새 세상을 맞을 수 없습니다. 저는 묵은 하늘, 묵은 땅을 치우고 거기에 새 하늘, 새 땅을 열어 장차 이 세상 창생을 모두 건지겠습니다."

천제석이 사서삼경과 같은 옛날 책과 교지, 공명첩 따위를 모조리 불태운 사건은 삽시간에 인근 동네와 문중으로 퍼져 나갔다. 엄청난 충격이지만, 누구도 천제석이 한 일에 대해 대놓고 비난하지 못했다. 너무 큰 사건이고 충격이다 보니 기껏 "미친놈."이라고나 할 뿐이었다.

이후로 천제석은 마을 뒷산으로 올라가 종종 명상에 들곤 했다.

다음 해인 신축년(1901년)은 천제석이 서른한 살 되는 해다.

그는 이전의 법술(法術勢 중 법과 술을 가리킨다. 그는 이 중 세는 쓰지 않았다)로는 세상을 건질 수 없다고 생각하고는, 자유자재한 조화권능이 아니고서는 천하를 구할 수 없는 패운에 이를 것이라고 믿었다. 그래서 천제석은 하늘의 법술을 준비하기 위해 더욱 수도정진하기로 결심했다.

아내는 남다른 정성으로 그를 뒷바라지했다. 아버지에 이어 아내까지 천제석의 뜻에 응원을 보내기 시작한 것이다.

그는 하루 세 번 산을 오르내리며 밥을 날랐는데, 그때마다 몸을 정결하게 하고 때마다 옷을 갈아입었다. 이 무렵에는 가세가 더 어려워

저 아내에게는 나들이옷이 한 벌밖에 없었다. 매번 옷을 빨아 입어야 했다. 볕이 드는 날에는 나들이옷을 빨아 널어 놓고는 누더기 차림으로 농사일을 했다.

천제석이 수행을 시작한 지 열나흘째 되는 날이다.

온종일 비가 내렸다. 장대같이 굵은 빗줄기가 산등성이를 도리깨질하듯 후려치면서 번개가 번쩍이고 천둥이 마치 북소리처럼 울렸다. 빗줄기가 너무 거세어 아내는 공부막까지 갈 엄두가 나지 않았다. 그렇게 주저하는 사이 시간은 흘렀지만, 용맹정진하는 남편의 끼니를 거르게 할 수는 없었다. 용기를 내어 일어섰다. 기왕 시작한 일이니 마지막까지 온 정성을 다하기로 결심한 그는 말린 옷을 걸치고, 밥과 찬을 보자기에 싸 머리에 이고 눈을 질끈 감고는 마당으로 내려섰다. 그 순간, 거짓말처럼 비가 그치더니 하늘이 개기 시작했다.

그는 눈이 휘둥그레져서 사방을 둘러보았다. 그야말로 비 갠 뒤의 세상은 청명하기만 하다.

공부막에 오르자 신선한 바람이 불어 올라왔다. 산봉우리 아래로 솜털 같은 안개 덩어리가 듬성듬성 떠 있어 공기가 한층 더 상쾌하다.

"당신 정성이 하늘에 통해 오던 비도 그쳤소."

그 순간 아내는 십수 년간 가슴에 응어리진 덩어리가 스르르 녹아내리는 것을 느꼈다. 천제석의 얼굴을 보니 그저 '내 남편'이라고는 할 수 없는 묘한 힘이 느껴졌다.

1901년 6월 16일. 천제석은 2차 공부지로 모악산을 골랐다.

전라도 김제와 완주를 경계로 호남벌의 동쪽 언저리에 우뚝 솟은 모악산은 새벽 동이 틀 때부터 그 웅장한 위세를 드러낸다. 울창한 숲에서는 잠에서 깬 산새들이 점점 요란하게 지저귀었다. 새벽 예불을 올리는 목탁 소리가 산사의 낮은 담장을 타고 넘어 숲이 울창한 계곡을 거슬러 올라간다.

똑똑똑 또그르르…….

모악산의 한 자락을 따라 깊게 팬 계곡의 한편에 있는 대원사 대웅전.

안에서는 여느 때보다 청명한 염불과 목탁 소리가 흘러나왔다. 한참이나 계속되던 목탁 소리는 한여름의 붉은 햇살이 동쪽 능선으로 고개를 내밀기 시작할 무렵 뚝 그쳤다.

잠시 후 법당 문이 열리며 한 승려가 절 마당으로 내려섰다. 이 절의 주지다.

"어험."

아침 햇볕이 따갑게 비껴드는 절간 마당에 내려서서 헛기침으로 목을 고른 다음 눈을 들어 도량을 한 바퀴 휘둘러보았다. 여느 때보다 싱그러운 햇살이 검푸른 숲 사이로 스며든다.

"주지 스님, 손님이 찾아오셨습니다."

돌아보니 젊은 청년이 서 있다.

천제석이다.

"저는 고부 사는 천제석이라고 합니다."

고향을 떠난 천제석이 열흘여 모악산 일대를 돌아다니다가 이제야 거처로 점찍은 대원사에 다다른 것이다.

"수행할 만한 자리를 둘러보던 중 발길이 저절로 모악산 이 절에 미쳤습니다. 이곳에서 하늘을 좀 왕래할까 싶은데 도와주시면 고맙겠습니다."

하늘을 왕래한다?

"난 또 잘생긴 상좌 하나 얻는다 싶었구먼. 허허."

천제석은 대원사를 둘러보고 나서 칠성각을 최후의 수행처로 삼 았다.

절마다 있는 칠성각은 본래 불교 신앙에서 유래한 것이 아니다. 북 극성과 북두칠성 신앙은 불교가 들어오기 이전부터 있었다.

이런 이유로 천제석은 하늘에 닿는 정성을 들일 곳으로 이 칠성각 을 택한 것이다. 그는 주지에게 자신이 정진하는 동안 아무도 근접하 지 못하게 해달라고 청했다.

"스님, 저는 이제 한번 칠성각에 들어가면 하늘문을 열어 일을 마 칠 때까지 앉아 있을 것이니, 제가 문을 열고 나오기 전까지는 아무도 출입해서는 안 됩니다. 그런즉 먹을거리든 마실 물이든 문 앞 섬돌에 놓아 주시기만 하고, 잡인은 아무도 칠성각 근처에 얼씬하지 못하도 록 막아 주십시오. 칠칠 사십구 일만 도와주십시오."

천제석은 주지에게 다짐을 시킨 뒤 칠성각으로 들어가 혹독한 수 행을 하기 시작했다. 그의 육신에 깃든 인간세의 숙연을 버리고, 천상 세의 도수를 끌어들이기 위한 마지막 수행이다.

천제석은 하늘과 통하는 관문을 열고 올라가 그가 깔아 놓은 도수 를 확인하는 최후의 용맹정진에 들기로 한 것이다. 그가 정한 기간 49일, 사람의 몸으로 천지인 삼재를 잡는다는 것은 이토록 어려운 일 이다. 무엇보다도 하늘문을 활짝 열어 놓고 천상의 일꾼인 신명들을 자유자재로 부릴 수 있어야 한다고 그는 말했다.

몇째 날이던가. 칠성각에서 들려오는 고함에 놀라 밤새 잠을 설치던 주지가 새벽 일찍 도량송을 하러 나섰다. 그러다가 절 마당을 보고는 깜짝 놀랐다. 칠성각에 봉안한 선승 진묵대사의 영정이 절 마당에 뒹굴고 있었다.

진묵은 대원사가 부처님만큼이나 높이 받드는 고승이다.

주지는 칠성각으로 뛰어 올라갔다. 그는 거기서 또 한 번 놀랐다. 칠성각 기둥과 지붕이 뒤틀려 있었다.

"선비님, 큰일 났습니다."

눈이 휘둥그레진 주지는 진묵대사 영정이 절 마당에 나뒹굴고 칠성각 기둥과 지붕이 뒤틀려 있다는 사실을 칠성각 안에 있는 천제석에게 알렸다.

안에서, 아무렇지도 않다는 듯이 천제석의 대답이 흘러나왔다.

"주지 스님, 정녕 그렇게 보입니까? 걱정할 것 없습니다. 다시 살펴보십시오."

주지가 다시 마당을 돌아보고 전각을 둘러보니, 어느 틈에 칠성각은 원래 모양으로 감쪽같이 돌아와 있었다. 절 마당에 뒹굴던 진묵대사의 영정도 보이지 않는다.

그 뒤, 하루는 천제석이 주지를 불러 돈 10전을 주었다.

"쓸데가 있으니 이 돈으로 술을 좀 사다 주시오. 다만 주지 스님이 하지 않으면 효험이 없습니다."

주지는 그 말을 듣는 순간 속이 거북했다. 마을 주막까지는 왕복 10리가 넘는 산길이다. 그 먼 산길을 명색이 주지인 그가 술 한 병을 받으러 오르내리는 것도 어색한 풍경이지만, 그보다는 불도량에서 술을 마신다는 것도 있을 수 없는 일이다.

"선비님, 수행 도량에서 술을 마시는 것은 좀……."

그는 선뜻 손을 내밀어 돈을 받지 못하고 망설였다.

"스님과 제가 술판을 벌이자는 것도 아닌데 무얼 그리 걱정하십니까? 나중에 새 하늘이 열릴 때 힘쓸 신명들에게 미리 술 한잔으로 품삯을 주려는 것이니 장차 이 10전이 10억 냥 몫을 합니다."

천제석의 설명에 주지는 얼른 돈을 받아 들고 산 아래 주막으로 달려가 술을 사다 올렸다. 천제석이 칠성각에서 수행하는 동안 주지 혼자서만 수발을 맡기로 약속했으므로 누구에게 대신 시킬 수도 없는 노릇이다.

주지는 헉헉거리며 산 아랫마을까지 내려가 술을 사다 칠성각 안에 들이밀었지만 천제석이 그 술로 무엇을 하는지는 알 도리가 없다.

그 뒤로도 주지는 하루에도 두세 번씩 술심부름을 더 했다. 헐떡거리며 주막까지 오르내리는 주지를 천제석은 따뜻한 말로 위로하곤 했다.

"주지 스님, 백 년 수행을 해도 한 번 깨닫느니만 못 하다지요?"

"백 년이 아니라 억겁을 수행해도 깨닫지 못하면 앉은바위이지요. 하나, 그렇게 해서라도 깨달음이 어디 이루어져야 말이지요. 나이 쉰이 넘어서도 머릿속이 안개가 낀 듯 흐릿하기만 하니 금생은 일 다 봤습니다."

"제가 주지 스님의 평생소원을 들어주겠습니다. 한번 말씀해보시지요."

"내가 평생 이 절 주지로 있으면서 부처의 길을 닦게 해주시오."

"어려운 일은 아니지요. 그렇게 하십시오."

말 한마디면 족하다. 천제석은 이 한마디를 통하여 주지의 여생을 짧게 예언하고, 주지는 그 말을 굳게 믿었다.

"주지 스님은 전생에 월광대사라는 법명으로 불도를 닦았는데 그 후신으로 대원사에 오게 된 것입니다. 주지 스님이 하실 일은 이 절을 중수하여 많은 수행자의 도량을 여는 것입니다. 남을 도와 적선이 이 모악산처럼 높이 쌓일 때 소원이 저절로 이루어집니다. 적선 중 적선은 남에게 가르침을 주거나 깨달음의 인연을 맺어 주는 일입니다. 이번에 하신 술 적선으로 신명들이 크게 도와줄 것입니다."

주지는 고개를 끄덕이다가 내친김에 한 가지를 더 청했다.

눈치를 보니 청년이 도를 통한 듯 말이 시원시원하니, 내친김에 욕심을 부려보고 싶다.

"할 일이 아직 많으니 아흔 살까지는 살게 해주십시오."

주지의 소원이 거기까지라는 게 슬프지만, 그는 웃으며 고개를 끄덕여 주었다. 아흔 살까지 살며 주지직을 꼭 쥐고 싶다는 소박한 소원, 묵은 하늘 묵은 땅에서 마땅히 이루고 싶은 욕망이다.

"수행에 딱히 나이가 많이 필요한 건 아니지만 원한다면 그것도 그리될 것입니다. 때가 되면 허리 병으로 입적하게 될 것이니 하늘이 준 그 수에 감사하십시오."

주지는 깜짝 놀랐다. 몇 해 전에 허리를 다친 사실을 천제석이 어찌 알고 하는 말인가 해서다. 이후 그는 천제석이 하는 말이라면 숨소리까지 다 믿었다.

신축년(1901년) 8월 20일.

천문이 축오(소띠해 6월)에서 축미(소띠해 7월), 축신(소띠해 8월)을 관통하는 49일을 달려오니 이날 밤이 그 마지막 날이다. 게다가 천제석은 양띠다. 1901년 축(丑)과 6월 오(午), 7월 미(未), 8월 신(申)은 서로 충격하여 새로운 것을 만들어 내는 천기(天氣)이니 이제 그 결실이 무르익었다. 묵은 하늘과 묵은 땅, 그리고 천제석이 부딪혀 깨지는 시각이다.

천둥과 번개가 몰아치면서 모악산 일대에 큰비가 내리기 시작했다.

우르르, 쾅—.

우레가 칠 때마다 지진이 일어나듯 땅이 흔들리고, 마치 봉우리가 통째로 무너져 내릴 것만 같다. 봇물이 터진 듯 하늘에서는 쉬지 않고 물줄기를 쏟아부었다. 대낮인데도 천지는 늦은 저녁처럼 어두컴컴하다. 그 속에서 번갯불이 번쩍일 때마다 큰 빛이 눈에 확 들어왔다가 어둠 속으로 잠기곤 한다.

천둥 번개가 무섭게 내리치자 대원사 대중은 방에 틀어박혀서 꼼짝도 하지 않았다. 주지도 일절 방문을 열지 않았다.

천제석은 천둥 번개 속에서도 까딱하지 않고 칠성각 안에서 비밀 수행을 계속했다.

천둥 벼락, 폭우는 이튿날 오전까지 계속되다가 감쪽같이 그치더니 해가 났다. 구름 한 점 없이 맑은 하늘이다.

얼마나 지났을까. 칠성각의 앞문이 활짝 열리면서 천제석이 밖으로 나왔다.

"다 이루었다. 이제 다 이루었다!"

그때 대원사 골짜기의 온갖 새와 산짐승 들이 모여들었다. 천둥 번개에 놀라 숨죽이고 있던 그들이다.

"너희들도 후천을 맞고 싶어 선천 해원을 구하느냐?"

천제석이 새와 산짐승 들을 따뜻한 눈길로 바라보며 물었다.

"알았으니 물러들 가라."

그제야 절에 머물던 대중이 방문을 열고 밖으로 나왔다. 먼저 주지가 천제석의 도통을 알아보고 먼저 기뻐했다.

"천 선비, 드디어 하늘문을 열어 도통을 이루셨군요?"

"예, 이루었습니다. 다 이루었습니다. 그래서 다 버렸습니다. 선천의 묵은 찌꺼기를 다 버리고 내 몸도 내 마음도 바꾸었습니다."

주지는 그제야 크게 공양상을 차려 부처에게 바치듯 천제석에게 정성스레 올렸다. 천제석이 칠성각에 머무는 동안 근접도 하지 못하던 대중도 가까이서 그를 볼 수 있게 되었다.

"부처님은 처음 깨달음을 얻으신 다음 다섯 제자들에게 초전법륜을 굴리셨는데, 선비님께서도 깨우친 바를 저희들에게 설파하여 주시길 청합니다."

주지가 간곡한 마음으로 청법했다.

"위로는 천문에 통하고, 아래로는 지리에 통했습니다. 천문과 지리, 여기까지는 옛 성인들 가운데 더러 통하신 분이 있지만 나는 한 가지 더 갖추었습니다. 바로 중통인의(中通人義)에 통했지요. 바야흐로 사람의 이치를 다 깨우쳤습니다. 선천에는 누구도 사람의 가치를 높이 말하지 않았으나 장차 새 하늘 새 땅에서는 사람이 근본이 될 것입니다. 선천에는 탐욕과 무지가 웅패들의 무기였으나 후천에는 자비와 지혜를 가진 신인류들이 대동상생하는 한몸사회를 이룰 것입니다.

하늘에 제사하고 땅에 기도하는 대신 사람에게 적선하고 사람에게 공덕을 지어야 복을 얻습니다."

"천지인 삼재의 도리를 모두 통하셨다니 가히 우주 삼라만상의 도에 통하셨다는 말씀이시군요. 저희에게도 그 지혜를 나누어 주십시오. 그치지 않고 끊이지 않는 큰 복을 주십시오."

"내 세상은 말로 설명할 수 없는 세상이니 이를 어쩌겠소? 나는 세상을 교화하러 이 세상에 온 부처 같은 성인이 아니라 이 세상을 뜯어고치러 온 하늘 그 자체입니다. 나는 하늘과 땅, 그 하늘과 땅에 있는 사람, 이승과 저승에 있는 모든 사람과 영혼을 구원하러 왔습니다. 교화는 부처의 몫이지 내 몫이 아닙니다."

천제석은 글공부를 마친 여느 선비처럼 봇짐을 지고 대원사를 나섰다.

"그대들이 차린 밥상을 내가 맛있게 잘 먹었으니 적선의 공은 충분하오. 모두 복 받으시오."

한 사람 한 사람 돌아보며 축복했다.

그러고는 모악산을 떠나 고향 고부로 발길을 향했다.

집으로 돌아온 천제석은 그간 자신을 따르던 사람들을 불러 모아 놓고 중대한 선언을 했다.

"온 천하가 큰 병에 들었으니 내가 이 몹쓸 세상은 버리고 새 세상을 열리라. 장차 하늘과 땅과 사람을 개벽하여 불로장생하고 천지인 삼재가 화락하는 신천지를 열고자 한다. 나는 하늘이다!"

천제석의 "나는 하늘이다!"라는 대성일갈에 사람들은 화들짝 놀랐다. 너무 낯설고 너무 큰 말이다.

"묵은 하늘 선천은 서로 뜯어먹고 죽이는 상극 시대였으나 다가올 새 하늘 후천은 서로 도와 함께 사는 상생 대동의 세상이 될 것이다. 그러므로 남 죽이면 제가 살고, 남 살리면 자기가 죽는 상극 시대와 달리 앞으로는 죽이면 저도 죽고 살리면 저도 사는 쌍멸(雙滅) 쌍생(雙生) 하는 세상이라."

천제석은 좌중을 둘러보며 찬찬하면서도 힘 있게 말을 이었다.

"이 선천 묵은 하늘에는 원한이 가득 차서 화액이 들끓는다. 기어이 터져 수많은 생명이 떼로 죽고 떼로 망할 것이라. 하늘에서 그 원한에 사무친 절규를 차마 들을 수 없어 내가 참다못해 세상으로 내려온 것이라. 도저히 어쩔 수 없을 만큼 악기가 넘치니 사바를 쳐서 없앨 수밖에 없게 되었다. 오죽하면 세상을 뜯어고치고 하늘을 바꾼다 하겠는가."

천제석은 뜨거운 열정으로 앞으로의 계획을 또렷하게 말해주었다.

"이제 나는 앞으로 9년 동안 묵은 하늘을 버리고 새 하늘을 여는 천지공사를 펼칠 것이다. 나는 하늘보다도, 땅보다도, 인간의 도를 크게 세울 것이니 중통인의라. 천존, 지존보다 인존이 더 크니, 내 세상은 인존의 시대라."

천제석은 비로소 천지인(天地人)을 뜯어고칠 준비를 마쳤음을 선언했다.

"이제 나의 천지공사가 끝나면 온 천하가 대개벽기에 들어선다. 내가 놓는 도수에 따라 선천 세상은 갈기갈기 찢어지고 터지고 무너지고 밟히고 깨지리라. 그런 다음 도수가 한 바퀴 돌고 나면 나뉘고 갈라진 것이 하나로 돌아가는 만법귀일 원시복본을 하고 나면 마침내 대통일의 시대가 완성되리라. 내가 9년 천지공사로 묵은 하늘과 묵은 땅과 묵은 사람을 개벽하여 5만 년 신천지를 열 것이니 이것이 곧 선인들이 그리던 신인류 인간과 신영혼 신명이 어우러지는 용화세계라."

5
바이러스가 멈추다

윤하린은 거기까지 읽은 다음 책을 덮었다.

천제석 이야기가 지금 벌어지고 있는 부산 사태와 뭔가 연관되는 듯한 느낌이 든다. 그렇다고 달리 어떻게 해볼 길은 없다. 하땅사를 찾아가보고 싶다는 생각이 들기는 하지만, 부산 해저터널 해룡구에서 일어난 사건이 곧 그들이 말하는 개벽의 시작이라고 보기에는 무리다. 추이를 더 보아야 한다. 정말 새 하늘 새 땅이 열리려고 이러는 건지, 특히 호모사피엔스 말고 새로운 인종이 생겨날지는 그야말로 과학적으로, 생물학적으로, 유전학적으로 더 살펴봐야 한다. 독감 바이러스 정도에 지나치게 흥분하는 상황일 수 있다.

부산 한일해저터널 사태도 시간이 흐르면서 점차 안정이 되어 가는 듯하다. 버스에 탄 채 쓰러진 사람들이 사망한 것인지 기절한 것인지에 대한 정보가 확실치 않은 가운데 현장 CCTV에는 더러 살아 움직이는 영상이 보이고, 죽은 듯하던 사람들이 하루 만에 혹은 한 나절만에 깨어나는 사례도 생겼다. 하지만 방역 라인이 쳐 있어 누구도 그쪽으로 접근하지 못한다.

처음 한일해저터널 해룡구 앞에서 발생한 이 사건은 이후 며칠간 잠잠했다. 방역 라인도 확실하고, 다른 지역으로 번진다는 보도도 나오지 않은 채 보도 자체가 통제되었다. 숨기는 게 아니라 몰라서 엠바고다.

그러던 중 사흘째 되던 날, 경부선 청도역.

부산역 임시 폐쇄 후 부산진역을 출발한 열차가 코레일의 명령을 듣지 않고 무정차 질주를 하다가 본사의 전자제어 명령으로 겨우 정지되는 사고가 일어났다. 한일해저터널 앞 버스 사고는 그럴 수 있다 치더라도 이번 사고는 너무 컸다.

그러잖아도 그저께 저녁부터 윤하린은 철야 근무를 해왔다. 사건이 사건이니만큼 전 직원이 퇴근을 하지 못하고 사건 내용을 분석하고, 상황을 모니터링했다. 사고 버스에 접근조차 하지 못한다는 게 말이 안 되는 상황이었다. 핵물질이 유출된 거라면 몰라도 그럴 수는 없다고 의심했다. 하지만 현실적으로 사고 버스에 접근하던 119대원들까지 쓰러지고, 쓰러진 동료를 구하러 재차 접근하던 119대원들이 또 쓰러진 이후에는 차라리 방역 라인을 굳게 쳐놓고 출입 자체를 이중 삼중으로 막아버렸다. 그러니 뉴스거리도 없다.

윤하린은 전화벨이 울리자 무심코 받아들었다.

"예, 핫코리아입니다."

―여기 부산인데요, 난리가 났어요.

목소리는 몹시 다급했다. 급한 만큼 발음도 부정확하다.

"청도역 열차 사건 말입니까? 거긴 기자를 파견했고요, 아직 조사 결과가 안 나와서 저희도 내용을 잘 모릅니다."

윤하린은 편집국 여기저기 전화 받는 소리며, 기자들이 주고받는 말소리로 시끄러워 한쪽 귀를 손가락으로 막았다.

한일해저터널 버스 사건 이후 인근 터널과 부산역과 부산항은 폐쇄되고, 이후 부산진역에서는 정상적으로 기차가 운행되고 있었다. 버스 사건이 충격적이고 불가사의하기는 하나 이후 방역 라인은 더 굳게 지켜졌다.

방역 라인을 지키는 경찰은 감염 지역 내로 생필품을 공중투하하는 방식으로 공급했지만 생존자라도 방역 라인 밖으로는 나오지 못하게 막았다. 아직 바이러스 혹은 가스 등의 정체를 확인하지 못한 상태라 2차 감염에 대한 안전성이 확보되지 않았다는 이유였다. 또한 생존자들도 굳이 밖으로 나오려 하지 않았다. 육안으로도 대략 10여 명 정도가 활동하는 모습이 보이지만 그들 역시 소식을 보내오지 않았다.

그러던 중 이날 오전에 부산진역을 떠난 열차가 청도역에 비상 정차했는데, 기관사와 승객 전원이 의식불명에 빠졌다는 것이다. 이 열차에도 역시 접근이 불가능해 멀리서 망원경으로 분석만 하고 있다.

―여긴 동구인데 사람들이 쓰러지고 있어요. 중구 일대만 위험하다더니 왜 갑자기 바이러스가 이쪽으로 넘어오나요? 잠잠하더니만.

'동구마저?'

듣지 못한 소식이다.

"냄새가 납니까?"

―아뇨.

"급성전염병으로 보입니까?"

―그게…….

"여보세요. 여보세요!"

상대의 목소리는 더는 들리지 않았다.

윤하린은 고개를 갸웃거리며 수화기를 내렸다. 그러고는 편집국의 다른 기자들을 향해 소리쳤다.

"혹시 부산 소식 더 없어요? 중구 방역 라인이 확보됐다더니 지금 동구로 번졌나 봐요. 버스 한 대 문제가 아닌 듯합니다."

같은 사회부의 정회인 기자가 본능적으로 되물었다.

"아직 부산시 발표는 없어요. 역학조사반이 들어가긴 했는데 돌아오질 않는답니다. 현장에 접근하기만 하면 쓰러지거나 연락 두절이랍니다."

"동구에서 누군가 제보를 해왔는데 중간에 전화가 끊겼어."

"무슨 내용인데요?"

"사람들이 갑자기 쓰러진다고만 했어. 녹음은 됐겠지만 이 정도로는 뉴스 가치가 없어. 장난 전화일 수도 있고."

윤하린은 핫코리아 부산 지국에 전화를 걸었다. 마침 지국장이 직접 전화를 받는다.

"여기 본사 사회부 윤하린 기잔데요, 부산 상황이 어떻습니까? 무

슨 제보가 들어와야 말이지요. 중구든 동구든 누가 좀 들어가 취재를
해볼 수 없나요?"

"글쎄요, 해저터널 쪽에 방역 라인이 쳐 있는데, 기자 출입이 엄격
히 통제되는 중이라서요. 청도역 사건 이후 지금 부산역, 부산진역은
완전히 폐쇄됐고요. 인근도 통제되는 모양입니다만 무슨 일인지 우
리도 통 알 수가 없어요. 시신이 수습되었다는 정보도 없고, 방역 당국
도 속수무책인가 봅니다. 아는 공무원에게 물어보니 무서워서 아무
도 접근을 못 한다네요. 부산시에서는 동구 주민들에게 대피령만 내
리고. 우리도 답답합니다. 동구가 지척인데."

지국장은 오히려 윤하린에게 되물었다.

"동구 시민의 전화 제보가 있었는데, 사람들이 갑자기 쓰러진다고
만 하고 끊겼어요. 그럼 또 번지는 모양인데, 제가 알아본 다음 연락드
리겠습니다."

윤하린은 심상치 않은 전화 내용이 마음에 걸렸지만, 전염병이 확
산되는 것이라면 다시 전화가 걸려오겠지 하고 제쳐두었다. 일단 해
저터널에서 중구와 동구 쪽으로 확산된다면 가스는 아니고 바이러스
일 가능성이 높다. 천연두가 휩쓸고 지난 뒤끝이라 부산 사태는 모두
들 전염병 때문이라고 이해했다.

윤하린은 동구에서 걸려온 전화가 계속 신경 쓰여 기사를 쓰던 손
을 멈추었다. 다른 방송사나 신문사보다 더 빨리 정보를 수집해야 한
다는 조바심이 났다.

그때 사회부 전화기가 다시 울렸다.

—동구인데요, 여기도 사람들이 쓰러지고 있어요. 갑자기 말입니다.

상대방은 다짜고짜 외쳤다. 윤하린은 습관적으로 메모지에 펜을 올려놓고 물었다. 핫코리아는 라디오 방송이 전문인 만큼 대부분의 전화는 자동 녹음 시스템을 갖추었지만, 그래도 메모를 하지 않으면 불안하다.

　"거기 동구라고요? 지금 위치가 어딥니까?"

　—좌천동 근처입니다. 금오공원에 있던 사람들이 이유 없이 쓰러져요.

　"아, 그러세요? 계속 말씀하세요. 말씀하시는 내용은 곧바로 뉴스를 탈 수 있습니다."

　—중구는 방역 라인이 있어 안 가는데, 그동안 확산된다는 말이 없어 사람들이 안심하고 있었거든요. 창밖을 내다보니 공원에 나와 운동하던 사람들이 고목나무 쓰러지듯 픽픽 쓰러져 나갑니다.

　"몇 사람이 쓰러졌습니까?"

　—그건 알 수가 없고요. 여긴 오 층인데 거리에서 사람들이 막 쓰러지고 차들이 연쇄 충돌하고 있어요. 아…… 여기도, 여보세…….

　"여보세요, 여보세요……."

　상대방의 목소리는 더는 들려오지 않았다. 그렇다면 방역 라인이 무너졌다는 말이다. 왜 며칠 잠잠하던 바이러스가 갑자기 창궐하는지 그 이유를 알 수 없다. 불길한 예감이 서늘하게 몰려든다.

　30분 뒤, 핫코리아 채널에서 긴급 뉴스가 흘러나왔다.

　—긴급 속보를 말씀드리겠습니다. 며칠 전 부산시 중구 일대에서 발생

한 원인 모를 바이러스가 오늘 오전 갑자기 인근 동구 좌천동까지 퍼졌습니다. 해저터널에서 처음 발생한 이 바이러스는 감염자 수가 파악되지 않은 가운데 사방으로 퍼져 수많은 사람이 쓰러진 바 있습니다. 초기 사망한 것으로 알려진 사람들이 한나절이나 하루 뒤 일부가 살아나고, 절반 정도는 소식불통인데, 이후 잠잠하다가 오늘 오전 동구 좌천동 일대에 재차 퍼지고 있다고 합니다.

한편, 바이러스에 관한 보도가 나간 직후 방송·신문·라디오 등 경제부 기자들은 증권시장 동향에 촉각을 곤두세웠다. 어제까지만 해도 해프닝 정도로 끝날 듯하던 한일해저터널 사건은 이날부터 괴질, 바이러스, 가스 테러 등 갖가지 추측 보도로 날뛰기 시작했다.

부산 사태는 언론사보다 주식시장에 먼저 알려졌다. 괴질 발생에 관한 핫코리아의 라디오 보도가 나오기 직전에 부산에서 정체불명의 바이러스가 번지고 있다는 루머가 먼저 돌았다. 그와 동시에 부산항과 김해국제공항, 김해공단, 부산시에 본사를 둔 회사들의 주가가 흔들리기 시작했다. 공포와 불안이 스며들기 시작한다.

핫코리아 사회부.

윤하린은 유선 전화기마다 기자를 붙여놓고 부산 지역에서 걸려오는 제보 전화를 체크하게 했다. 제보가 들어오는 즉시 스튜디오로 연결되도록 해놓은 상태다. 휴대폰이 흔한 만큼 제보 전화는 그칠 새가 없다. 부산 서구 시민의 제보다.

―부산 시민 여러분! 여기는 민방위 본부입니다. 오늘 오전 열한 시를 기해 부산시 전역에 바이러스 경계령을 발령합니다. 한일해저터널 입구에서 잠시 발생하였다가 멈춘 바이러스가 지금 동구 금오공원 쪽으로 확산되고 있습니다. 방송을 들으시는 중구, 동구, 서구 주민들은 신속히 대피해주십시오. 전문가 의견으로는 공기로 전염되는 신종 바이러스라고 합니다. 전염력이 엄청나게 강하고 잠복기 없이 바로 증상이 나타나는 슈퍼 전염병으로 추정됩니다. 일반 시민들께서는 이 방송을 들으면서 지역 및 직장 민방위 대원들의 유도에 따라 대피하시거나 보건소 방역 요원들의 지시에 따라 예방 조치를 하시기 바랍니다.

부산 지역 라디오 방송 채널은 민방위 본부의 장악 아래 들어가고, 부산 시청 소속의 가두방송 차량은 스피커를 통해 보도 내용을 들려주면서 시민들에게 바이러스 확산 소식을 알리고 다녔다.

한일해저터널 앞에서 최초 발생한 바이러스가 동구 금오공원 일대에서 재발하자 이번에는 부산시도 더 이상 숨기지 않고 공개적으로 사태를 수습하기 시작했다. 어차피 숨길 이유도 없고 이익도 없다. 외신에도 보도 자료가 제공되었다.

NHK는 KBS 뉴스를 받아 위성방송을 통해 긴급 뉴스로 내보내고, 1분도 되지 않아 CNN에도 보도되었다. 긴급 보도에 들어간 CNN은 원인 불명의 병원체를 '부산바이러스'라고 이름 붙였다가 곧 WHO 항의로 임시 명칭인 'X-바이러스'로 정정했다. CNN은 X-바이러스를 전염성이 낮기는 하지만 치사율이 높고, 에볼라 바이러스보다 더 치명적이며, 전염 루트를 알 수 없는 정체불명의 전염병이라고 소개했다. 이 무렵 한일해저터널 앞 의문의 바이러스 사건은 보건복지부 관할로 넘어갔다.

이 뉴스를 접한 AFP, AP, UPI, 로이터 등 세계적인 통신사들은 거의 동시에 전 세계를 향해 이 뉴스를 속보로 타전했다. 지구상 모든 텔레비전마다 '속보, 한국에서 치명적인 X-바이러스 발생, 대량 확산 중'이란 자막이 뜨기 시작했다.

윤하린은 갑작스러운 X-바이러스 사태로 할미산성에서 만난 사람들과 나눈 대화가 어쩐지 미심쩍다는 생각이 들었다.

일시적인 소동으로 가라앉을 듯하던 한일해저터널 사건이 며칠 만에 동구 일대로 번졌다는 게 이상하다. 바이러스라기에는 아무리 변종이라도 수상하기 짝이 없다. 인터넷을 검색해보니 동구 좌천동의 금오는 바로 천제석의 호 금오와 한자가 똑같은 작은 구릉지대다.

'금오? 금오에서 바이러스가 다시 시작되었다? 천제석이 천지공사 중 몰래 숨겨 놓은 복선(伏線)인가?'

윤하린은 취재 자료를 밀쳐 놓고 읽고 있던 『하늘북』 중 천제석에 관한 뒷부분 자료를 펼쳐 마저 읽었다. X-바이러스의 정체를 알 수 없는 지금으로선 달리 검색할 자료도 없는 상태다. 실마리라도 잡아야 한다.

모악산에서 하늘문을 열어젖힌 천제석은 이후 9년간 하늘에서 짠 도수대로 하나하나 실천하는 천지공사를 하기 시작했다. 하늘문을 열어 놓고 하루도 빼지 않고 일일이 각종 공사를 처결했다. 사람들은 천제석이 기이한 행동을 한다고 보았고, 더러 미친놈이라고 혀를 차는 사람도 있었다.

누가 물으면 천지공사의 주제는 해원상생, 원시반본, 보은이라고 했다. 이를 위해 수없이 많은 공사를 했지만, 혼자 계획하고 혼자 실행하기 때문에 설사 제자라도 그 깊은 뜻을 알지 못했다. 언제 어디서 무슨 공사를 하는지 아는 사람도 없었다. 제자라고 해봐야 한지 사 오고, 주사(朱砂) 사 오고, 숯을 사 오고, 과일과 떡을 사다 올리는 일 외에 그 내용은 일절 알 수가 없다.

그는 오직 천지공사에만 전념하여 교단을 키우지도 않고, 제자들에게 계급을 주거나 패거리를 짓게 하지도 않았다. 그를 따르는 사람은 있어도 그가 불러다 앉혀놓고 친히 가르치는 제자는 없다. 그렇기 때문에 더 고독하고, 더 험난했다. 개벽 세상을 바라고 따르던 제자들이 "왜 개벽이 안 됩니까?" 하며 행패를 부리기도 하고, 의병으로 오해받아 체포되기도 했다.

그는 인간으로서 어떠한 영화나 부귀도 구하거나 누리지 않았다. 원했으면 가능한 일이었으나 그는 모두 거부하고, 사람들은 전혀 알지도 못할 이상한 행위, 즉 천지공사에만 몰두했다. 개벽이란 말에 혹해 알량한 보시를 한 사람 중에는 침을 뱉으며 돌아서는 사람도 있었다. 그래도 그는 모욕을 견딜 뿐 입을 다물었다. 사람들이 보기에는 '혼자 바쁜 사람'이었다.

사실 그를 위해 일하는 보조자들은 이승 사람들만이 아니라고들 했다. 인간의 눈 밖에 존재하고 귀 밖에 존재하는 무엇인가로 대사를 치른다고 했다. 모악산 대원사 칠성전에서 막걸리를 사다 먹인 그 신명들이라는 말도 있었다. 누가 무슨 일을 하는 중이냐고 물으면 그는 "방금 하늘문을 열었다.", "지금은 하늘문을 닫았다.", 그렇게만 설명했다.

그러던 어느 날.

또 천지공사를 하러 가던 도중에 문둥병에 걸린 거지가 얼굴과 몸을 무명천으로 칭칭 동여맨 채 남의 집 처마 밑에서 햇볕을 쬐고 있는 걸 보았다. 그때 대문이 열리더니 주인이 나와 욕설을 퍼부으며 작대기를 마구 휘둘러 이 거지를 몰아냈다. 마을 아이들도 따라붙어 거지에게 돌팔매질하여 멀리 쫓아냈다. 거지는 뒤뚱거리며 마을을 벗어나 논둑길을 따라 지친 걸음을 눈물처럼 떨어뜨리며 느릿느릿 걸어갔다.

천제석은 천지공사차 먼 길 떠나던 걸음을 돌려 거지를 따라갔다. 몹시 지친 거지는 논둑에 쌓아 놓은 볏가리에 지친 몸을 기대더니 눈을 감았다. 가까이 가서 보니 얼굴이 짓물렀다. 팔을 휘감은 천 사이로 고름이 배어 나오고, 손톱이 빠진 자리로 피가 흐른다.

거지는 인기척을 느꼈는지 햇볕을 가리고 선 천제석을 물끄러미 올려다보았다. 지저분한 얼굴이지만, 눈을 뜨니 까만 눈망울이 별처럼 반짝인다.

가녀린 골상으로 보아 거지는 분명 젊은 여인이다. 그는 여인의 얼굴을 감싸고 있는 천을 풀어냈다. 피고름이 뒤엉키고 코와 입술이 뭉개진 얼굴이 드러났다. 참혹하고 처절하다.

"네가 묵은 하늘을 혼자 앓고 있었구나. 네가 곧 선천이라. 그 질곡을 지고 혼자 다 앓아 내는 것이라. 이 세상 질병을 혼자 다 앓느라 그 여린 몸으로 얼마나 고생이 많았느냐? 척(隻)이 있어 병이 생기고 수(數)가 있어 아프도다. 내가 그 척과 수를 끄르러 왔다."

천제석은 여인의 얼굴을 감싼 천을 마저 풀어냈다. 그러고는 그 얼굴을 손으로 어루만졌다.

신기한 일이다. 그의 손길이 닿는 곳마다 흐르던 피고름이 멈추고 새살이 돋아나는 듯했다. 비 온 뒤 버섯이 자라듯, 거지의 얼굴이 말끔해졌다.

"선비님은 소문대로 과연 신인이신가요?"

비록 거지이지만 여인의 목소리는 감미로웠다.

"내가 바로 하늘이다. 너도 하늘 사람이다. 미안하다. 너에게 이렇게 힘든 일을 맡겨 참으로 미안하구나. 자, 이제 하늘로서 명하노니, 너는 네 목숨이 다할 때까지 이 세상 삶을 누리거라. 그리하여 새 세상의 일꾼이 되어라."

피고름이 밴 남루한 옷을 입었지만, 제 모습을 되찾은 여인은 자태가 고왔다.

그의 천지공사는 이런 식으로 이루어졌다. 저잣거리에서도, 유곽에서도, 들판에서도 천지공사는 때와 장소를 가리지 않고 이뤄졌다.

그는 9년 천지공사를 하는 중에 희한한 기행과 무수한 상징으로 온갖 행위를 치렀다. 제자들은 그 많은 공사를 다 보지도 못할뿐더러 공사의 뜻이 각각 무엇인지 알지도 못했다. 무엇이 천지공사이고 무엇이 그의 일상인지 실은 구분도 되지 않았다. 그를 비난하는 목소리 중에는 '육갑한다'는 말도 있었다.

그러므로 세상에 알려진 천지공사는 가을 터럭 하나에 지나지 않는다. 그렇기 때문에 그가 어느 정도의 인물이었는지 오늘날까지 누구도 제대로 그리지 못하고 기록도 어지럽다. 그저 거북이 등껍질이요, 비어 있는 소라고둥이다.

천지공사 9년째 되던 어느 날.

"이제 천지공사를 마친다."

그러고는 마지막으로 자신을 이을 제자를 한 명 뽑았다.

그때까지 묵묵히 자신을 따르며 미련스레 뒷바라지해 온 제자 차경석더러 여인 한 명을 구해 들이라 요구했다. 차경석은 마침 홀몸이 되어 돌아온 이종 누이를 생각하고는 모셔다 올렸다.

천제석은 전에 얼굴 한 번 본 적 없는 낯선 여인이다. 그런데도 그는 굳이 이 여인을 제자로 삼아 도통을 이어 주고 수부(首婦)라고 이름 붙였다. 이 또한 천지공사려니 여길 뿐 아무도 이유를 묻지 않았다.

어느 날 그는 제자들이 모여 앉은 가운데 수부를 불렀다. 그리고 방바닥에 누운 다음 수부더러 자신의 배에 올라타 힘껏 구르라고 시켰다. 선천 세상에서는 여자들이 남존여비 사상 때문에 남자 밑에 깔려 살았지만 이제 새 세상에서는 여자들이 남자 위에 서리라는 상징이다. 유교 사상에 길들어 있던 수많은 남성 제자들에게는 하늘이 깜짝 놀라고 땅이 꺼질 듯한 큰 사건이었다.

그리고 무신년(1908년) 12월.

그는 수부를 앞세워 천지공사가 잘 끝났음을 정리하는 굿을 한판

벌였다. 두 칸 장방에 원근에서 몰려온 제자들이 가득 차게 앉았다. 사람들은 천지공사가 끝났다니 곧 천지개벽이 일어날 줄 알고 손에 손에 보리쌀, 콩, 조 등 무엇이라도 들고 나타났다.

그는 본체만체하면서 친히 장구를 치며 외쳤다.

"하늘도 뜯어고치고 땅도 뜯어고쳐 물샐틈없이 도수를 깔아 놓았다. 이제 도수를 따라 한 바퀴 돌아오는 대로(이 시기를 잘못 계산한 제자 차경석은 천제석 사후 보천교를 열어 27년 헛도수를 놓았다고들 말한다. 이후 수많은 제자들이 제각각 이 도수 도는 시간을 잘못 재어 혹세무민하다 경을 친다) 새 기틀이 열릴 것이다. 이제 닫혀 있던 하늘문을 열어 그간 묵은 하늘을 뜯어내고 새 하늘을 여는 천지공사를 무사히 마치도록 도와준 우리 신명들과 뒷바라지에 고생한 여러분을 모두 한자리에 불렀으니 천지인 삼재가 한바탕 어울려 춤을 추자꾸나."

그는 둥둥둥 신명 나게 장구를 쳤다.

"자! 수부, 나오시오. 그대는 천하 일등 무당(巫黨, 이 巫는 새 하늘과 새 땅을 잇는 천제석과 수부 두 사람을 상징한다)이고, 나는 천하 일등 재인이라. 천지인 삼재는 들으시오. 우리 율려(『정역』을 발명한 일부 김항이 작곡 작사한 것으로, 원시 천존 시대에 부르던 가장 하늘스러운 음악)를 부르며 굿 한 석 크게 놉시다. 이 굿은 천지굿이라."

그의 선언에 따라 수부가 춤을 추며 마당으로 달려 나왔다. 그러고는 그의 장구 소리에 장단을 맞추어 이렇게 노래했다.

"천지굿 한자리에 세계 해원 다 끄르고, 세계 해원 다 되는구나."

신명이 오른 제자들도 각자 사물을 들고 장단 맞춰 두드려대면서 마당으로 몰려 나왔다. 신이 오르기 시작하자 사람들은 모두 함께 어우러져 춤을 추기 시작했다.

"자, 신명들도 춤을 추어라!"

그는 허공을 향해 소리쳤다. 신명이란 천지공사에 쓰려고 그가 해원시킨 영혼들을 가리킨다. 신명들이 춤을 추는지는 사람들 눈에 보이지 않으나 춤을 추던 사람들은 하늘이 왁자지껄 떠드는 소리를 저마다 느꼈다고 말했다.

그는 춤을 추다 북을 치다 번갈아 가면서 신나게 놀았다. 그러는 틈틈이 산같이 쌓아 놓은 제물을 들어 하늘을 향해 번쩍 집어던지기도 하고, 떡을 집어 구경 나온 어린아이들의 입에 물려주기도 했다.

"옳거니. 이 음식 맛나게 먹고 선천 원한 다 끄르자! 엉킨 건 풀고, 맺힌 건 녹이자!"

"돕고 또 도와 적선하라. 힘없으면 백지장이라도 맞들어 주고, 돈 없으면 말이라도 곱게 하라. 후천 개벽 신천지는 적선하는 사람들의 세상이라."

천지굿, 날이 어두워지자 횃불이 타오르기 시작했다. 너울거리는 불 속에서 춤과 노래와 음악이 밤새도록 이어졌다.

음악 소리, 노랫소리, 춤사위에 맞추어 달도 별도 흔들거렸다. 그가 손끝을 치켜 올리면 구름이 출렁거리고, 발을 구르면 땅이 우르릉 울었다. 과연 천지로 몸을 삼고 일월로 눈을 삼은 경지였다.

해가 바뀐 기유년(1909년), 그는 천지굿을 마친 뒤 정초부터 병을 앓기 시작했다. 병은 한두 가지가 아니었다. 제자들로서는 일찍이 보지 못하고 들어보지 못한 갖은 병을 천제석은 며칠씩 번갈아 돌려 앓았다. 피를 토하기도 하고, 식은땀을 하루 종일 흘리기도 했다. 어떤 날은 너무나 고통스러워 혀를 빼물고 방바닥에 뒹굴기도 했다.

놀란 제자들이 약을 지어 올렸으나 증상이 매일매일 순간순간 달라져 약을 제대로 맞춰 쓸 도리가 없었다. 때에 맞추어 약을 올려도 그는 받아 마시지 않았다. 그는 낫고자 하는 마음을 갖지 않았다. 약을 올리면 '내 병이 아니라 너희 병'이라면서 물렸다.

"고맙구나. 고맙구나. 석가모니 부처에게는 독버섯 국을 바친 춘다란 이도 큰 공덕을 지었다는데, 하물며 그대들의 정성이야 어찌 그에 비하랴. 적선하라, 적선하라! 선천 상극 시대에 유정 무정이 서로 아프게 때리고, 슬프게 울리고, 억울하게 짓누른 게 하늘에 사무치니 내가 대신 끄르는 것이다. 이제 좋은 사람만 남아 새 사람, 신인류가 되도록 내가 다 도수를 짜놓았으니 때가 되면 저절로 이뤄지리라. 그날이 오면 이 세상이 곧 천국이라."

8월 9일(음력 6월 24일), 그는 서른아홉 살의 청년으로서 천지공사를 모두 매듭짓고 하늘로 돌아갔다. 마지막, 그가 앓는 병은 없었다. 그저 곡기를 딱 끊어 스스로 갔을 뿐이다.

6
생존자를 찾아라

누군가 야근이 지겨웠던지 벽면 텔레비전 중에서 YBS 종편 채널의 볼륨만 살려 놓아 기자들은 모처럼 낄낄거리며 화면을 주시했다. 먹기, 노래하기, 건강 얘기 아니면 섹스 이야기다. 그야말로 묵은 하늘 묵은 땅의 묵은 세상의 오락이다.

—첫 만남에 거기까지?

—물론요. 생물학적으로 짜릿한 감동이 중요하잖아요. 몸이 이미 원하는데 머리로 대사 꾸미고 입으로 헛바닥 굴려 변할 게 뭐가 있어요? 오히려 아이돌처럼 어설픈 대사 치면 섰던 것도 토라진다니까요. 필요한 건 향기, 눈빛, 그리고 육상선수 같은 호흡뿐이지요.

이 채널에서 폭발적인 인기를 누리고 있는 생방송 토크쇼 사회자는 은근한 유머와 가벼운 조크, 최신 유행하는 야한 농담을 구사하며 방청객과 시청자를 압도했다. 오늘은 신작 개봉 영화 〈아들 낳기 좋은 날〉의 주연 여배우가 출연하여 첫 경험 이야기를 적나라하게 털어놓는 중이다.

—이미 내 몸이 그 남자의 유전자를 원하고 있었어요. 그 남자의 나이, 성격, 체격, 직업, 고민, 재산, 지위, 명성? 아니지요. 오늘이 금요일인지 토요일인지, 낮인지 밤인지도 상관없고요. 아들인지 딸인지 딱 계산이 나와요.

—그다음에는요?

—내 몸이 하자는 대로 가는 거지 내가 결정하는 게 아니잖아요. 태양이 언제 뜰까 말까 생각하다 뜨고, 질까 말까 생각하다 지나요?

—하, 그거 애인에게 써먹기 좋은 대사네. 그래서요?

—남자가 가지고 있는 수억 개의 유전자를 모두 발기시켜야 하지 않겠어요? 차렷! 출발!

—와우, 불길이 솟구치고 용암이 흐르네.

—당연하지요. 경주를 시켜봐야 우승자를 가릴 테니까요. 최소한 3천 미터 트랙 아니면 42.195킬로미터를 달리든가 해야지요.

—마라톤이면 세계신기록도 두 시간이 넘잖수? 우와, 두 시간이나? 난, 난 지금 한 3억 마리쯤 줄 서 있는 거 같은데…….

그때였다. 마치 그런 순간을 기다리기라도 했다는 듯 갑자기 화면이 바뀌면서 붉은 머리띠를 두른 젊은 아나운서가 등장했다.

종편이 늘 해오던 그런 쇼가 아니다. 시청률이 솟구칠 타이밍을 의도적으로 노린 기습 보도 같다.

카메라 앞에 꼿꼿이 선 아나운서는 허겁지겁 준비한 대본을 읽어 내려갔다.

—뉴스 속보입니다.

시청자께 사과드립니다. 지금까지 우리는 정부가 써준 보도 자료만 내보냈습니다. 잠시나마 진실을 보도합니다.

X-바이러스로 사망한 시민은 모두 1만 명이 넘을 것으로 예상되고 있습니다. 이것은 노조 소속 본사 기자들이 취재한 각종 정보를 종합 분석한 추정치입니다. 물론 시신도 생존자도 일절 보고된 바 없습니다.

부산시 중구는 시민이 약 5만 명이지만, 부산항 여객터미널, 용두산공원, 남포동, 자갈치시장 등이 있어 유동 인구가 매우 많은 지역입니다. 그간 잠잠하던 X-바이러스는 오늘 오전 동구 일대에 갑자기 퍼지기 시작한 가운데, 인구 15만의 남쪽 영도구는 중구로 이어지는 육로가 차단되어 완전히 고립된 상태이며 시민들은 선박을 이용한 해상 탈출을……

뉴스 속보는 30초 만에 중단되고, 즉시 화면 조정용 컬러바가 떴다.

핫코리아 기자들은 종편의 기습 보도에 놀라 벌린 입을 다물지 못했다. 그러지 않아도 신경을 곤두세우고 X-바이러스에 대한 진상 발표와 대책이 언제쯤 나오나 두려움을 갖고 기다리던 중이다.

기습 뉴스가 나가자 시청자들은 YBS 방송국 등 각 언론사에 전화를 걸어대기 시작했다. 핫코리아 사회부 전화에도 불이 붙었다. 사람들은 기습 뉴스의 사실 여부와 아나운서가 미처 읽지 못한 내용이 무엇인지를 집요하게 물었다. 부산시 인근의 김해, 창원, 양산, 울산, 밀양 등지에서 특히 많은 전화가 걸려왔다. 하지만 누구도 진실을 아는 사람이 없었다. 심지어 보건복지부와 질병관리본부에서도 사태를 정확히 파악하고 있는 전문가가 없었다. 그것은 실무를 맡은 이북하도 마찬가지다.

─사망자 10만 명 설이 사실인가요?
─서구와 동구에 전염되고 있습니까?
─우린 어떻게 하란 말이오?

보건복지부는 물론 청와대, 총리 공관, 행정자치부, 복지부, 각 언론사와 방송국에도 놀란 시민들의 문의 전화가 빗발쳤다. 사람들은 기습 뉴스의 진위에 대해 묻고 지금까지 정부와 방송국의 거짓 발표와 진상 은폐를 강도 높게 비난했다. 지역 국회의원들과 부산 인근의 지방의회 의원들과 비상 대기 중이던 공무원들에게서도 확인 전화가 계속 걸려왔다. 방역 라인에 남편을 내보낸 경찰 부인들은 거의 악을 쓰다시피 했다.

"보도국 빨리 연결해. 그리고 YBS 방송 그대로 녹음됐지? 핫코리아로 그냥 내보내자고."

윤하린은 YBS 방송을 생방송 중인 스튜디오로 올려 보내고, 동시에 문자 서비스까지 인터넷과 앱에 올리라고 기자들에게 지시했다.

YBS 방송 화면에는 잠시 후 끊겼던 쇼가 재개되었다. 화면 아래에는 다음과 같은 자막이 흘러갔다.

—조금 전에 나간 돌발 뉴스는 우울증으로 휴직 중인 아나운서가 방송실에 침입하여 일어난 소동이었으니 오해 없으시기 바랍니다.

쇼는 다시 시작되었지만, 사회자도 출연자도 대놓고 영화 홍보를 하기 민망한지 두서없는 얘기를 나누다가 멋쩍게 긴 광고 방송을 잇따라 깔았다. 공포는 이 사태에 대해 아무도 모른다는 사실이었다. 두려움 때문에 바이러스 진원지에 접근하지 못하니 그 누구도 진실을 알 수 없다. 진실 자체가 없다는 사실이 더 공포스럽다.

이튿날 핫코리아 본사.

일요일이지만 거의 모든 기자가 취재를 나갔거나 자리에서 대기 중이다.

국장이 넥타이를 풀어 젖힌 채 소리를 질러댔다.

"전화번호 검색 좀 해봐! 젠장, 무슨 놈의 정부가 시체 하나 생존자 하나 못 보여주냐고. 시체든 생존자든 뭐가 있어야 무슨 바이러스인지, 독가스인지, 또는 감염 경로는 무엇인지 알 수 있을 것 아니야. 왜 숨기려고만 들어."

"숨기는 게 아니라 아무도 모른다잖아."

"그런 게 어딨어. 요즘 시대에!"

정치부장과 사회부장이 전화번호부를 찾느라고 분주히 돌아다녔다.

국장이 신경질적으로 머리칼을 쓸어올리며 소리쳤다.

"부산 지역번호가 뭐야!"

누군가가 큰 목소리로 대답했다.

"051입니다!"

"부산시를 다 뒤질 순 없잖아? 중구하고 동구만 검색해서 식당이든 호텔이든 전화번호 좀 따봐. 보이는 대로 마구 찍어 봐. 정치부, 사회부만 할 게 아니고 문화고 스포츠고 죄다 달라붙어 전화를 걸어대. X-바이러스가 변종이라도 그렇지 사람이 그렇게 쉽게 죽기야 했겠어! 중구 시민이 5만이래, 동구는 10만이고. 15만이 다 죽겠냐고? 생존자를 찾아 현장 상황을 인터뷰해! 정부가 숨기려 해도 우린 기어이 찾아내는 거야. 그게 기자야. 생존자를 찾아 전화가 연결되면 바로 방송으로 연결시켜버리라고."

보도국장의 지시를 받은 기자들은 일제히 전화기를 집어 들었다.

그 시각, 윤하린은 세종시 보건복지부에 마련된 기자실에 나가 있었다. 중계기를 열어 놓은 채 장관이 들어오기를 기다렸다.

한참 만에 장관 일행이 기자실에 들어섰다.

장관은 격무에 지쳤는지 피곤한 기색이 역력하다. 연단에 선 그는 돋보기안경을 끼고 특별선언문을 천천히 읽어 내려갔다. 예전과 달리 보도 자료를 돌리지 않아 기자들은 녹음과 속기를 동시에 해야 했다.

윤하린은 녹음 송신과는 별도로 비상으로 휴대폰 두 대를 더 열어 보도국을 연결해 두었다.

—국민 여러분!

보건복지부는 며칠 전부터 부산 중구에서 처음 발생하여 인근 동구로 전염되고 있는 바이러스를 확보해 보건복지부 산하 질병관리본부로 보냈으며, 현재 유전자 조사 중에 있습니다.

X-바이러스 확산을 방지하고, 국민의 생명을 보전하며, 국가 보위와 치안 유지를 능동적으로 하기 위해 어젯밤 긴급 소집된 비상국무회의에서 헌법 제76조 규정에 의거하여 국가 비상사태에 관한 대통령 긴급명령으로 부산시에 제한되는 긴급조치 1호를 선포하기로 의결했습니다. 현대 첨단 의학은 X-바이러스 퇴치법을 반드시 찾아낼 것입니다. 우리 정부는 국력을 총동원하여 기필코 이 바이러스를 물리치고 이 난국을 극복하고야 말겠습니다. 국민 여러분의 생명과 재산을 지켜야 하는 책임자로서 비상한 협조를 부탁드리는 바입니다.

성명서에는 괴질이나 질병, 전염병이라는 애매한 용어 대신 'X-바이러스'라는 용어가 명확히 사용되었다. 물론 X-바이러스라는 명칭도 사실 WHO가 권하는 가칭일 뿐 정체를 모르기는 마찬가지다. 또한 장관이 바이러스를 확보했다고 말하지만 믿을 수는 없다. 지금까지 시신이나 생존자가 확보됐다는 사실이 언론에 공표된 적이 없다. 감염 지역에 누구도 접근하지 못하고 있기 때문이다. 보나 마나 국민 안심용 가짜뉴스일 거라고 윤하린은 짐작했다.

발표를 마친 보건복지부 장관은 기자들의 질문을 받지 않은 채 집무실로 돌아갔다. 그의 처진 어깨가 말해주듯 보건복지부가 할 수 있는 일이 별로 없는 상황이다.

1시간 뒤 정부 방침에 따라 국무총리가 '긴급조치 1호'를 발표했다.

1조. 금일 08시부터 부산시 전역에 국가 비상사태를 선포한다.

2조. 보건복지부 중심으로 X-바이러스 대책 특별위원회를 구성한다. 국무총리를 위원장으로 하고 보건복지부 장관을 본부장, 질병관리본부장을 상황실장으로 하는 X-바이러스 대책 종합상황실을 운영한다. X-바이러스 대책 본부는 세종시에 둔다.

3조. 낙동강과 금정산을 잇는 부산시 지역을 특별 방역 구역으로 설정하고, 금일 09시부터 통행을 금지한다.

4조. X-바이러스나 유사한 질병에 감염되면 병원이나 보건소, 경찰서 등에 즉각 신고해야 한다.

5조. 전 공무원은 비상근무 체제에 돌입한다.

6조. 사회불안을 야기하는 유언비어의 날조 및 유포를 금한다.

7조. 위의 각 조항을 위반한 자는 영장 없이 송치 구금한다.

8조. 긴급조치 1호는 금일 08시부터 시행한다.

긴급조치 1호 선포문을 들은 기자들은 마침내 올 것이 오고야 말았다는 표정을 지었다. 예상되었던 만큼 놀랄 일은 아니다. 상황이 극도로 악화되고 있다는 사실을 공식적으로 확인해주는 절차일 뿐이다. 물론 진실은 누구도 모른다. 심지어 보건복지부 장관이나 질병관리본부장조차 상황을 파악하지 못하고 있는 듯하다. 기자의 질문을 피하는 건 할 말이 없다는 뜻이다.

"윤하린이에요. 발표문을 보니 X-바이러스가 밤새 더 확산되었다는 뜻 같아요. 보도에 반영하세요. 그리고 공개 검열을 선언한 만큼 핫코리아도 위험해요. 보도국 핵심을 비밀 장소로 옮기지 않으면 어렵겠는데요. 음성 자료를 해외 기반 인터넷에 올린 다음 그걸 외국 현지에서 쏴야 해요. 우리도 비상 매뉴얼 있잖아요."

윤하린은 다른 기자들이 알아듣지 못하게 작은 소리로 휴대폰에 대고 속삭였다.

그러나 이 긴급조치도 현지 주민들에게는 별다른 영향을 끼치지 못했다.

경남 김해.

"괜찮아. 나가서 다른 사람만 만나지 않으면 되는 거라. 전염병 한두 번 겪어 봤나? 인공 때 장질부사 돌아 사람 참 많이 죽었는데, 그래도 살 사람은 다 살더라. 100만 명 죽어도 4,900만 명은 살아남는 거다. 걱정하지 말아."

김 노인은 불안에 떠는 아들을 타이르면서 창문과 대문을 꼭꼭 닫아걸고 바깥출입을 금하라고 일렀다.

"물독에 물을 채우고 가스통을 두어 개 더 들여놓았습니다. 라면도 두 박스 사고, 한 달은 거뜬히 날 수 있습니다."

"잘했다. 죽을 사람은 죽고 살 사람은 사는 거지, 뭐 그리 소란인가. 내 평생에 이런 일 한두 번인가."

이렇게 밖에 나가지 않고 집에만 있으면 안전할 거라고 믿는 사람도 많았다. 바이러스는 보균자와 접촉하지만 않으면 안전하다는 상식 때문이다. 하지만 X-바이러스는 생물학적 상식을 뛰어넘는 현상을 보여

보건복지부마저 허둥대는 중이라는 사실을 누구도 알지 못했다.

새벽부터 시청, 경찰, 소방대, 민방위 차량이 시내를 돌면서 가두 방송을 했다. 전염병 확산이 예상되니 물을 끓여 먹고, 가능하면 부산에서 먼 지역으로 피난하라는 내용이다. 사람들은 외출할 때면 KF94 이상의 방역 마스크를 쓰고, 일부는 어렵게 구한 방독면을 신주단지 모시듯 귀하게 모셔 놓았다. 가게 주인들은 문을 닫지도 못한 채 발을 동동 굴렀다.

세종시 보건복지부에 마련된 상황실.

이북하는 수시로 들어오는 정보를 모으고 분석하여 관계 기관에 이첩하고, 장관과 대책본부에 보고하기 위해 분주히 움직였다. 상황실에는 총리와 보건복지부 장관이 수시로 드나들었다. 아무리 높은 사람이 몰려와 채근해도 X-바이러스의 정체는 밝혀지지 않았다. 시신이든 생존자든 단 한 명도 확보하지 못한 답답하고 위급한 상황이 계속되었다.

대책본부에서는 전염병연구소 상임연구원, 서울대 의대 전염병 과장, 연세대 전염병사학 교수, 보건복지부 산하 질병관리본부 전염병 관리국장, 국방대학원 세균전 교수, 국제백신연구소 연구원 등이 모여 X-바이러스에 대한 대책을 논의하는 중이었다.

이들은 KBS 부산지국, 이동취재반, 도로교통 통제본부, 정부 합동 역학조사단 등이 찍은 기록 화면을 분석했다. 이 과정에서 바이러스에 감염된 사람들이 사망에 이르는 데 몇 가지 공통적인 특징을 보인다는 사실이 발견되었다.

첫째, 사망 직전 입을 벌린 채 가슴을 쥐어뜯고 배를 움켜쥐며 온몸을 뒤튼다. 사망에 이르는 시간이 매우 짧고 시신에 상처가 남지 않는다. 감전되거나 호흡 장애가 온 것처럼 목과 입에 손이 가고 몸이 경직되었다가 곧장 쓰러진다. 뇌출혈, 뇌경색을 보이는 환자 증상과 유사한 면도 있다.

둘째, 정부 합동역학조사단이 방역복을 입고 방독면을 썼는데도 사망한 점으로 볼 때 방역복과 방독면으로는 바이러스의 습격을 막지 못한다. 바이러스가 방독면 필터를 통해 침투하거나 외부 공기에 노출된 피부를 통해 침투했을 가능성이 있다. 공기 전염설에 타당성을 부여하는 단서다. 따라서 방독면과 세균방역용 특수복도 소용없을지 모른다.

셋째, CCTV에 생존자가 보인다. 다만 바이러스 전염 우려로 방역라인을 넘어오지 못하게 막고 있어 바이러스 검출 등 조사가 제대로 이뤄지지 않고 있다. 현재 부산시는 생필품만 공중보급하고 있다.

넷째, 감염과 거의 동시에 사망하는 사람이 많다. 감염에서 사망까지 불과 몇십 초밖에 걸리지 않는다. 다만 실제로 죽는 건지 기절하는 건지 구분이 안 된다. 사망 기전이 무엇인지 아무것도 파악되지 않고 있다.

다섯째, 전염 속도가 너무 빠르다. 하지만 전염이 갑자기 정지되기도 한다. 일반적인 바이러스와 패턴이 너무 다르다. 현재도 동구 금오 일대에 퍼지기는 했지만 더는 확산되지 않고 있다.

여섯째, 고양이나 개 등이 살아서 돌아다니는 것으로 보아 동물에는 감염되지 않고 사람만 선택적으로 감염되는 듯하다. 중구에 정신병원이 있는데 의사와 간호사 등은 감염되었지만 환자들은 멀쩡하다는 보고가 들어와 이들에게 탈출을 지시했다. 또 식물이나 농작물, 어류 역시 전혀 영향을 받지 않는 것으로 보인다.

이상한 것은 바이러스가 공기로 전염된다면 풍향과 밀접한 관련이 있을 텐데 반드시 그렇지만은 않다는 점이다. 부산 일대에는 간밤에 남서풍이 불고 오늘 오전에는 시속 8킬로미터 속도로 남풍이 불었는데 아직 김해나 양산에는 전염이 되지 않고 있다. 중구에서 동구로 넘어왔다고는 하지만 풍향과는 관계가 없다. 그나마도 지금은 또 전염이 멈췄다. 전염이 되다 멈추다를 반복하는 양상이다. 마치 군대가 작전에 따라 부대를 이동하는 것처럼 일정 지역에 오래 머물기도 하고, 건너뛰기도 한다.

이 때문에 부산과 김해를 가르는 낙동강 하류가 방역벽 구실을 하고 있다는 해석이 나왔다. 즉, 숙주와 감염체 사이의 거리가 너무 멀어 격리 효과를 가져온다는 것이다. 바이러스는 공기로 전염되지만 숙주인 사람이 없으면 장거리 이동을 하지 못하므로 격리만 잘 하면 예방이 가능할지도 모른다는 희망 섞인 분석이다. 그러나 풍향과 관계가 없다면 바이러스는 공기로 전염되는 것이 아닐 수도 있다는 조심스러운 추측도 나왔다.

증상 분석 결과에도 불구하고 X-바이러스의 실체를 규명하는 일은 더욱 난감한 지경으로 빠져들었다.

간단한 브리핑이 끝나자 참석자들은 토론에 들어갔다.

"학계의 의견은 두 가지로 집약되고 있습니다. 자연 발생 혹은 자연 변이한 급성전염병이거나 세균무기일 거라는 추정입니다. 먼저 자연 발생적 전염병의 경우로 생각해봅시다. 우선, 흥미로운 예를 하나 들어 보겠습니다."

전염병사학 전공 교수가 비장한 목소리로 입을 열었다.

"1953년 6·25전쟁 막바지 무렵, 경기도 포천 한탄강을 사이에 두고 유엔군과 중공군은 장기 대치전에 들어갔습니다. 그때 이상한 일이 발생했습니다. 어느 날 밤 갑자기 양쪽 모두 총격을 멈췄습니다. 며칠 동안 무전 연락을 해도 응답이 없자 유엔군 수색대가 진지로 직접 찾아갔습니다. 거기서 놀라운 장면을 목격했습니다. 유엔군 병사들이 새우처럼 오그라든 자세로 모두 죽어 있었지요. 작게는 분대에서 크게는 중대에 이르기까지 말입니다. 반대편의 중공군도 자국의 병사들이 똑같은 모습으로 죽어 있는 걸 발견했습니다."

좌중은 호기심 어린 눈으로 교수의 다음 이야기를 기다렸다.

"당시에는 이 집단 사망의 원인을 알지 못했습니다. 이 사건을 계기로 유엔군과 중공군은 서로 상대가 세균무기를 사용했다고 주장하며 오랫동안 세균전 논란을 벌이게 되었습니다. 전쟁이 끝나고 10여 년이 지나서야 이 사건이 세균무기와 전혀 관계없는 전염병이었다는 사실이 밝혀졌습니다. 들쥐가 옮기는 한탄 바이러스, 즉 유행성 출혈열이라는 신종 전염병이 유엔군과 중공군을 몰살시켰던 것입니다.

이런 식으로 새롭게 발생하거나 발견되는 전염성 바이러스는 시간이 많이 흐른 뒤에나 원인을 알게 되는 경우가 대부분입니다."

"환경오염설도 있던데요?"

"회의적입니다. 부산 중구, 동구 지역이 바이러스를 발생시킬 만큼 특별히 나쁜 환경이 아니라는 점이 그 이유입니다."

"세균무기일 가능성에 대해서는 제가 말씀드리지요."

국방대학원의 세균전 전공 교수가 말문을 열었다.

"세균무기를 사용했다는 정보를 파악하거나 시신을 부검해서 바이러스를 발견하기 전에는 단언하기가 어려운 문제입니다. 시신을 확보하거나 단서를 발견하기 위해서는 현장 접근을 해야 하는데 현재로선 그것조차 불가능합니다. 원인 바이러스나 박테리아를 현미경으로 볼 수만 있어도 이렇게 속수무책일 수는 없을 텐데 말입니다.

만일 북한이 최근 개발한 비밀 세균무기가 있다고 가정하고 그것을 부산 시민의 식수원에 뿌렸다면……. 글쎄요. 그래도 저 속도로 신속하게 사람들을 쓰러뜨릴 수 있을지 의심스럽군요. 물을 안 먹은 사람도 있을 것이고, 외지에서 금방 들어간 사람도 있을 텐데 말입니다. 그리고 X-바이러스의 습격을 받는 동영상을 방금 함께들 봤습니다만 고열, 오한, 구토, 발진, 각혈, 출혈, 발작, 혼수상태, 정신이상 등 세균무기를 사용했을 때 나타나는 반응과는 사뭇 다른 증상을 보입니다. 시신도 아주 깨끗하지 않습니까?"

다음으로 국립전염병연구소 상임연구원이 말했다.

"전염병의 일반적인 특성을 먼저 살펴볼 필요가 있겠습니다. 새로 발생한 바이러스가 무방비 상태의 숙주에 침투하면 무서운 전염병을 일으키게 됩니다. 면역력이 강한 사람을 제외하고는 모두 죽게 됩니다. 재빨리 인간을 죽여버리는 X-바이러스는 숙주인 인간과 생물학적인 공존 관계가 형성되지 못한 초기 단계의 기생체라고 볼 수 있습니다. 바이러스의 성질에 따라 전염 초기에는 생존자가 전혀 없을 수도 있겠습니다만 숙주가 너무 빨리 사망하면 병원체가 생존할 수 있는 공간을 잃게 됩니다. 그러므로 시간이 흐를수록 전염 강도가 느슨해져 병원체와 숙주가 공존하려는 경향이 나타나는 게 일반적입니다. 새로운 숙주로 제때 옮겨 가지 못하면 병원균도 살아남을 수 없기 때문입니다. 이것을 '상호 적응 이론'이라고 합니다."

"공생한다?"

장관이 고개를 갸웃거리며 반문했다.

"예를 들면, 매독은 옛날엔 온몸이 곪아 가다가 수일 내로 죽게 되는 치명적인 세균성 질병이었지만 여러 세기가 흐른 지금은 매독을 일으키는 스피로헤타균과 인간이 서로 상대의 존재를 인정하고 공존하고 있습니다. 미생물과 인간이 상호 적응한 사례이지요. 병원체도 생명이기 때문에 생존 본능이 있기 마련입니다. 그런 점에서 추정컨대 X-바이러스의 전염 강도와 치사율은 시간이 흐를수록 약화될 것이고 종래에는 인간과 공존하는 관계로 발전하지 않을까 하는 생각이 듭니다."

참석자들이 고개를 끄덕였다.

장관이 다시 물었다.

"그때까지 희생자가 적지 않겠지요?"

"예, 현재 확산 속도로 봐서는 불행히도 그럴 수밖에 없을 것 같습니다. 이와 비슷한 예가 1910년대에도 있었습니다. 1918년 겨울에서 1919년까지 세계적으로 인플루엔자가 유행했습니다. 인플루엔자는 이전에도 줄곧 있어 왔지만 그때 유행한 것은 새로운 종류의 바이러스였습니다. 이 스페인독감은 프랑스에서 시작되어 전 세계로 확산되었고, 지구상의 거의 모든 사람이 감염되어 그중 3천만 명이 넘는 사람이 죽었습니다. 그때 환자가 급속도로 불어나는 바람에 의료기관이 갈팡질팡했습니다. 다행히도 이 바이러스는 감염력이 강하고 치사율이 높은 반면 유행 기간은 매우 짧아 수주일 후에는 깨끗이 사라져버렸습니다. 이번 X-바이러스는 전염 속도가 매우 빠르고 치사율도 대단히 높다는 점에서 인플루엔자와 같은 특성, 즉 유행 기간이 짧을 것이 아니냐는 기대를 가져봅니다. X-바이러스 전염이 일시 정지되는 현상도 그런 이유가 아닌가 생각됩니다.”

“제발, 그렇게라도 됐으면 좋겠군요.”

보건복지부 장관이 기도하듯이 두 손을 모았다.

“여기서 한 가지 유의할 사실이 있습니다. 인플루엔자는 우리가 흔히 앓는 유행성 감기입니다. 그런데도 1918년 인구 이동이 거의 없던 시절에 전 세계에 유행하여 3천만 명이나 사망케 했다는 사실에 주목해야 합니다. 지금은 당시보다 인구밀도가 훨씬 높고, 교통수단의 발달로 인구 이동이 대량으로 이루어지고, 속도도 굉장히 빠릅니다. 그만큼 확산 속도도 빨라진 거지요. 그러므로 무엇보다 완벽한 격리와 차단만이 최상의 대책입니다. 숙주를 이동시켜서는 안 됩니다.”

국제백신연구소 연구원이 환자의 격리를 강조했다.

“자연적인 질병이나 세균무기 외에도 인간 스스로 바이러스나 박테리아를 퍼뜨려 그것이 예기치 않게 갑자기 창궐했을 가능성도 있습니다. 게놈 프로젝트가 완성된 후 수많은 실험실에선 지금도 박테리아와 바이러스의 유전자 조작 실험이 경쟁적으로 이루어지고 있으니까요. 누가 바이러스를 치명적으로 조작했을 가능성도 고려해야 합니다."

누군가 한숨을 쉬었다.

복지부 전염병 리국장이 말을 이었다.

"그리고 병원체의 돌연변이도 예상 밖의 바이러스를 발생시키는 원인 가운데 하나입니다. 전염병을 옮기는 바이러스에 항생제를 투여하면 즉시 죽습니다. 그러나 몇몇 바이러스는 약물에 면역성이 있는 변이 유전자를 가지고 있기 때문에 끝까지 생존하여 그들의 내성 유전자를 후손에게 물려줍니다. 이 변종 바이러스는 마침내 항생제를 극복해냅니다. 그래서 과학자들은 더 강한 항생제를 개발하여 바이러스를 죽이려고 하지만 바이러스는 최신 의약품을 물리칠 변종을 또 만들어 내고 맙니다."

"에이즈가 그런 종류라는 말을 들었습니다만……."

보건복지부 장관이 말을 거들었다.

"예, 맞습니다. 에이즈가 발견된 것은 40여 년밖에 되지 않지만 이미 전 세계의 안정과 인류의 생존을 위협하고 있습니다. 에이즈 바이러스(HIV)는 치료제나 백신이 새로 개발될 때마다 내성을 강화하여 백신을 무력화시켜 왔습니다. 이 바이러스는 돌연변이를 통한 약물 적응력이 너무 빨라 어렵게 개발한 치료제를 금세 무용지물로 만들어버립니다. 지금은 서로 평화협정을 맺은 듯 치사율이 뚝 떨어진 채 공존 중입니다. 박테리아 중 100조 마리 정도가 인체 속에서 공존 공생하는 이치와 같습니다.

이처럼 인류와 바이러스의 승부는 일진일퇴를 거듭하고 있는 상황입니다. 그런데 바이러스가 인간보다 더 영리하고 적응력도 강하고 생명력이 길다는 게 문젭니다. 인류가 멸종하는 일이 있어도 바이러스는 아마 건재할 것입니다. 인류보다 지상에 먼저 등장한 것이 바이러스입니다."

분위기가 무거워지자, 차트 앞에 서 있던 보건복지부 재난관리실의 허 과장이 모처럼 입을 열었다.

"저, 오늘 아침 신문에서 읽은 기사입니다만, 운석에 의한 감염설내지 UFO, 즉 외계인의 생체 실험이 아닐까 하는 설도 있었습니다."

연세대 전염병사학 교수가 기다렸다는 듯이 허 과장의 말을 보충하고 나섰다.

"요즘처럼 우주여행이 일상이 된 상황에서는 운석 감염설, 우주 감염설이 전혀 타당성이 없는 것은 아니라고 봅니다. 사실 운석이 아니고서는 출현 원인을 해석할 수 없는 난데없는 질병이 역사적으로 수차례 있었습니다. 그렇지만 만에 하나 운석에 의한 우주 바이러스나 세균일 경우, 문제는 심각성을 더합니다. 만일 X-바이러스가 운석에 묻어 우주에서 날아온 바이러스라면 아마도 인류 최대의 재앙이 시작되었다고 보아야 할 것입니다. 신대륙 발견 당시의 콜레라나 천연두 사태가 재발하는 거지요."

이야기를 들은 장관은 더욱 난감해진 듯 테이블에 엎드려 한숨을 내쉬었다.

그때 노크 소리와 함께 여직원이 들어와 이북하 과장에게 메모를 전해주었다.

메모를 받아 본 이북하는 자리에서 일어나 내용을 보고했다.

"국제백신연구소 역학조사단원 세 명이 현장에 진입하다가 실종되었답니다. 그들은 바이러스 병동에서 사용하는 생물우주복을 착용하고 있었다는군요."

"생물우주복도 소용이 없다니……."

장관은 낙담한 표정으로 얼굴을 찡그렸다.

다들 맥이 풀리는지 아무도 말문을 열지 않고 망연히 앉아 있기만 했다.

한동안 침묵이 흐른 뒤 연세대 전염병사학 교수가 한숨을 길게 쉬면서 한탄했다.

"시신이든 생존자든 어서 확보해서 정밀 부검이나 신체검사를 해본다면 무언가 실마리를 잡을 수 있을 텐데……. 현장에 접근조차 할 수 없다니 이렇게 낭패스러울 데가……."

보건복지부 장관이 절망적인 표정을 지으며 고개를 가로저었다.

"시신도 가져올 수가 없는 위험한 상황입니다. 바이러스 전염 기전을 모르니 달리 방도가 없어요. 생존자 역시 2차 감염이 우려되고요. 신문을 보니 X-바이러스를 '3불의 질병'이라고 표현했더군요. 발생 원인 불명, 정체불명, 향후 예측 불허라고요. 거기다가 해결 불능이 추가될까 우려됩니다. 담당 공무원인 저희가 매우 괴롭습니다. 시신이든 생존자든 어서 확보하는 게 급합니다. 바이러스를 하나라도 잡으면 게놈 기술을 이용해 백신을 만들어 낼 수 있잖습니까."

이북하 과장이 일부러 또박또박 큰 목소리로 말했다.

"이 과장 말이 맞아요. 우리, 지레 절망하지 맙시다. 기운 냅시다. 힘 닿는 대로 노력해보는 겁니다."

장관은 주먹을 불끈 쥐면서 고개를 끄덕였다.

그때 이북하의 휴대폰에 문자메시지가 들어왔다는 진동이 울렸다. 이북하는 회의 중이긴 하지만 메시지를 열어 보았다. 윤하린이 보낸 것만 두 개다.

―나 하린. 대책본부에 들어와 있어. 시간 있으면 기자실에 얼굴 좀 비쳐봐.

―우리, 죽으면 꼭 만나야 해. 살아서는 물러섰지만 죽어서는 영혼 이 부서진다 해도 양보 못 해. 알았지?

이북하는 씁쓸하게 웃으면서 휴대폰을 접어 호주머니에 넣었다. 이런 문자를 주고받을 수 있는 상황이나마 고맙다. X-바이러스 사태 가 어디까지 확산될지 알 수 없는 불안한 위기다.

그 시각, 뉴스 전문 라디오 핫코리아.
윤하린의 목소리로 긴급 뉴스가 흘러나왔다.

―X-바이러스 정부 역학조사단 1차 발표문입니다. 그대로 읽겠습니다. 국립과학연구소와 서울대 미생물학연구소, 국방부 세균병리연구소, 국 제백신연구소가 합동으로 구성한 바이러스 역학조사단이 부산에 파견 되어 현재 정밀 조사를 진행하고 있습니다. X-바이러스의 원인은 부산 항 일대의 폐수로 인한 식수 오염 때문으로 보인다는 1차 결과가 나오 고 있습니다.
낙동강 하류의 오염으로 정체불명의 돌연변이성 괴바이러스가 발생하 고, 이 초급성 바이러스가 양수장 내에 전염되었으며, 이 식수를 먹은 부산 시민들에게 바이러스가 번지게 되었다는 것입니다.

더 정확한 역학조사 결과는 가까운 시일 내에 공개될 것입니다. 아울러 낙동강을 식수원으로 사용하고 계신 김해, 양산 일대의 주민들은 반드시 물을 끓여 드시기를 당부드립니다.

국민 여러분께서는 안심하시고 정부의 공식 발표를 기다려주시기 바랍니다. 방역 라인 내 학교는 내일부터 휴교에 들어갑니다.

발표문에는 박테리아를 멸균시킬 때처럼 물을 끓여 먹으라는 내용이 포함되어 있었다. 그렇다면 X-바이러스의 정체는 바이러스가 아니라 박테리아라는 뜻이고, 섭씨 70도 이상의 고온으로 충분히 멸균시킬 수 있다는 뜻이다. 그러나 윤하린의 마지막 멘트는 정부 발표를 노골적으로 조롱했다.

—아마도 이 발표문을 작성한 정부 관계자는 바이러스와 박테리아를 혼동했나 봅니다. 현재 세종시 보건복지부 상황실 분위기와는 전혀 어울리지 않는 발표문으로, 국민 안심용 보도 자료인 것 같습니다.

박테리아란 곧 세균으로, 현미경으로 관찰할 수 있는 크기의 생물이다. 좁은 공간에도 엄청난 박테리아가 존재하는데, 영양분이 풍부한 정원 흙 1그램에 수십억 마리, 인간의 침 한 방울에 수백만 마리가 살고 있다. 그러나 박테리아가 없는 토양에서는 식물이 자라지 못하고, 인간의 경우도 박테리아 없이는 생존이 불가능할 정도이며 대부분 무해하고, 사람에게 유익한 공생 관계의 박테리아 종류도 굉장히 많다.

이에 비교해 바이러스는 먼저 크기로 구분한다. 가장 작은 세균의 크기가 약 400나노미터(1나노미터는 10⁻⁹미터)인 데 비해 바이러스는 지름이 20~250나노미터 정도로 매우 작다. 그러고도 살아 있는 동물·식물·미생물 세포에서만 증식할 수 있는, 크기가 작고 성분이 간단한 감염성 병원체로 규정한다. 바이러스는 극미 세계에 존재하는 만큼 1940년이 되어서야 겨우 연구되기 시작했다.

한편, 이북하는 X-바이러스 관련 자료를 계속 수집했다.

세종시 X-바이러스 상황실.

그는 몇 번이나 망설이다가 휴대폰을 꺼내 들었다.

─죽지 마. 죽으면 절대 안 돼. 살아서 용서를 빌 기회는 내게 줘야지.

이북하는 몇 번이나 망설이다가 윤하린의 휴대폰으로 이런 문자메시지를 보내 놓았다.

수신인은 물론 윤하린이다.

그런 다음 그는 보건복지부의 UFO라는 별명을 가진 허 과장과 함께 X-바이러스 피해 상황이 담긴 테이프와 보고 문서를 살폈다. 테이프를 느리게 돌려보기도 하고, 의료 전문가들에게 문의도 해보고, 역사적으로 크게 유행했던 큰 규모의 전염병 발생 동기와 그 증세를 주의 깊게 살펴보기도 했다.

2층 종합상황실에 가서 보고서를 샅샅이 살펴보기도 했지만 비슷한 것조차 찾아낼 수 없었다. 그는 다시 한번 화면 속의 시신을 확대해 놓고 관찰했다.

아무리 반복해 살펴도 단서는 발견되지 않는다. 난감하다. 어떤 종류의 질병이건 반드시 앓는 증세가 나타나기 마련인데 X-바이러스는 호흡 장애와 함께 갑자기 쓰러질 뿐이다. 길을 가다가도, 운전을 하다가도 죽어 간다.

마치 인류의 종말을 보는 듯하다. 아무리 종말이 온다고 하더라도 어느 종교에서든 선한 사람, 또는 선택받은 사람은 구원을 받는다고 하지 않던가. 그러나 X-바이러스는 개개인의 선악 따위는 전혀 개의치 않는 듯하다. 아무런 선택도 예외도 없이 무자비하게 몰살시킨다.

"지구의 종말이 시작된 건가?"

이북하가 무심코 내뱉자 허 과장이 말을 받았다.

"가이아의 대반격이 시작된 게 아닐까요?"

"그게 무슨 말이야?"

"가이아는 그리스 신화에 나오는 대지의 여신으로, 지구는 스스로 생존 능력을 가진 살아 있는 생명체라는 이론이지요. 지구과학, 생물물리학이라고도 부르는 이론으로, 영국의 대기과학자 제임스 러브룩이 1972년에 이 이론을 처음 발표한 이래 과학자와 환경학자들 간에 끊임없는 논란의 대상이 되어 왔지요."

허 과장은 가이아 이론을 설명해 나갔다.

"가이아 이론에서는 지구를 물리·화학적인 무생물이 아니라 하나의 거대한 유기체로 생각합니다. 지구 생물권은 단순히 주위 환경에 적응하기만 하는 소극적인 존재가 아니라 오히려 적극적으로 변화시키며 항상성을 유지한다고 믿는 겁니다. 이 항상성으로 미루어 볼 때 지구는 스스로 자신을 조절하는 능력을 가진 살아 있는 존재라는 거지요."

이북하는 그의 말을 믿을 수 없다는 듯 웃어 가며 되물었다.

"그런 주장을 할 만한 근거는?"

"학자들은 대기 중의 산소가 일반화학 원리에 맞지 않게 약 6억 년 동안 21퍼센트 정도로 계속 유지되어 오고, 지구 평균기온이 생물이 살기에 적당한 평균 13도로 일정하게 유지되고 있으며, 해양의 염분 농도가 킬로그램당 35그램으로 생물계에 유리한 조건을 유지해 온 점을 들고 있습니다."

"일리는 있네."

이북하는 고개를 끄덕이면서 허 과장의 설명을 메모했다.

"가이아 이론의 주창자인 러브록은 지구가 신의 속성까지 지니고 있다고 주장합니다. 러브록은 또 자연을 정복 대상으로만 보아 온 서구인들에게 무서운 경고를 했어요. 지구가 자기방어를 위해 인류 멸종을 결심할지도 모른다고요. 인류는 지구에 붙어사는 기생충이나 세균 정도라는 비유지요."

"지구가 자신의 생존을 위해 인류를 멸종시킨다? 그 무기가 바로 X-바이러스란 말인가?"

"예, 그렇습니다. 인간이 만들어 낸 온갖 독소를 씻어 내 다른 생물종을 건지기 위해 전격적으로 단행한 지구의 대역습, 그것이 X-바이러스일 거라는 생각이 듭니다."

"지진, 화산, 태풍은 그럴싸해도 바이러스는 가이아 이론과 상관없지 않나? 내가 아는 한 교수는 지구 자체가 생물계와 무생물계의 유기적인 결합으로서 살아 있는 태극체이며, 하나의 '영체'라고 하더군. 엔트로피(entropy: 무질서)가 무한정 증가하는 것이 아니라 일정한 시기가 되면 천지개벽이 일어나 엔트로피를 전격적으로 감소시킨다고 말이야. 질서는 무질서를 향해 분열하고, 무질서의 극에 이르면 개벽을 통해 질서를 재창조한다는 거야. 때문에, 우주와 인류는 영원히 존재할 수 있다는 주장이지."

허 과장이 그 보란 듯이 손뼉을 치며 대답한다.

"가이아 이론과 통하는 이야기군요."

"그렇기는 하네. 그러니 세상이 망하는 일은 안 생기겠지? 빙하기가 온다 해도 말이야."

"이런 실험 결과, 아세요? 무인도에 쥐를 풀어 놓으면 처음에는 쥐의 개체 수가 기하급수적으로 는다는 겁니다. 쥐의 번식력으로 본다면 얼마 지나지 않아서 섬은 쥐로 가득 찰 것 같지요? 아닙니다. 그런 경우는 한 번도 일어나지 않았답니다. 어느 정도 번식한 쥐는 떼를 지어 바다로 뛰어든다는 거예요. 일정 수효 이내의 쥐만 생존하게 되는 거지요. 이러한 현상이 주기적으로 일어나 쥐의 수효가 자율적으로 조절되었다더군요."

"아하, 레밍 현상? 일정 공간 속에서 한없이 번식을 계속하는 것은 균형을 파괴하는 것이기 때문에 자연 질서가 이를 용납하지 않는다, 이 말이지?"

"예. 그런데 일부 학자들은 레밍 현상이 자율적인 수효 조절 때문에 일어나는 것이 아니라 수효 과잉에 따른 스트레스 때문이라고 설명한답니다. 같은 동물의 수가 증가해 밀집도가 높아질수록 생물체는 공격성과 잔학성, 스트레스가 급격히 증가한답니다. 그러다가 마침내 집단 자살 현상을 유발한다는 겁니다. 이 현상은 먹이가 풍부한 상황에서도 일어난다고 합니다. 자살한 쥐를 해부해보니 하나같이 스트레스가 증가할 때 나타나는 부신 비대 증상이 발견되었답니다."

"그럼 인류 80억 명이 사는 지구가 수용 한계를 초과했기 때문에 자연 스스로 인구를 통제하기 위해 X-바이러스를 일으켰다, 이 말인가? 정신병이라면 몰라도 바이러스는 호르몬 문제는 아니지."

두 사람의 대화에도 불구하고 X-바이러스 사태는 진정될 기미를 보이지 않았다. 하긴 이런 대화 말고는 도무지 할 수 있는 일이 없다.

그 시각, 윤하린 역시 단서를 잡기 위해 자료를 뒤적거렸다.

시국이 시국이니만큼 날마다 야근을 하는 기자들은 이럴 때일수록 밥이라도 든든히 먹어 두어야 한다며 다들 저녁 식사를 하러 나갔다. 취재하러 나간 김에 저녁까지 먹고 들어온 윤하린은 혼자 텅 빈 사무실에 앉아 바이러스 관련 자료를 뒤적였다.

윤하린은 책상 위에 지저분하게 쌓인 우편물을 정리하다가 문득 생각난 듯 수화기를 집어 들었다. 취재와 보도가 워낙 통제되고 있으니 어쩔 수 없다. 그렇다고 부산으로 들어갈 엄두는 나지 않는다.

로또 당첨보다 확률이 더 낮은 일이라고 절망하면서도 한 가닥 희망을 갖고 051로 시작하는 번호를 손 가는 대로 눌렀다.

열 번쯤 실패한 뒤다.

"……여-보-세-요."

수화기 속에서 어눌한 소년의 목소리가 들려온다. 뜻밖의 사람 목소리에 윤하린은 깜짝 놀라 수화기를 떨어뜨릴 뻔했다. 윤하린은 전화를 방송 시스템에 재빨리 연결했다.

"특종이에요, 특종. 부산 생존자가 연결됐어요."

방송 중이던 뉴스의 앵커는 즉시 윤하린의 전화 통화음을 띄웠다.

—핫코리아에서 방금 부산 지역의 생존자 한 명을 찾아내 통화를 하고 있습니다.

"여보세요. 거기 부산 맞아요? 051?"

윤하린은 전화번호를 혹시 잘못 눌렀나 하여 지역부터 확인했다.

—응.

"무슨 동이죠?"

윤하린은 상대방이 전화를 끊기라도 할까 봐 급히 물었다.

—나, 배고파.

"무슨 동이에요? 동네 이름이 뭐예요?"

—좌천동이야.

좌천동이라면 X-바이러스가 두 번째 창궐한 공원이 있는 곳이다.

"다른 사람도 함께 있나요?"

윤하린은 조바심에 손바닥에서 진땀이 난다.

—엄-마하고.

목소리로 보아 유치원생 정도다.

—엄마, 자. 깨워도 안 일어나. 밥 안 줘.

윤하린은 직감적으로 소년의 어머니도 X-바이러스로 죽었을 거란 생각이 들었다.

"어머니 몸에 손대보세요. 어때요?"

—따뜻해. 아직 자.

그렇다면 죽은 건 아니다.

윤하린은 소년이 어떤 상황에 처해 있는지 짐작해보았다.

그때 달그락하며 수화기 떨어지는 소리가 났다.

"여보세요, 여보세요?"

전화가 끊겼다. 아차 싶다. 생존자가 더 있는지 알아보아야 한다. 생존자가 있다면 상황을 더 알아봐야 한다. 그간 생존자가 움직이는 화면이 포착되기는 했지만 직접 연락이 닿은 적은 없다. 보건복지부에서는 실상을 알고도 숨기는 것인지 몰라도 생존자에 대한 언급이 아직 나오지 않고 있다.

윤하린은 수화기를 다시 들었다. 재발신 버튼을 눌렀다.

전화기의 디지털 화면에 조금 전에 건 전화번호가 뜬다. 윤하린은 그 번호를 수첩에 적었다.

신호가 여러 번 가도 응답이 없다.

윤하린은 노트북 전원을 켰다. 생존자를 다시 찾을 때까지 초벌 기사라도 써 놓을 참이다. 그러면서 윤하린은 이북하의 휴대폰에 메시지를 올렸다.

—부산 지역 생존자 통화 성공.

부산, 그것도 바이러스의 근원지로 알려진 좌천동에 생존자가 있으며, 직접 통화가 이뤄졌다는 사실은 특종 중의 특종이다.

7
황금부적

이북하는 휴대폰에 메시지가 들어와 있는 걸 보고 내용을 확인했다. 부산 생존자와 연결이 되었다는 윤하린의 메모다.

"생존자? 이봐, 허 과장. 부산 생존자와 통화를 했다는데? 뉴스 좀 확인해봐."

그때 전화벨이 울렸다.

"예, 상황실 이북하입니다. 아, 당신? 웬일이야?"

아내 황부영한테서 걸려온 전화다.

"아버님이 집에 오셨어요."

"뭐라고? 아버님이라니? 장인?"

"애들 할아버지가 오셨다고요. 당신 친아버님."

수화기를 건네는 듯 잠시 통화가 멈추었다.

"내다, 어미다."

어머니 목소리다.

"네게 이를 말씀이 있으시다는구나. 어서 집으로 오거라."

아버지라는 말에 이북하는 깜짝 놀랐다.

아버지란 존재는 세상에 없는 줄 알고 체념한 그에게 이제야 아버지라니? 모를 일이다.

"저, 지금 비상근무 중이잖아요. 갈 수 없어요."

"그래서 보자는 거란다. 비상이라니까."

"예?"

이 답답한 바이러스 국면에서 뭔가 실마리가 잡힐지도 모른다는 생각이 얼핏 들었다.

이북하는 뒷일을 허 과장에게 맡기고 급히 용인 집으로 달려갔다. 세종시에서 용인 원삼나들목까지 40분이면 닿는다. 엑셀레이터를 밟는 오른발에 힘이 들어간다.

"아버지! 이게 어찌 된 일이십니까?"

이북하는 아버지 앞에 넙죽 엎드렸다. 아버지는 일흔이 넘은 나이지만 머리칼이 검고 혈색도 불그레한 게 20대 청년 같다.

"오랫동안 소식 못 전해 미안하구나. 너희들 아비 노릇 하는 것보다 더 중한 일이 있어 그간 계룡산에 머물렀지."

"저희가 아버님 걱정을 얼마나 했는지 아십니까? 혹시 돌아가신 건 아닌가 방정맞은 생각까지 하고……."

아버지는 집을 떠날 때보다 오히려 더 젊어 보인다. 아내 황부영은 결혼하자마자 가출한 시아버지를 이제야 다시 보는 이 상황이 어색하기만 하다.

"내가 부산에 들어가야겠다!"

"부산엘요? 거기 가시면 큰일 납니다. 정부 역학조사단도 들어가지 못하는 위험한 곳입니다. 얼마나 무서우면 시신 하나 꺼내 오지 못하겠습니까."

이북하는 손사래를 치며 큰 소리로 말했다.

"꼭 가야 할 일이 있으니 설사 목숨을 잃는다 한들 어쩌겠느냐."

아버지는 결기 있는 목소리로 말했다.

"부산으로 가기 전에 네게 이를 말이 있어 들른 거다. 네가 마침 상황실에 있다니 알아야 할 것도 있고."

아버지는 잠시 말을 멈추었다. 얼굴에 비장한 기운이 서려 있다.

"내가 왜 집을 나갔는지, 너도 웬만큼은 알 터!"

그의 아버지는 수십 년 다니던 직장에서 정년퇴임을 하자마자 도를 닦겠다며 집을 나갔다. 가출이 아니라 출가다.

출가 전, 할아버지마저 세상을 뜨자 그의 아버지는 며칠간 두문불출 지내다가 조용히 주변을 정리하고 집을 떠났다. 세상을 영원히 뜨기라도 할 것처럼 집 등기를 바꾼 것은 물론 애지중지하며 키우던 난이며, 할아버지 때부터 내려오던 고서화 목록까지 작성해 이북하한테 넘겨주었다.

이북하는 아버지가 퇴직 후유증을 앓는 것이려니, 아니면 그렇게도 믿고 의지하던 할아버지의 별세로 충격을 받은 탓이겠지 하는 마음이었다. 몇 달 방황하고 나면 돌아오시겠거니 하고 별걱정을 하지 않았었다.

그렇게 떠난 아버지가 지금까지 아무런 소식이 없다가 손주들이 커서 초등학교에 다니고 있는 지금에야 돌아온 것이다. 그러니 아버지가 집을 나간 지 10년이 더 넘었다.

"이젠 네게도 할아버님의 유언을 전해줘야 할 때가 온 것 같구나."

어머니한테 물을 한잔 청해 들이켠 아버지는 말문을 천천히 열었다.

"네 할아버님께서는 이 민족, 이 나라의 맥이 끊기는 걸 막으려 애쓰시던 큰어른이시다. 하늘이 무너지고 땅이 꺼지는 대개벽의 시대에 우리 민족이 씨알도 없이 말라버릴까 봐 고민하셨단다."

이북하는 엄청난 주제에 머릿속이 텅 비는 듯 막막한 느낌이 들었다. 지금 보건복지부 상황실에서 일하고 있는 자신도 국가와 민족이라는 개념 앞에 서면 막막해지는데, 일개 농부로 산골에 숨어 살던 할아버지가 그렇게 큰 생각을 했다는 것부터가 실감이 나지 않는다.

"나도 처음에 아버님 말씀을 들을 때는 지금 네 심정과 다르지 않았다. 내가 산인이 되겠다고 집을 나선 것도 실은 아버님의 말씀을 따랐다기보다 심란한 내 마음을 가라앉혀보자는 단순한 치기였지. 막상 입산을 해보니 그게 아니더구나. 이 세상은 내 마음 하나만 붙잡고 실랑이하기엔 너무나도 바삐 돌아가고 있더라."

어머니와 아내는 잔뜩 긴장해서 아버지의 설명에 귀를 기울였다. 이북하도 정신이 바짝 드는 느낌은 마찬가지였으나, 한편으로는 반신반의하는 의심도 일어났다.

"그보다 먼저 내가 너와 윤씨 처자의 결혼을 반대한 이유부터 말해줘야겠구나. 다 연관이 있는 얘기니……."

그 말에 이북하는 아내 황부영의 눈치부터 살폈다. 황부영은 적잖

이 놀라는 표정이다.

한편, 이북하가 아버지로부터 가문에 얽힌 이야기를 전해 듣는 동안 윤하린은 생존자와 다시 통화하기 위해 애썼다. 신호만 갈 뿐, 저쪽에선 응답이 없다.

"죽은 게 아닐까?"

초조하게 결과를 지켜보던 부장이 한숨처럼 내뱉었다.

"윤 선배가 혹시 다른 지역에 전화 걸고 부산 사람과 통화한 거로 착각하신 건……."

후배의 조심스러운 의문에 윤하린은 고개를 세차게 저었다.

"대체 얘가 어딜 간 거야. 빨리 전화 좀 받지 않고……."

그렇게 다시 40여 분이 지났다. 부산 현지 통화라고 생방송으로 내보내기까지 했으니 더 답답하다.

윤하린의 자리에 삥 둘러서서 지켜보던 기자들은 하나둘 자리를 떠 제자리에 가 앉았다. 부장만이 아직도 기대를 잃지 않은 얼굴로 윤하린을 지켜보았다.

따르르따르르.

신호음이 간다.

―여-보-세요.

그 목소리다, 아이의 목소리.

"너, 너 어디 갔었니? 왜 전화를 안 받아?"

윤하린은 너무나 반가워 목이 메었다. 부장은 윤하린의 전화기에 장착된 생방송 연결 버튼을 눌렀다. 스튜디오로 연결된 전화는 또다시 생방송으로 중계되었다.

—먹-을 거 사러.

"그래, 먹을 건 샀니?"

—아니.

"왜 못 샀어?"

윤하린은 흥분되는 마음을 가라앉히고 차분히 물었다. 소년이 전화를 끊기라도 하면 낭패다.

—가게 아줌마, 자. 깨워도 안 일어나.

"그럼 돈을 아줌마 손에 쥐여주고 물건을 가져오면 되는데……."

여기까지 말한 윤하린은 아차 싶었다. 소년이 또 전화를 끊고 나갈 수도 있다.

"잠깐, 전화 끊지 마!"

다행히 소년은 아직 수화기를 들고 있는 듯했다. 고르지 못한 숨소리가 계속 들려온다.

—배 안 고파. 밥 먹었어.

"어디서?"

—엉아가 줬어. 저기 사는 엉아가, 배고프다니깐 밥 줬어.

"거기 어른도 있어?"

—응.

"너희 집에 데려올 수 있니?"

윤하린은 소년보다는 엉아라는 그 어른과 통화하는 게 낫겠다 싶었다.

—옆에 있어.

"참, 네 이름이 뭐지?"

—동호. 이동호.

"엉아 이름은?"

—엉아.

"그래? 그 엉아 좀 바꿔줄래?"

전화기를 놓는 듯 달그락거리는 소리가 나더니 다시 고르지 못한 숨소리가 들려온다. 조금 더 거친 느낌이 드는 것이, 소년의 숨소리는 아닌 듯하다.

"여보세요, 전화 바꾸신 거예요?"

—응, 히.

소년보다 나이가 들어 보이는 청년의 목소리다.

—애네 엄마 죽었어. 히. 우리 형도 죽었어. 히.

웃음을 실실 흘리는 것이 청년도 장애가 있는 듯싶다.

"성함이 어떻게 되세요?"

—성함?

"예, 이름요."

—학수.

"성은 뭐예요? 김 씨예요, 이 씨예요?"

소년의 집에 괘종시계가 있는지, 시각을 알리는 소리가 뎅뎅뎅 울리기 시작한다. 방송국 벽시계를 바라보니 시침과 분침, 초침이 12란 숫자에 막 합쳐진다.

"어, 이 전화가 왜 이래? 무슨 일이야?"

청년의 대답을 기다리던 중 전화기가 갑자기 먹통이 되었다. 전화가 끊기는 듯 뚝 하고 작은 소리가 들리더니 통화 도중에 들리게 마련인 미세한 소음조차 들리지 않는다.

"여보세요, 여보세요?"

지켜보던 부장이 급히 옆자리로 가서 전화기 버튼을 눌렀다.

"뭐라고요? 통화하고 있는데 끊으면 어쩌란 말이오, 도대체? 뭐요? 상부 지시라니? 대한민국에 웬 상부가 이리도 많아! 도대체 어떤 놈이 그따위 지시를 내린 거요?"

부장은 전화통에다 대고 한참 동안 열을 내더니 수화기를 쾅 내려놓았다.

"부산과 인근 지역 전화 연결망을 모두 끊었다는군. 상부 지시라는데 어떤 놈이 내린 지시인지 좀 알아봐야겠어. 그 두 사람과 다시 통화해야만 부산 상황을 자세히 알 수 있는데 말야."

부장은 들고 있던 수첩으로 책상을 탁 내리쳤다.

윤하린이 생존자와 다시 통화하는 동안, 용인 처인구 용수마을의 이북하 본가에서는 가족사 이야기가 계속되고 있었다.

이북하의 아버지는 마침내 두 집안 사이에 일어난 기막힌 사연을 조금씩 풀기 시작했다.

1930년, 일제강점기다. 이북하의 할아버지 이중희는 당시 30대로 고향에서 농사를 짓고 있었다. 양반의 후손이라고는 하나 몇 대째 벼슬을 못 한 몰락 양반인 터라, 오래전부터 일반 농민과 비슷한 생활을 했다.

이때 읍내에서 독립군 자금을 운반하다가 일경에 쫓기던 사람이 이중희의 집에 숨어들었다. 며칠 은신하던 그는 경계가 소홀해진 틈을 타 만주로 탈출하면서 보따리 한 개를 맡겼다.

"이 책을 보관해주시오. 나라의 운명이 걸린 귀중한 보배요."

"그렇게 귀한 걸 어찌 제가……."

"혹시 내가 일본 순사에게 잡혀 돌아오지 못하거든 젊은이가 이 책을 공부해주시오. 나중에 이 나라가 위태로워질 때 위기에서 건져주시오."

"지금이 위태로운데요?"

"이 정도는 아무것도 아닌 날이 또 와요. 전쟁보다 더 무서운."

독립군은 기름 먹인 종이에 싼 책을 이중희에게 건네주었다. 포장지를 벗겨보니 '논어'라는 제목이 적혀 있다. 속을 펼쳐보아도 낯익은 자왈(子曰) 자왈뿐이다.

"『논어』라면 공자 어록을 적은 책 아닙니까? 저도 이 책은 서당에서 배웠습니다만, 이 시국에 무슨 도움이 된다고?"

"하하하. 『논어』야, 사대부 집안이라면 없는 집이 어디 있겠습니까? 이건 위장하기 위한 것이고요, 진짜는 이 속에 있습니다."

책을 만든 종이를 보니 이중으로 돼 있다. 두 장을 겹으로 붙였다. 두꺼운 표지를 한 꺼풀 벗기자, 거기서 진짜 제목이 나왔다.

'黃金符籍'

"황금부적이요? 동학군이었나요?"

"아닙니다. 나도 속 내용을 다 해독하진 못했습니다만, 단순히 부적 쓰는 법이나 적혀 있는 술서는 아닌 거로 알고 있습니다."

독립군은 이 책을 보관하게 된 내력을 말해주었다. 그도 이중희와 마찬가지로 몰락한 양반가의 후손이다. 서당에 다니면서『천자문』을 떼고『논어』,『맹자』까지 읽은 게 그의 최종 학력이다. 이렇게 살다가는 평생 가난을 면치 못하겠다고 생각한 그는 큰돈을 벌어 보겠다는 생각에서 만주를 거쳐 상해로 건너갔다. 거기서 생명 줄처럼 쥐고 있던 양반의 후손이라는 자부심을 탈탈 털어 낸 그는 식당을 차려 큰돈을 만졌다. 그러자 독립군들이 그에게 접근해오고, 그는 그들을 만나고부터 일제에 빼앗긴 나라를 되찾겠다는 의분을 느꼈다.

수입의 얼마를 독립군 자금으로 대주는 것으로 그들에게 진 마음의 빚을 어느 정도 갚아 나갔다. 그러던 어느 날, 자신의 집을 접선 장소로 이용하던 독립군 대장이 목숨을 건 일에 나가야 한다며 그 책을 맡기면서 지금 그가 이중희한테 한 말을 그대로 전해주었다. 나라의 맥이 끊길 운명을 바꾸어 줄 귀한 책이니 잘 보관해 달라는 것이었다. 그러면서 자기는 그 책을 아버지한테서 물려받았는데, 그의 아버지는 모악산 어디선가 도를 닦던 중 연산에서 온 도인한테서 이 책을 비밀리에 전수받았다고 했다.

'모악산? 그럼 그 금오라는 사람 천제석? 그렇다면 그렇게 귀한 책을 왜 제자들에게 주지 않고 다른 이에게 몰래 전했을까?'

이북하는 아버지의 이야기를 들으면서도 이야기의 방향이 또다시 금오 천제석 쪽으로 흐르는 게 아닌가 의심했다. 그의 아버지는 설명을 계속해 나갔다.

"이 책은 처음부터 끝까지 진사(경면주사, 황화수은)로 씌었습니다."

흔히 부적을 진사로 붉게 그리는 이유는, 진사가 갖는 성질에 그 원인이 있다. 진사는 황화수은(HgS)인데, 원래 수은은 인간이 사용하는 물질 중 가장 차다. 웬만해서는 늘 액체 상태를 유지하고, 영하 39도는 내려가야 겨우 물렁물렁해질 뿐이다. 따라서 일상에서는 황화수은을 쓰게 되는데, 수은 86.2퍼센트, 유황 13.8퍼센트 혼합물이다. 먹으면 정신이 맑아지고, 조울증이 가신다. 정신착란이나 감정 과잉도 억제한다. 주로 정신을 안정시키는 효능이 있는 것으로 알려져 있다.[1]

한편, 수은 증기를 방전시키면 푸르스름한 빛깔을 내는데, 그만큼 속성이 차갑고 음하다. 그러면서도 전도율은 굉장히 높다. 열전도율도 매우 뛰어나다.

수은은 전하 통과율이 높은 만큼 도가에서는 영계의 귀신들과 통할 수 있는 매개 물질로 받아들인다. 귀신이 붙은, 즉 접신된 무당이나 빙의된 사람의 경우 체온이 급격히 내려가는 현상을 보이는데, 귀신은 진사로 쓴 글만 읽을 수 있다고 믿었다.

"이 책은 글자 그대로만 읽어서는 속뜻을 알 수 없다고 합니다. 행간을 읽을 줄 알아야 하지요. 만약 제가 다시 돌아오지 못하면, 젊은이가 이 책을 해독해서 나라를 구해주십시오. 만약 혼자서 공부하기 힘들면 도꾼들을 찾아가 함께 연구하십시오. 도움이 되는 사람이 있을 겁니다. 단, 믿을 만한 사람한테만 보여주셔야 합니다."

---

1) 한방 오류다. 실제로는 위에 들어간 다음 염화수은이 되어 맹독성 물질로 변한다. 조울병 등 뇌 질환을 고치는 게 아니라 뇌세포를 죽이거나 마비시킬 뿐이다.

이후, 독립군은 5년이 넘도록 이중희를 찾아오지 않았다. 독립군이 준 책을 다락 깊숙이 숨겨두고만 있던 이중희는 더는 기다리지 못하고 책을 꺼내 들었다. 책장을 한 장씩 꺼풀을 벗겨가며 읽어 보았다. 책 내용은 이중희의 실력으로도 충분히 읽어 나갈 수 있을 정도로 쉬웠다. 부모님께 효도하라. 근면하고 성실하라. 이런 내용이었다. 내용과 제목이 도무지 걸맞지 않았다. 이중희 혼자의 힘으로는 그 속에 들어 있다는 엄청난 내용, 오묘하다는 숨은 뜻을 찾아낼 수가 없었다.

마침내 이중희는 도꾼들을 찾아 나섰다. 마침 이웃 고을에 도를 닦는 사람들이 있다는 소문을 들었다. 하늘과 땅이 시작된 이치, 또 이 세상이 돌아가는 이치를 탐구하는 사람들이었다. 이중희는 그들 속으로 들어가 함께 공부를 시작한 지 1년이 지나서야 『황금부적』이야기를 꺼냈다.

"이런 책은 측자, 파자로 읽어야 진의를 파악할 수 있는 것이오. 제목이나 글에 빠지면 진짜 뜻을 놓칠 수 있습니다."

공부하는 사람들의 스승 노릇을 하는 허 도인이 말했다. 그러면서 허 도인은 책에 적힌 내용을 가로세로로 늘어놓고 이리저리 나누고 합쳐가며 재편집했다.

"아니! 이럴 수가!"

이중희가 베껴 온 내용을 갖은 방법으로 풀던 허 도인의 낯빛이 하얗게 질렸다.

"이 책, 잘 간수했지요?"

"그럼요."

"아무한테도 보여주지 마시오. 내용을 알고 싶으면 그대가 직접 측자, 파자하는 법을 배워 읽도록 하시오. 아주 무서운 책이오."

허 도인은 정신이 아찔한 듯 이마에 손을 짚고 벽에 기대었다.

"무슨 내용이길래 그러십니까?"

함께 공부하던 서울 선비 윤대평이 물었다. 처자를 서울에 둔 채 임시 거처를 마련해 시골에 내려와 있는 도꾼이다.

"알 것 없네. 아이고, 이를 어쩌나."

허 도인은 고개만 절레절레 저었다.

윤대평의 관심은 쉽게 사그라들지 않았다. 그는 공부를 파하고 집으로 돌아가는 이중희를 따라왔다.

"이보게, 나한테도 그 책 좀 보여주게. '황금부적'이라는 제목부터가 예사스럽지 않으이. 벼락부자 되는 책인가?"

이중희는 허 도인의 말대로 스스로 측자, 파자하여 책을 읽는 법을 배우기로 결심하고 윤대평의 청을 물리쳤다.

윤대평은 뜻밖에도 끈질긴 사람이었다. 그는 황금부적이 큰돈이라도 벌 수 있는 부적인 줄 믿고 어떻게든 얻어 보려고 애를 썼다. 그렇건만 이중희한테 몇 번이고 청을 하다가 번번이 거절당하자 아예 아는 척도 하지 않는 사이가 되어버렸다.

사건은 그로부터 한 달 뒤에 일어났다. 이중희가 숨겨둔 책이 감쪽같이 없어진 것이다. 항아리 밑에 구덩이를 파고 숨긴 터라, 책의 소재는 이중희와 그의 부인밖에 모른다. 이중희가 측자, 파자해서 읽는 법을 익혀 겨우 앞부분을 어느 정도 해독했을 무렵이다.

책은 비결서인 듯싶었다. 남사고가 지었다는 『격암유록』처럼 첫 장부터 조선에 언제 어떤 변고가 있을 거라는 내용이 나왔다. 조선이 일본에 합병당하기 전에 쓴 것인 듯, 조선이 곧 일본에 강제 합병된다는 얘기, 그 밑에서 수십 년간 신음한 뒤 해방을 맞이하나, 나라가 둘로 갈라지고 같은 민족끼리 전쟁을 해 수백만 명이 죽는다는 내용이 있었다. 해방이 된다는 것은 반가운 이야기지만 나라가 갈라지고 또 겨레끼리 싸워 서로 죽이고 죽는 사람이 수백만 명에 달한다니, 놀랍고 무서운 일이 아닐 수 없다.

'아, 윤하린이 보내준 자료에도 비슷한 내용이 있었는데? 하늘문을 여는 비결이 담긴 주문이라든가, 어떤 노인으로부터 받은 책이라든가.'

그의 아버지는 침통한 표정으로 이야기를 이어 갔다.

책을 잃은 이중희는 망연자실했다. 누가 어떻게 알고 책을 훔쳐갔는지 모를 일이다.

그런 책이 몇 달 만에 다시 돌아왔다. 있던 자리에 거짓말처럼 돌아왔다. 그러나 책이 돌아옴과 동시에 이중희는 뜻밖에도 아내를 잃었다. 아내는 책을 숨겨두었던 광의 대들보에 목을 맸다.

아내가 언문으로 남긴 유서에는 기막힌 사연이 적혀 있었다.

이중희는 이웃 고을에 공부하러 가는 날은 하룻밤을 지새우고 오곤 했다. 그러던 어느 날, 이중희로부터 급한 전갈이 있다며 윤대평이 찾아왔다. 윤대평은 이중희가 공부 도중 갑자기 쓰러졌다며 공부하는 집으로 길잡이를 해주겠다고 나섰다. 그렇게 따라나선 길에 윤대평은 최씨 부인을 겁탈하고 『황금부적』을 가져오라고 협박했다. 최씨 부인은 별수 없이 책을 가져다가 그에게 주었다.

일은 그렇게 끝날 수도 있었다. 그러나 세상일은 그리 간단히 매듭 지어지지 않았다. 이중희의 아내는 이후 태기를 느꼈다. 남편의 아이 인지, 윤대평의 아이인지 몰라 괴로워하던 최씨 부인은 마침내 자결 하기로 결심했다.

자결에 앞서 이중희의 아내는 윤대평을 찾아갔다. 그는 처자가 서 울에 있던 터라 늘 혼자 있었다. 그는 『황금부적』을 손에 넣은 뒤로 공 부방에도 나가지 않고 이 책을 해독하느라 머리를 싸맸다. 밥도 제대 로 찾아 먹지 않은 듯 비쩍 마른 몸으로 눈만 반짝반짝 빛났다.

"그 책이 그렇게 중하오? 거기서 노다지라도 캔단 말이오?"

최씨 부인은 윤대평을 향해 통곡했다.

"그렇소. 노다지보다 더 무서운 얘기가 들어 있소."

윤대평은 자신이 최씨 부인한테 한 짓은 기억조차 나지 않는다는 듯 책에서 눈을 떼지 않았다.

"이 책 때문에 난 인생을 망쳐버렸소. 댁의 애를 가졌소."

"남편은 모르는 일 아니오? 그냥 낳아서 기르면 될 일을 가지고 뭘 그리 걱정이오? 그깟 일은 이 책에 나오는 엄청난 사건에 비하면 아무 것도 아니오."

최씨 부인은 한 여인의 인생을 가리가리 찢어 놓고도 하찮은 일 대 하듯 차갑게 구는 윤대평의 처사에 피가 끓어올랐다.

"정녕 그 책이 사람 목숨보다 더 중하단 말이오?"

최씨 부인은 옆에 있던 목침을 집어 윤대평에게 던졌다.

퍽.

죽으라고 던진 건 아니지만 목침은 그의 정수리에 정통으로 맞았다.

"억."

윤대평은 억 소리를 내더니 앞으로 고꾸라졌다.

"이보시오, 윤 선비."

윤대평의 머리에서는 피 한 방울 나지 않았다. 최씨 부인이 아무리 흔들어도 그는 꼼짝하지 않았다. 눈이 하얗게 뒤집어졌다. 코에 손을 대보니 숨이 느껴지지 않는다. 맥박도 짚이지 않는다. 놀란 최씨 부인은 『황금부적』을 챙겨 들고 뛰쳐나왔다.

이튿날, 최씨 부인은 남편한테 날아온 윤대평의 부고를 듣고, 두려움과 죄의식 그리고 억울함에 번민하다가 목을 맨 것이다.

그날 이후 이중희는 문제의 책을 다락에 처박아버리고 다시는 쳐다보지 않았다. 두 사람의 목숨을 앗아 간 끔찍한 책을 만지고 싶지 않았다. 어쨌든 이후의 역사는 그 책에 쓰여 있던 대로 해방이 되고 나라가 둘로 갈리고 6·25전쟁으로 동족끼리 총을 겨누는 사태까지 일어났다.

이런 일들을 겪으면서도 이중희는 애써 그 책을 잊으려 했다. 책을 보았다가는 더 무서운 일이 일어날 것만 같았다. 그렇지만 차마 책을 태워버리지는 못했다. '나라의 운명이 걸린 귀중한 책'이라는 독립군의 간절한 부탁이 자꾸만 가슴에 걸렸다.

"네 할아버지는 돌아가시면서 당신께서 왜 고향에 남아 은둔자처럼 살아오셨는지 그 사연을 말씀해주시고, 이 책을 내게 맡기셨다. 그때 할아버지는 내게 손자가 생기거든 이름을 북하(北河)라고 지으라 말씀하셨다. 무슨 뜻이냐고 여쭈어도 그 뜻은 말씀하지 않으셨는데,

아마도 『황금부적』과 관련이 있는 것 같다. 우리는 지금 이 순간을 살고는 있지만, 현재란 과거의 끝이자 미래의 시작이라는 걸 잊지 말아야 한다. 우리는 태어나고 죽고 태어나고 죽고 그러는 것뿐이다.”

아버지는 어린 시절, 당신 어머니의 자결로 받은 상처가 아려오는지 목소리에 울음이 흐른다.

“그렇다면, 하린이 바로?”

“그렇단다. 바로 그 윤대평의 손녀다. 당시 윤대평 장례를 치르는데 부안이라고 부르는 내 또래 아들이 찾아왔더라. 그래서 내가 그 집 내력을 알고 있었는데, 네가 그 처녀를 데려와 인사시킬 때, 그만 알아서는 안 될 진실을 알고 만 거야.”

이북하는, 윤대평이란 사람의 인륜을 넘어선 집념에 관한 얘기를 들으면서, 무슨 일이든 하려고 마음먹으면 끝까지 해내고야 마는 악착스러운 하린의 성격이 떠올랐다. 하린 할아버지의 피가 하린에게도 흐르는 듯했다. 젊은 시절, 아니 현재까지도 이북하는 그런 하린의 면면이 매력적이기만 하다. 그러나 과거에 일어난 끔찍한 사연을 듣고 보니 한편으로 몸서리가 쳐졌다.

“아버지, 이 책을 공부하셨습니까?”

“그래. 너무 사연이 깊은 책이라 혼자 공부하고 혼자 해독하기로 결심했지. 그래서 이렇게 오랜 시간이 걸린 거란다.”

아버지는 긴 얘기 끝이라 힘이 빠진 듯 목소리가 가라앉았다.

“『황금부적』에 이미 오늘날 우리가 겪고 있는 얘기가 다 예언돼 있단다. 홍역, 천연두, 그리고 알 수 없는 괴질이 창궐할 것이고, 부산부터 시작해서 사람들이 속속 죽어 나갈 거라고…….”

"해결책은요?"

"그래. 선업 많이 짓고 적선하라는 건 천제석이 일상으로 하던 말씀이다. 하지만 지금 당장 신명들이 집단 하강한 세상에서는 그럴 여유도 시간도 없다. 책의 내용을 해독한 사람마다 의견이 분분하다만, 나는 바로 문제의 근원지인 부산에 그 해결책이 있다고 믿는다. 정확히 말하면 금오에."

"금오라니요?"

"부산 동구 좌천동에 금오라는 야트막한 언덕이 있다. 까마귀 머리처럼 생긴 바위가 있는 작은 구릉이지."

"X-바이러스가 재발된 지점인데요?"

"안다. 그래서 해결할 수 있다고 난 생각한다."

"어떤 해결책이 있다는 겁니까?"

"황금부적이 있어. 거기에……."

"무슨 부적 따위로 X-바이러스를 막겠어요, 아버지?"

"부적이라고 해서 꼭 종이부적일 필요는 없단다. 문제를 해결하는 것이라면 그게 바로 부적이다. 도끼 같은 부절, 칼, 약, 도장, 그림, 주문, 뼈, 털 등 다양하단다. 그러니 선입견은 갖지 말고 X-바이러스를 해결할 수 있는 거라면 뭐든 찾아야만 한다. 하지만 부산은 사람이 들어가기만 하면……."

비밀이지만 말할 수밖에 없다. 생물방역복으로 완전무장을 하고 들어간 전문가들조차 행방불명이 됐다는 사실, 아직까지는 대외비다.

"네 입에서 그런 말이 나오는 걸 보니 소문이 사실인 모양이구나. 하나 나는 진작 알고 있다. 걱정하지 마라. 만일 내가 떠나고 닷새가 지나도 아무 소식이 없거든, 네가 용인 역북에 있는 우리 '하땅사' 사무실을 찾아가거라. 거기 가서 내 이야기를 하면 널 안내해줄 사람들이 있을 거다. 내가 뜻을 이루지 못하면 네가 해내야 한다."

그제야 할미산성에서 우연히 만난 영사 차기하가 생각났다. 나중에 윤하린이 보내온 자료에도 그 비슷한 내용이 나와 있다. X-바이러스 사태와 '하땅사' 그리고 『황금부적』은 뭔가 밀접한 관련이 있다.

"제게…… 그런 능력이 있겠습니까?"

"그렇게 믿는다. 가서 그들이 하라는 대로 해라. 그러면 부산에 들어가도 죽지 않는다."

그때 전화벨이 울렸다.

"여보세요, 나, 하린이."

이북하가 전화를 받자 윤하린은 급한 목소리로 말했다.

"부산 전화선이 모두 끊겼어. 도대체 누가 끊은 거야?"

"글쎄. 우리 안전처가 그런 일까진 못 하지. 좀 더 높은 곳에서 했겠지."

이북하는 총리가 참석한 대책본부 회의에서 사회불안 때문에 오늘 열두 시에 감염 지역의 전화선과 전기를 모두 끊자고 결의한 것을 기억하면서도 모르는 척했다.

"부산에 있는 생존자하고 통화하는 중이었단 말이야. 이 중요한 순간에 전화를 끊으면 어떡해?"

할미산성에 다녀온 이후 윤하린은 이북하에게 반말을 쓰기 시작했다. 옛날 연애하던 시절처럼.

"생존자를 둘이나 확인하고 통화도 했어. 전화번호도 갖고 있단 말이야. 그러니 누구 명령으로 전화선을 끊었는지 알아봐서 복구 좀 하라고 얘기해줘. 죽었다는 사람들, 죽은 게 아닐 수 있어. 혼수상태에 있다가 깨어날 수도 있단 말이야. 심각한 문제라고.”

윤하린은 상급자라도 되는 듯이 명령조로 말했다. 이북하는 그런 목소리를 들으며 하린의 할아버지 윤대평이란 인물을 머릿속에 떠올렸다. 다짜고짜 이래라저래라 구체적으로 지시하는 그의 말투가 그대로 뇌리에 걸렸다.

‘하린이네 핏줄이라면…….’

그렇지만 윤하린에 대해 나쁜 감정이 생기질 않는다. 할아버지의 업보 때문에 사랑하는 사람을 잃을 수밖에 없던 하린에게 오히려 연민이 쌓인다.

전화를 끊은 이북하는 거실 벽에 걸려 있는 한시 액자를 올려다보았다. 돌아가신 할아버지가 직접 쓴 것이다.

天將降大任於斯人也 必先勞其心志

苦其筋骨 餓其體膚 窮乏其身行

拂亂其所爲 是故動心忍性

增益其所不能

하늘이 장차 그 사람에게 큰일을 맡기려 할 때는

반드시 먼저 마음과 뜻을 괴롭히고 뼈가 깎이는 듯한 고통을 겪게 하며

몸을 굶주리게 하고 생활은 곤궁에 빠뜨려 하는 일마다 어지럽게 한다.

그 까닭은 마음을 단련시켜 능히 사명을 감당하게 하기 위함이라.

하늘이 인물을 기르는 섭리를 갈파한 『맹자』의 명문이다.

事之當旺 在於天地 必不在於人
然無人 無天地故 天地生人
用人以人生 不參於天地用人之時
何可曰人生乎

무릇 일이 흥하고 성하는 것은 근원이 천지에 있음이요, 반드시 사람에게
있는 것은 아니라. 하나, 사람이 없으면 천지 또한 없으므로 천지에서 사
람을 내어 쓸 수밖에 없는 법, 인간으로 태어나서 천지가 사람을 쓰고자 할
때 쓰일 수 없다면 그를 어찌 사람이라 하리.

여태 모르던 의미가 막연하게나마 떠오르는 것 같다.

'하늘이 사람을 쓰는 때라면······. 바로 지금 이때를 뜻하는 것일
까? 황금부적, 그게 뭐기에 이 환난을 막을 수 있다는 것인가? 그림일
까, 치료약 처방전일까?'

이북하는 부산으로 떠나는 아버지와 함께 세종시로 돌아왔다. 그
길로 그의 아버지는 세종고속도로를 타고 부산으로 향했다. 아무리
방역 라인이 삼엄하다지만 들어가기로 작정하면 얼마든지 갈 수는
있다. 다만 나올 수가 없다.

한편, X-바이러스는 중구·서구·동구 일부 지역에 전염된 가운데
다른 지역으로는 더 이상 확산되지 않았다. 그래도 언제 어디로 튈지
모르는 상황이라 보건복지부는 군대와 경찰력으로 방역 라인을 굳게
지켰다.

8

그날이 오면

세종시 X-바이러스 대책본부 상황실.

새벽녘에 세종시로 돌아와 오전 9시까지 근무한 이북하가 깜박 잠들었다가 깨어난 것은 오후 2시 30분이다. 얼마나 깊이 잠들었는지 아침, 점심을 거른 것도 느끼지 못했다.

'황금부적, 이게 도대체 뭘까?'

그는 잠을 자면서도 잠꼬대처럼 중얼거렸다.

'아 참! 하린이 전화를 했었지!'

잠에서 깨어나서야 이북하는 어제저녁에 하린이 부산의 생존자와 통화를 했다고 말한 기억이 떠올랐다. 정황으로 보아 바이러스가 시작된 부산에 생존자가 활동 중이라는 건 있을 수 있는 일이다. 한일해저터널 사고 때도 생존자가 포착된 적이 있다. 하지만 그 이후 어쩐 일인지 이 생존자들이 사라졌다. 언론에는 이런 사실이 발표되지 않았다. 방역 라인을 지키던 경찰도 그 이유를 알지 못했다. 그들이 어디로 빠져나갔는지, 아니면 2차 감염으로 다시 쓰러졌는지 아무도 모른다.

이런 이유로 이북하가 그 사실을 짐짓 잊었는지도 모를 일이다. 그래도 이북하는 출근길에 오르자마자 한 가닥 희망을 가지고 전화기 버튼을 눌렀다. 집에서는 눈치가 보여 전화를 걸 수가 없다.

"윤하린 기자 부탁합니다."

"삼십 분 전에 취재차 부산으로 떠났습니다."

"부산에요? 무슨 일로 갔지요?"

"그건 알 수 없습니다."

"부산에 전화 연결은 다시 됐나요?"

"무슨 말씀이신지……."

이북하는 언론사 특유의 보안 때문에 내용을 밝히지 않는 것으로 짐작했다. 그렇다고 자신의 신분을 밝힐 수도 없다. 요즘 언론 통제로 보건복지부와 언론사의 관계가 몹시 불편하다.

이북하는 전화를 끊고 윤하린의 휴대폰으로 전화를 걸었다.

"이제 전화하면 어떡해?"

"나, 아침에 퇴근했다가 한숨 자고 지금 출근. 부산 전화는 어떻게 된 거야?"

"이 선배 기다리다가 목 빠지게? 다 해결됐어."

"생존자하고 통화는?"

"아, 아, 그건……. 내가 착각을 했었나 봐. 지역번호가 비슷한 다른 지방이었어. 경남 어디였대. 경기도에서도 광명시 같은 곳은 서울 전화 쓰는 것처럼 거기도 그런가 봐."

윤하린의 목소리에는 뭔가 숨기는 듯한 냄새가 묻어 있다.

이북하는 캐묻지 않기로 했다.

"지금 어딨어?"

"한 시간 반 뒤에 대구에 도착할 거야. 지금 시속 150킬로미터로 달리는 중이거든. 내려가는 차가 별로 없어. 야, 신나는데?"

"무슨 일인데 그렇게 목숨 걸고 달려?"

"말하기 좀 곤란한데? 하하하!"

윤하린의 한 옥타브 높은, 소녀처럼 들뜬 웃음소리가 모처럼 청량하게 들려온다. 거짓 웃음, 윤하린은 상황이 급박하거나 처지가 힘들 때면 일부러 더 크게 웃곤 한다. 그래서 하린의 목소리가 유별나게 밝거나 웃음소리가 클 때는 그 속을 들여다보아야만 진실이 보인다.

"숨기는 게 있구나."

"선배는 내 사람이 아니라 정부 사람이잖아. 이건 공적인 문제라고. 우리가 뭐 아직도 연인 사인가?"

윤하린은 바로 며칠 전에 함께 어린이날을 보냈건만 감쪽같이 현실로 돌아와 있다. 그만큼 이북하에 대한 그의 결심은 확고하다.

"또 그 얘기. 한데 특별한 정보라도 있어?"

"그야 상황실에서 더 잘 알고 있는 거 아닌가?"

"모르니 묻는 거잖아? 우린 정말 몰라서 모르는 거야."

"정체를 전혀 알 수 없는 바이러스라는 것밖에 우리도 아는 게 없어."

"부탁이야. 아는 게 있으면 말해줘. 뭐든지."

이만큼 부탁하면 윤하린의 마음이 좀 흔들리겠지, 하고 짐작하면서도 이북하는 미안하게 생각했다. 윤하린은 잠시 대답을 하지 않았다. 생각 중이라는 뜻이다.

"내가 먼저 질문 하나 해도 돼, 이 선배?"

"말해봐."

"정부 대책은? 대책도 없으면서 무작정 정보를 틀어쥐면 나라 망해. 잘 생각해봐. 다리 부러져 머리 다치는 경우 있어? 없잖아. 그런데 머리 다치면 다리 못 쓸 수 있다고. 반신마비, 전신마비 오는 거, 그거 대부분 머리 때문이잖아. X-바이러스 사태 이후 우리나라는 머리가 골칫거리야."

"미안해. 솔직히 말해서 하린이 본부장이라도, 아니 대통령이라도 별수 없어. 뭐가 있어야 알려주지. 차라리 감추려고 애를 쓰면 뭔가 있는 것처럼이나 보이지. 우리나라, 그런 나라 아니잖아. 투명한 지 오래됐어."

"그래도 믿는 게 있으니까 철통 보안을 하는 거 아니겠어? 기자실까지 폐쇄할 정도면 뭔가 있다는 거 아니야? 죽든 말든 기자들이 방역 라인 뚫고 들어간다면 그냥 들여보내. 그래야 뭘 알아내지."

"나 같은 말단 과장이야 그저 시키는 대로 심부름이나 하는 거지."

"그러다가 청문회 끌려 나가지 않으려나 모르겠네. 공무원들은 말마다 시키는 대로 할 뿐이라고 핑계 대지. 그러니 종질 한다는 소리 듣는 거야. 제발이지 국민이 시키는 대로 해!"

윤하린은 협박성 발언까지 던졌다. 아무리 옛 애인이 선배라지만 일 앞에서는 양보가 없다. 그렇다고 쉽게 넘어갈 이북도 아니다.

"나도 한 가지만 물어보자고."

"말해 봐, 불쌍한 이 선배."

"혹시 황금부적이라는 말 들어 본 적 있어?"

"황금부적? 황금으로 부적을 만들어? 돈도 많군. 부적을 황금으로 만들게……."

윤하린은 불만스러운 목소리로 투덜거렸다.

"우리 지금 데이트 중인 거야? 황금부적을 선물이라도 하게?"

"그런 게 아냐. 시간 내서 나 좀 만나지. 가능한 한 빨리."

"알았어. 사실은 특별한 제보가 들어와서 내려가는 길이야. 이상한 일이 발생했거든."

"이상한 일?"

"청도역에서 열차 사고가 났잖아. 며칠 전 부산진역을 떠난 열차가 아무 이유 없이 중간 정차 역을 전속력으로 질주하다가. 지금은 경찰 특공대가 장악해서 청도역에 세워 두고 있대. 그런데 바이러스 전파가 두려워 주변을 철통같이 막아 놓아서 역학조사 자체가 이뤄지고 있지 않다네."

"그래서?"

"상황실이라고 정보가 빠른 것이 아니군. 그러니 나라 꼴이 이 지경이지."

물론 이북하도 열차 사고 정보는 알고 있다. 다만 전체 소각을 할 것인지 당국에서 판단을 내리지 못해 넓은 범위에서 완전 통제를 하고 있을 뿐 기본적인 역학조사조차 하지 못하고 있다. 이런 이유로 국민에게 제대로 알리지 못한 것이다.

"하린아, 청도에 정차한 기차의 기관사, 승객, 승무원, 모두 의식이 없어. 문제는 적외선 촬영을 해보니 생물학적으로 죽었다고 볼 수가 없다는 거야. 그래서 유언비어에 억측 나올까 봐 알리지 않은 거야. 이게 무슨 상황일까, 아무것도 알 수 없다는 이 현실이 지금 답답한 거야."

"죽었다고 볼 수는 없다? 그렇다고 살았다고 볼 수도 없다? 의학적으로 사망선고를 내릴 수 없는 상황, 즉 코마(coma)란 거지?"

"코마는 코만데 현지에 파견된 의사들이 도무지 진단을 못 한다는 거야. 스스로 병원에 나타난 생존자가 있다는데 막상 어떤 처치도 못 하는가 봐. 보도 자료를 내보낼 수도 없는 모호한 상황인 거지. 숨길 가치가 있어 숨기는 게 아니라 모르니까 말을 못 하는 거라고."

"이 선배, 이 중요한 정보가 왜 알려지지 않지? 보건복지부가 대체 뭐 하는 데야? 질병관리본부는 왜 말이 없어?"

"이런 정보는 어설프게 나가면 더 시끄러워져. 기본 정보라도 파악한 뒤에 공개할 수밖에 없는데, 우리도 정말 깜깜하다니까."

"좋아. 그럼 같이 가. 세종시 지나면서 신탄진휴게소에서 기다릴게."

"알았어. 나 지금 보개나들목 지나간다."

이북하는 신탄진휴게소로 나가 기다렸다가 서울에서 내려오는 윤하린을 태웠다.

"요즘 우리 자주 만난다, 그치?"

"이 선배 따라 내가 죽전까지 이사했는데 정작 자주 보지는 못했잖아."

"같은 용인시라고 해도 나는 한참 먼 원삼인걸. 거기서 원삼나들목으로 나가면 세종시까지 삼사십 분이면 닿으니까. 직장인이 그럼 어쩌니?"

"그러게 말이야. 그냥 집이라도 가까이 있으면 이 선배 숨결을 더 자주 느낄 수 있지 않을까 상상했던 내가 바보지."

이북하는 빙그레 웃으면서 손을 내밀었다. 윤하린은 못 이기는 척 손을 내주었다. 할미산성을 다녀온 이후 다시는 그런 요구를 하지 않으리라고 결심했지만 생각지 않게 만나 이렇게 손을 잡아보는 것도 괜찮다.

"하린."

"왜?"

"음, 왜는? 그냥 이름을 불러보고 싶어서."

이북하는 죄 없는 윤하린이 조상들의 업보를 모두 짊어지고 있는 것 같아 안쓰럽다.

"양가에서 결혼 반대할 때, 하린은 왜 그렇게 선선히 물러났어?"

"새삼스럽게 과거는 왜 되짚고 그래? 고속도로가 한가해서 참 좋네."

윤하린은 이북하의 얼굴을 외면하고 차창을 열었다. 그러고는 먼 하늘로 눈길을 돌린다.

이북하는 윤하린의 성정으로 보아 이유조차 불분명한 집안의 반대쯤은 거뜬히 물리치고 밀고 나가리라 생각했었다. 당차리라 짐작하던 윤하린은 그때 너무 쉽게 포기하고 홀쩍 떠나버렸다. 이북하는 그것이 내내 섭섭하고 야속했다. 그 집요하고 끈질기던 윤하린이 어떻게 그럴 수 있는지 이해할 수가 없었다.

밖으로 손을 내밀어 바람을 만지작거리던 윤하린이 차창을 올리며
말했다.

"우리 어머니 안색을 보니까, 그래야만 할 것 같았어. 이유는 모르
지만, 어머니 말씀을 따라야만 할 것 같았어. 난 열녀보다 효녀가 더
좋아. 사랑은 무슨 얼어 죽을."

윤하린이 대학을 졸업하자마자 상견례를 하려고 양가가 만난 자리
는 따뜻한 분위기로 시작되었다. 그러나 고향을 묻고 집안 이야기로
넘어가면서 갑자기 이북하의 아버지가 먼저 자리를 박차고 일어섰다.

─아버님 존함이?

─부 자, 안 자, 윤부안입니다.

이북하의 아버지 이차현은 순간 말을 멈추더니 아주 조심스럽게
입을 열었다.

─혹시 할아버님 함자는?

─예, 대 자, 평 자를 쓰셨습니다.

그러자마자 이차현은 자리에서 일어나더니 아들을 가리켜 이렇게
말했다.

─북하야, 인연이 아닌 사람을 만났구나. 이 혼인은 없던 일로 하자.

이북하와 윤하린은 하도 놀라서 멍하니 서로 쳐다보기만 했다.

─아니, 갑자기 왜 이러세요?

이북하의 어머니가 허둥대며 남편의 옷자락을 부여잡았다. 시아버
지가 돌아가신 후로 전과 많이 달라진 남편이지만, 이렇게 엉뚱한 행
동을 할 줄은 모른 것이다.

—놔요.

이북하의 아버지는 아내의 손을 홱 뿌리치며 밖으로 나가버렸다.

—이게 무슨 경우십니까? 도대체 우리 딸이 뭐가 잘못됐기에……?

윤하린의 어머니가 다급한 마음에 이북하의 아버지를 따라나섰다.

얼마 후, 자리로 돌아온 윤하린의 어머니는 안색이 새파랗게 질려 있었다.

—하린아, 일어서자. 우리가 만나지 말아야 할 인연을 마주쳤구나.

윤하린의 어머니는 비틀거리며 딸의 손을 잡고 일어섰다.

그로써 이북하와 윤하린의 운명은 영영 갈리고 말았다. 이북하가 어머니에게 이유를 물어보았으나 내용을 모르기는 마찬가지였다. 그러던 중 아버지는 묵묵부답으로 지내다가 어느 날 갑자기 도를 닦겠다며 가출해버리고 만 것이다.

윤하린 역시 어머니에게 이유를 묻기는 했다. 그러나 어머니는 혼인할 수 없는 내력이 있으니 그런 줄만 알고 이를 뿐 구체적인 이유를 일절 입 밖에 내지 않았다. 윤하린도 더는 따져 묻지 않았다. 일이 이렇게까지 된 데에는 돌이킬 수 없는 과거사가 도사리고 있는 것만 같았다. 사실을 알게 되는 것이 두려웠다. 어머니의 태도로 보아 자신의 집안에서 이북하의 집안에 무언가 큰 죄라도 지은 것 같은 짐작이 들었다.

—알 필요 없다. 이 세상엔 모르는 게 더 나은 일도 있단다.

어머니 역시 이렇게 침묵을 고집했다.

그 무렵 이북하는 행정고시에 합격해 공무원이 되었고, 윤하린은 유학을 떠났다. 이후 이북하는 중매로 결혼을 하고, 그 뒤 이북하와 윤하린은 연락이 끊겨버렸다.

  몇 년 뒤, 유학에서 돌아온 윤하린과 이북하가 다시 만났을 때는 이미 모든 상황이 돌이킬 수 없을 만큼 변해 있었다. 윤하린은 유학 중에 만난 한 남학생과 2년이 넘도록 동거를 하면서 아이까지 낳았지만, 이북하에 대한 미련 때문에 결국 결혼에 실패하고 말았다.

  옛 기억을 떠올리던 윤하린의 눈에 눈물이 핑 돈다.

  이북하는 팔을 뻗어 그의 어깨를 어루만졌다.

  "다른 사람들도 다 이만한 무게를 느끼며 살아가는 걸까? 이렇게들 힘들게 사는 건가?"

  "이 선배, 난 그렇게 힘들지 않아. 과거는 모두 잊었어. 그게 우리 조상이 쌓은 거든, 부모님이 쌓은 거든 이미 흘러가버린 과거라고. 그때 진작 이런 철학을 깨달았다면 우리가 헤어지지 않았을지도 모르는데……."

  윤하린은 눈물이 고인 눈을 감으며, 입으로는 빙긋 웃음을 보였다. 하린의 웃음을 볼 때마다 이북하는 가슴이 저린다. 슬플수록 힘들수록 더 많이 웃는 사람, 하린이 바로 자신의 애인이라는 사실이 죄스럽다.

  "지금 당장이 문제잖아? 그래, 우리 '지금, 여기'만 생각하며 살기로 해."

  "그래그래. 하린이 나보다 낫군. 그래도, 내 힘닿는 대로 하린이하고 꽃님이를 지켜주고 싶어. 만에 하나라도 하린이 너에게 무슨 일이 생기면, 꽃님이는 내가 맡을게. 알았지?"

  "그러니 마음 놓고 죽으라고? 하여튼 고마워. 그렇게 말해주니 한

결 죽기 편해졌네. 부산으로 확 들어가버릴까? 특종 아니면 죽음을 달라!"

윤하린은 일부러 환한 웃음을 지으며 어깨를 으쓱거렸다.

시간과 공간이여, 확 얼어붙어라, 하린은 엉뚱한 상상을 했다.

대구에 도착하자 대구시 보건소에서 나온 공무원들이 이북하를 맞이했다.

거기서부터 병원까지는 차량으로 이동했다. 대구는 X-바이러스가 수도권까지 전염되는 것을 반드시 막아야 하는 최후의 보루이자 X-바이러스를 진압해야 할 정부의 방어선이기도 하다.

병원에 도착하자마자 깜짝 놀랄 뉴스가 터져 나왔다.

생존자가 확보되었다는 것이다. 철통 경계를 하던 중 이들이 스스로 걸어서 방역 라인을 탈출, 병원까지 찾아왔다는 것이다.

"305호실 환자 10여 명이 모두 의식을 회복했습니다. 일본에서 한일해저터널로 들어온 승객들이랍니다. 정밀 검진을 했는데 어떤 바이러스도 검출되지 않았습니다."

더 물어볼 것도 없다.

두 사람은 305호실을 향해 뛰었다.

305호실은 12인용 대형 병실이다. 방역복을 입은 경찰이 병실 앞을 삼엄하게 지키고 있었다.

문을 열고 들어가니 과연 성인 10여 명이 침대에서 일어나 앉아 있었다.

그들은 문이 열리는 소리에 일제히 돌아서며 이북하를 바라보았다.

"저는 보건복지부 직원입니다. 몇 가지 묻겠습니다. 진짜 X-바이러스 생존자들이십니까?"

"그렇습니다."

그중에서 나이가 가장 많아 보이는 사람이 대답했다.

"실례지만 신분을 소개해주시겠습니까? 또한, 이 상황을 아는 대로 좀 말씀해주십시오."

그는 고개를 끄덕이며 입을 열었다.

"가만?"

윤하린이 그를 가리키며 아는 체를 했다.

"혹시 하땅사 영사 차기하 님?"

"아, 핫코리아 윤하린 기자? 할미산성?"

이북하는 그제야 그가 할미산성에서 본 적이 있는 영사 차기하라는 걸 알아차렸다.

"아니, 어떻게 된 일입니까?"

"우리는 일본 히로시마에 다녀오던 하땅사 회원들입니다."

"그때 히로시마에 가신다고 말씀하셨잖습니까?"

"그렇습니다. 그곳에서 해원상생제를 지내고, 히로시마를 떠나 한일해저터널을 통해 부산에 도착했지요."

"X-바이러스 발생 전인가요?"

"아, 그게……."

"무슨 말씀이신지요?"

"미안합니다만, 우리가 일본 히로시마에서부터 타고 온 전세 버스가 한일해저터널 해룡구에 있는 출입국관리소에 닿자마자 이런 일이 발생했습니다. 우리는 모두 정신을 잃었다가 그날 하루 만에 깨어났는데, 막상 깨어나고 보니 방역 라인이 너무 삼엄해 어디 빈틈이 없더라고요. 나가지도 들어오지도 못하게 터널 근처를 다 막아 놓은 거예요. 그래서 밤 시간을 틈타 몰래 빠져나왔지요. 그런 다음 다들 머리가 너무 어지러워 모텔에서 하루 쉬고 다음 날 아침 부산진역으로 이동해 기차를 탔습니다. 그런데 그때 갑자기 기차에 사고가 난 겁니다. 동구 금오 근처를 지날 때 바이러스가……."

"그래요? 그럼 생존자들은 기차에서 멀쩡하셨다는 거네요?"

"물론 우리는 버스에서 한번 바이러스를 맞았기 때문에 괜찮을 줄 알았는데 막상 그렇지 않더라고요. 기차가 출발한 지 십여 분이 지나 우리도 모두 의식을 잃었습니다. 마치 잠이 오는 것처럼 졸리더니 바로 쓰러져 잠에 빠진 거지요. 해룡구에서 겪은 증상과 거의 비슷했습니다. 일어나 보니 날짜는 하루가 지났더라고요. 겁이 나기도 해서 또 몰래 빠져나온 거지요."

"그래요?"

한일해저터널 해룡구 사건이 터지기 한참 전.

영사 차기하는 히로시마 한국인 원폭희생자 위령비 앞에서 다섯 시간에 걸친 해원상생제를 마쳤다. 하루 종일 봄비가 내리고, 비안개가 자욱하여 인적이 드물었다.

마지막 의식으로 일행 중 한 사람이 태평소로 아리랑을 불고, 젊은 여성이 이 태평소 음률에 따라 애절한 춤을 올렸다.

"이제 갑시다. 모든 걸 잊고 풀고 끄른 다음 조국으로 가십시다."

영사 차기하는 마치 수많은 사람을 실제로 이끌듯이 두 팔을 높이 들어 올리며 목소리를 높였다.

"1895년 10월 8일, 경복궁에 난입한 일본인 공사와 자객들이 왕후를 비롯하여 궁녀들과 내관들을 무참히 살해했습니다. 이곳 히로시마는 왕후 민자영을 욕보이다 죽인 45명의 자객들을 재판하면서, 도리어 그들에게 면죄부를 주어 무죄 방면한 악의 소굴입니다.

1945년, 명성왕후를 비롯해 당시 비참하게 돌아가신 궁인, 내관 들의 사무치는 원한이 폭발하여 마침내 이곳 히로시마에 인류 최초, 세계 최초로 원자탄이라는 불폭탄이 터졌습니다. 왕후께서 가신 지 50년 만에 일본이라는 나라의 죄무덤에 천벌이 떨어진 것입니다. 일본인 수십만 명이 비명에 갔습니다.

고혼들이시여, 일본의 죄를 충분히 응징하였으니 이제 그만 해원하시고, 저들을 용서하시고 고국으로 돌아가십시다."

영사 차기하는 팔을 길게 뻗어 북서쪽 부산이 있는 방향을 가리켰다. 그러고는 품에서 태극기가 그려진 커다란 보자기를 꺼내 바닥에 펼쳐 놓았다. 그런 다음 보자기 위에 하얀 조선백자 달항아리를 올려놓았다.

"이 보자기는 하늘도 감쌀 수 있는 보천(褓天)이니 좁다 마시고 들어가주시면 고국산천으로 고이 모시겠습니다. 부디 해원상생하시어 새 하늘, 새 땅, 새 사람의 시대를 여는 신명이 되소서."

고혼들이 모두 항아리에 들어가기를 기다린다는 듯이 한참 동안 두 눈을 감고 있던 영사 차기하가 이윽고 달항아리를 후천 태극기가 그려진 보자기로 싸서 가슴에 안아 들었다.

"달항아리가 비었을 때보다는 확실히 무겁구나."

5월 17일, 히로시마 전역에 비가 내렸다. 다만 한국인 위령비가 있는 지역만은 비가 내리지 않았다.

일본의 히로시마와 나가사키 두 도시는 인류 역사상 최초로 핵폭탄이 터진 죄악의 도시다. 성경에 나오는 타락한 도시 소돔과 고모라도 이처럼 무시무시한 천벌을 받지는 않았다. 히로시마와 나가사키에는 묵은 하늘의 원한이 너무나 깊고 높게 쌓여 그 끝을 알 수 없었다. 천벌이 내려진 그날, 일본인 69만 1천 명이 피폭되어 그중 23만 316명이 죽었다. 이때 천만뜻밖에도 조선인 징용자 등 7만 명이 피폭되고, 이 중 4만 명이 사망했다.

한국인 원폭 희생자 위령비는 바로 이들 4만 명의 고혼을 위로하는 비석이다.

이곳에서 영사 차기하는 해원상생제를 집전하여 영령 4만 위를 모신 가운데 묵은 원한을 풀고 일본의 죄를 용서하는 해원상생제를 갖고, 이어 이들을 고국으로 모시는 행사를 치른 것이다.

영사 차기하의 이야기가 끝날 무렵 안전처 직원이 방문했다는 소식을 들은 원장이 내려와 그간의 정황을 설명했다.

"이분들은 지금 건강 상태가 매우 양호합니다. 도대체 왜 기절해 있었는지 이해가 가지 않을 정도로 검진 결과는 깨끗합니다. 이분들 주장으로 계산해보면 기절한 지 약 열 시간 만에 깨어난 것 같습니다. 사실 이분들 말고 조금 전에 회복된 환자도 다섯 분이 더 있습니다. 역학적으로 매우 깨끗합니다."

그러고 보면 전염 위험 때문에 시신이든 생존자든 챙기지 않은 건 뭔가 잘못되었다는 뜻이다.

"바이러스가 검출되지 않았다는 말씀이신가요?"

"그렇습니다. 아무리 회복됐다고 해도 이럴 수는 없는 법인데, 불가사의할 정도입니다. 흔적이 없어요."

"생존자들과 아직 깨어나지 못한 환자들의 차이가 뭐지요?"

"저희가 생존자를 대상으로 혈액검사를 했는데, 특이 사항이 없습니다. 다만 한 가지 MRI 영상에서 이상한 게 보여 현재 DNA 분석을 의뢰해 놓았습니다. 아마 곧 결과가 나오리라고 봅니다."

"뭐가 특이하지요?"

"바이러스는 아니고요. 두뇌 해마 부위의 시냅스가 엄청나게 발달했습니다. 해마에도, 두 가닥으로 갈라진 해마를 서로 잇는 뇌량이 있는데, 그 부분이 특히 빽빽하게 발달되어 있는 것 같습니다."

"그래요? 생존자는 다 그렇습니까?"

"예, 정밀 진단 결과 그렇게 확인되었습니다."

"그럼 죽은 사람은 없습니까?"

이북하는 사망자 특징도 알고 싶었다.

원장은 잠시 숨을 고르면서 대답했다.

"이분들이 탈출한 뒤 바이러스가 깨끗하다는 걸 확인하고 마침내 용기 있는 방역 요원들이 동의서와 유서를 쓴 다음 기차를 수색하러 들어갔습니다. 현장 검진을 한 결과 역시 깨끗한 것으로 확인되어 몇 분을 검진했는데, 실제로 죽은 사람 몇 명 외에는 심정지가 온 사람은 그리 많지 않습니다. 심장도 아무 변화가 없습니다. 두뇌 MRI를 찍어 봐도 의학적으로는 코마 상태라는 걸 알아낼 수가 없습니다. 코마가 되려면 뭔가 막히고 엉켜야 하는데, 이 환자들 두뇌는 오히려 더 활성

화되어 있다는 겁니다. 그냥 깊은 잠을 자는 듯합니다. 이해할 수 없는 현상입니다."

그때 생존자들이 서로 두런거리더니 영사 차기하가 손을 들고 입을 열었다. 그들은 두 번씩이나 바이러스에 감염되었던 만큼 남다른 경험이 있을 수 있다.

"아무래도 내가 설명을 하지 않을 수 없을 것 같습니다."

"말씀하시지요."

"우리 하땅사 회원들이 일본 히로시마에 가서 해원상생제를 하고 오는 길이었는데, 갑자기 이런 일을 겪었지요. 뜻밖이긴 하지만 저희 추측으로는 개벽이 시작된 게 아닌가 싶습니다. 저희가 늘 기다리던."

"개벽요? 아이, 그건 좀 아니잖습니까. 의학, 과학으로 해결할 일입니다."

이북하가 고개를 저으며 원장을 향해 눈을 돌리자 영사 차기하가 급히 말을 덧붙였다.

"안 믿으시겠지만, 저희는 전설로만 내려오던 개벽이 오늘에야 일어났다고 확신합니다. 금오 선생은 새 하늘, 새 땅, 새 사람을 위한 도수를 짜고 지어 개벽 세상을 연다고 하셨는데, 바로 지금이 그때인 것 같습니다. 금오 선생은 새 하늘, 새 땅은 직접 공사를 해놓고 가셨는데 그때 사람 공사는 하지 않으셨습니다. 하지 않으신 게 아니라 하기는 하셨는데, 예정된 도수가 돌아오려면 시간이 많이 걸릴 수밖에 없었던 거지요. 때문에 우리 하땅사에서는 오래전부터 브레인 워킹이란 수련을 해왔습니다. 목표는 두뇌 시냅스 양을 몇 배로 늘리는 건데, 아울러 경락이 완전히 터질 때까지 수련에 매진한다는 목표를 갖고 있었지요. 궁극적으로 '새 하늘 새 땅에 맞는 새 사람'이 되자는 것이었습니다. 즉 두뇌 시냅스의 혁명, 경락의 완전한 개방과 소통으로 신인류가 되는 게 목표였지요. 그런데 이때 수련의 한 방법으로 황금부적을 찾아 의식을 돌리는 게 있었습니다."

"황금부적이요?"

이북하가 깜짝 놀라 물었다. 이 노인에게서 황금부적이란 말이 나오다니. 시치미를 떼고 물었다.

"황금부적이 뭐지요?"

"솔직하게 말씀드릴 게 있습니다. 저는 사실 천제석의 수제자인 차윤홍의 손자입니다. 제 조부는, 증조할아버지인 차치구가 동학군 접주로 우금치 전투에 함께 싸우러 나갔다가 패해 전봉준을 모시고 도망쳐 왔지요. 조부 열다섯 살 때지요. 그런데 숨어 있던 전봉준이 밀고로 잡힐 때 우리 증조할아버지도 잡혀 산 채로 불에 태워졌습니다. 미리 피신한 조부 차윤홍은 이리저리 떠돌아다니다가 잡혀 총살형을 당할 지경에 일진회에 가담하는 조건으로 겨우 석방되었습니다. 그러다가 일진회를 나와 스물여덟 살 때 천제석을 만나 그를 따라다니며 천지공사를 도왔지요. 그런데 천제석이 어느 날 귓속말로 '개벽이 일어나면 황금부적으로 운기를 돌려야 하니 자나 깨나 수련하라'는 밀지를 주셨어요. 그런데 조부가 어딜 멀리 다녀오셨는데, 그사이에 그만 천제석이 덜컥 죽어버렸지요. 황금부적이 뭔지 물어볼 새가 없었답니다."

그의 조부 차윤홍은 실제로 천제석의 대통을 이은 교단을 꾸려 신도가 6백만 명까지 늘었다. 그는 독립운동 자금의 50퍼센트를 댈 정도로 일제와 치열하게 다투었다. 일제는 차윤홍의 교도들을 검거하라는 특별법까지 만들어 무려 1천 명을 잡아들였다. 그럴수록 그는 독립운동 자금을 더 많이 보내고, 심지어 국호를 시(時)라고 하는 나라를 세워 천제를 지내기도 했다. 하지만 일제의 탄압과 회유로 교단이 흔들리던 중 그가 죽고 말았다.

차윤홍의 아들인, 차기하의 아버지는 이 때문에 어린 나이에 만주로 건너가 조선의용대에 가담, 팔로군과 함께 독립군 최전선에서 싸웠다. 그러다가 해방 뒤에는 경찰관이 되어 지리산 일대의 빨치산 토벌에 나섰다. 빨치산 대장 이현상을 잡아 그 시신을 직접 화장하고 장례를 치러주며 "우리나라가 미국과 소련 사이에 끼어 있다 보니 우리는 빨치산 이현상과 어쩔 수 없이 싸웠을 뿐이다. 세월이 가면 다 밝혀질 것이다."라고 기록해 놓았다. 이 사건으로 그는 빨치산 토벌에 가장 큰 공을 세웠지만 막상 훈장은 하나도 받지 못했다. 그는 심지어 빨치산 소굴이라면서 화엄사 소각 명령이 내려오자 이를 거부하고 산문 문짝만 뜯어내 태우고 말았는데, 이후에도 천은사, 쌍계사, 선운사 소각 명령도 지키지 않아 이 때문에 빨치산 토벌을 주도하던 미군으로부터 빨갱이 아니냐는 의심을 받았다.

결국, 미군정에서는 조선의용대 경력을 문제 삼아 공산주의자라는 딱지를 붙여 그를 빨갱이로 몰아붙였다. 그런 중에 그는 금강에서 의문의 죽음을 당했다. 영사 차기하는 바로 그의 아들이다.

"제가 바로 선천 상극의 상징이지요. 증조부, 조부, 부친으로 이어지는 지독한 상극(相剋) 상쟁(相爭)의 아픔을 겪었지요. 아버지가 의문의 죽음을 당하던 때가 제 나이 겨우 열두 살이었습니다. 다행히 집안에 내려오는 전설을 들으며 자란 덕분에 저는 이 길을 줄기차게 걸어올 수 있었습니다.

할아버지가 말씀하신 전설의 황금부적을 찾아 전국을 헤맸지만 결국 찾지 못해 브레인 워킹만 계속 해왔는데, 그나마 머리가 깨어 일찍 의식을 회복하고, 두 번에 걸쳐 바이러스에 감염되다 보니 몸이 반쯤은 신인류로 변한 것 같습니다. 지금 설명할 수 없는 특이 증상이 우리들 신체에 아주 많이 보입니다."

이북하는 황금부적 이야기는 꺼내지 않고, 이야기를 돌려 원장에게 협조를 구했다.

"이 방 환자 열 명을 대책본부가 있는 세종시로 모셔야겠습니다. 아무래도 역학조사를 더 정밀하게 해봐야 바이러스의 정체를 알아낼 수 있을 것 같습니다."

이제 생존자와 시신은 확보되었다. 이로써 X-바이러스의 정체를 알아낼 수 있는 계기가 마련되었다.

이북하와 윤하린은 앰뷸런스에 생존자들을 태워 세종시 대책본부 지정 병원으로 보냈다. 그리고 두 사람은 일단 타고 온 승용차로 세종시 대책본부로 향했다.

어쨌거나 생존자가 확보되었고, 다 죽는 게 아니고 살아난 사람들이 있다는 게 중요하다. 절대 비관할 일은 아니다. 현실적으로 사망자와 사망률은 아직 집계되지 않았다. 잠자는 듯한 코마, 그렇다면 바이러스가 아닐 수 있거나 바이러스라도 치명적이지 않을 수 있다는 뜻이다.

"선배, 의문점이 너무 많아. 대체 바이러스가 맞기는 맞는 걸까?"

"내 머릿속이 텅 빈 것 같아. 내가 지금까지 배워온 과학, 의학, 생물학 등 모든 상식이 다 비껴가고 있어. 패닉이야, 패닉."

윤하린은 담배를 꺼내 이북하에게 권하며 말을 이었다.

"자료를 찾다 보니까 옛날 사람들이 남긴 예언 속에 괴질 이야기가 많이 보여."

"예언? X-바이러스를?"

"꼭 X-바이러스는 아니지만 선천과 후천이 교차하는 후천 개벽 때 유사 이래 보지도 듣지도 못하던 괴질이 돌게 된다는 기록이 있어. 노블 바이러스(noble virus) 같은 거지."

"선천과 후천? 후천 개벽? 그게 다 무슨 뜻이야?"

"『주역』은 알지?"

"응."

"그건 지축이 23.5도 기울어진 지구를 반영한 괘라는 거지. 그 때문에 생기는 24절기를 뚜렷하게 그려 놓은 거야."

"그런데?"

"원래 문왕 8괘가 바로 지금까지 우리 세상을 반영한 괘도지. 지금까지의 세상을 선천이라고 불러. 그런데 일부 김항 선생이 그린 『정역』은 1년이 360일이 되는 새로운 후천 시대를 그려 놓은 괘라고. 김항 선생의 정역 8괘가 나온 뒤 천제석이란 인물이 세상에 나왔는데, 이분은 정역 8괘의 새 세상을 열기 위해 천지공사라는 정체불명의 신비한 일을 벌이셨어. 그러니까 그 천지공사에 따라 세상이 뒤집히는 때가 왔다, 그게 바로 요즘이다, 이런 얘기야."

얘기를 듣던 이북하가 목덜미를 잡은 채 머리를 한 바퀴 돌리면서 말했다.

"더 모르겠어."

"천제석은, 하늘과 땅 중심의 물질 세상을 개벽하여 사람이 주인이 되는 정신 세상을 만들겠다고 하셨어. 문왕 8괘 세상은 물질 세상이고, 정역 세상은 정신 세상이지. 천제석은 물질 세상을 개벽하려면 정신을 개벽해야 하는데, 사람 마음 바꾸기가 쉬운 일이 아니라고 하셨어. 그래서 굳이 천지를 뜯어고치는 공사를 벌이신 거지. 그래야 물질 세상이 정신 세상으로 넘어간다, 물질처럼 정신의 DNA를 정확히 읽어 사람이 신인류로 나는 개벽 세상이 온다는 거지. 호모사피엔스 말고 그보다 뛰어난 새로운 인종이 나오는 거야."

"새로운 인종?"

"천제석이 예언을 하던 1900년대 초기에는 물질과 정신이 뭔지 그 차이를 잘 몰랐어. 사람의 정신은 다 같은 줄 알았지. 산업 시대라서 공장에서 물건 만들고, 자원이 곧 부가 되고 돈이 되던 시절이었어. 사람도 기계나 부품처럼 다 같은 존재로 인식되던 시절에 정신을 개벽하면 새 사람, 즉 신인류가 된다는 말씀을 하셨다는 거야. 이 선배도 알지만, 현대에 이르러 마음이라는 다양성이 심리학으로 연구되고, 두뇌 생리학에서 마음은 곧 두뇌가 만들어 내는 결과물이라는 것도 밝혀졌지. 게다가 바이오 코드가 발명되면서 인간의 마음이 편도체 내에서 자연과 환경에 맞추어 셋업된 코드로 구성되어 서로 작용하고 변화하는 관계가 설정된다는 것도 알아낸 거야."

"다 좋아. 뭐 정역 세상이 오면, 남녀가 차별 없이 똑같은 정음정양으로 똑같은 인격이 된다, 그런 얘기는 나도 알아. 실제로 여성들의 지위가 남성과 같아졌지. 그런데 왜 사람들이 마구 쓰러져 나가냐고? 이런 게 개벽이면 큰일 아닌가? 이렇게 사람이 많이 죽어 가는 개벽이 왜 필요하냐는 거지. 천제석은 인류를 몰살시키려고 천지공사를 했느냐고?"

"환절기 날씨에 적응하지 못해 감기 환자가 늘어나는 것처럼 천지도수가 달라지면 하늘도 땅도 사람도 어쩔 수 없지. 14세기 유럽에 페스트가 창궐해 수천만 명이 죽었는데, 우주는 그런 숫자에 연연하지 않아. 죽으면 죽고 살면 사는 거지. 새 하늘 새 땅이 열리고, 새 사람이 출현한다는데 질병이 도는 것쯤은 별일도 아니라고 생각해. 네안데르탈인이 지구에 번성할 때 호모사피엔스는 겨우 몇 명으로 시작되었을 거라고. 새 인종이 나오면 묵은 인종은 저절로 멸종되는 거지. 네안데르탈인은 3~4만 년 전까지도 살았다지만 오늘날 끝내 사라졌잖아. 천지불인(天地不仁) 성인불인(聖人不仁)이라는 말 들어 봤어?"

"그래서? X-바이러스가 개벽의 징조라고?"

"도무지 해석이 되지 않으니 뭐 그런 생각이라도 해보자는 거지."

"아이고 머리야. 우리 아버지는 황금부적이니 뭐니 하시면서 감염지역인 부산으로 가시겠다고 하지 않나, 하린이 너마저 선천이 어떻고 후천이 어떻고 하니……."

"아버님이 오셨다더니? 부산에 들어가겠다고 하셨어?"

"응. 황금부적이 어딘가에 숨겨져 있는데, 아무래도 부산 금오에 있을 거라고 확신하시더라고. 굳이 거기까지 가서 찾아보시겠다고 또 집을 나가셨어. 하여튼 그걸 찾으면 이 전염병을 막을 수 있다는 거야. 아무리 말려도 막무가내시군. 진짜 부산으로 가신 건지, 다른 데로 가신 건지……."

입을 꾹 다문 채 이북하의 말을 듣고 있던 윤하린이 담배 연기를 토해내듯 천천히 말했다.

"『정역』에는 23.5도 기울어 있는 지구가 똑바로 서면서 1년이 360일이 된다고 적혀 있어. 지금 지구가 똑바로 서느라고 생기는 일시적인 자기장 교란이라든가 지진, 해일, 뭐 그런 것일 수도 있지. 달라진 하늘 때문에 지구도 몸부림친다, 그렇게 볼 수 있잖아."

"하린아. 전에 우리가 대학 다닐 때 말이다. 술에 잔뜩 취해서 학교 앞 여관에 갔던 일 기억나?"

"후훗. 장미장? 그 이름을 어떻게 잊을 수 있어? 내 처녀를 빼앗긴 성지인데? 요즘으로 치면 그거 데이트 강간이야. 쇠고랑 찬다고. 확 신고해버릴까 보다."

"그게 언제 얘긴데? 공소시효 끝났다."

웃고 있는 윤하린의 얼굴이 금세 발개졌다. 술에 취해서 주정을 부리던 생각이 떠오르는 모양이다.

"이 선배, 나 그때 엄청나게 취했었지? 한 걸음 떼어 놓을 때마다 지구가 내 몸무게에 눌려 흔들거리는 것 같았어. 내가 오른쪽 발을 디디면 지구가 오른쪽으로 기울고, 왼쪽 발을 디디면 왼쪽으로 기울고……."

"하하. 그땐 혀가 한껏 꼬부라지고서도 '나 안 취했어요, 그러니 딴 맘 품지 말아요' 하고 버티더니……."

이북하가 모처럼 호쾌하게 웃었다.

"그때 하린이가 했던 말 기억나?"

"그건 왜 물어? 다시 듣고 싶어?"

윤하린은 눈을 흘기며 이북하의 팔을 꼬집었다. 대학 시절의 버릇이 그대로 나온다.

"23.5도로 삐딱하게 기울어진 이 지구가 차렷 자세로 똑바로 서는 세상이 온다고 해도 우리 사랑 변치 말자고 했지, 뭐."

"지구가 똑바로 선다는 그 말, 그게 무슨 뜻이었지? 그렇게 되면 어떻게 되기에 '그런 세상이 온다고 해도'라고 말한 거지? 그게 개벽을 뜻하는 건가?"

"아하, 그게 궁금하셨어? 공연히 나 혼자만 가슴 설랬네. 후후. 응, 그래. 맞는 질문이야. 그걸 유식하게 표현하면 지축 정립이라는 거고, 선천 세상에서 후천 세상으로 넘어갈 때 첫 번째 일어나는 큰 변화가 지축 정립이래. 우리가 모르는 하늘이 열리고 땅이 일어나는 거지. 『주역』 공부 모임에서 귀동냥으로 들은 말이야."

윤하린은 신탄진휴게소에 둔 자동차를 찾아 서울로 올라가고, 이북하는 세종시 정부청사로 복귀했다.

한편 그 시각, 색다른 제보가 핫코리아 사회부로 들어오고 있었다.

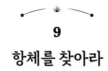

9
항체를 찾아라

수신인이 보건복지부 장관으로 된 팩시밀리가 상황실로 들어왔다.
발신인은 질병관리본부 산하 국립보건연구원 감염병연구센터장
이다.

시신 부검 결과 중간 보고

외상 없음. 사인 규명 계속 중. 질식사의 흔적이 없으며 병원체에 감염되었다는
증거도 찾을 수 없음. 한순간에 갑자기 생명 활동이 정지된 듯하다고 함. 사망 기
전 특정 불가.

팩스로 온 부검 결과에 상황실은 또 한 번 절망했다.
장관은 몇 군데 더 전화를 걸어서 부검 결과를 재차 확인하라고 직
원들에게 지시했다.

"유전자 변이, 염기 서열 이상, 이런 것도 없어?"

보건복지부는 도무지 사인을 찾지 못해 대통령께는 아직 보고조차 하지 못했노라고 답하고, 다른 대학병원과 몇몇 법의학자 역시 아직 코멘트 할 말이 없다고 답했다.

이번 부검 시신은 청도 사고 열차에서 어렵게 찾아낸, 생물학적으로 사망이 확인된 경우이고, 다른 시신은 아직 확보하지 못해 의미 있는 결과를 얻어 내지 못하고 있었다.

"예? 이북하 과장님요? 잠시 기다리세요."

그때 이북하를 찾는 전화가 걸려왔다. 윤하린이다.

"중요한 정보 하나 캐냈어."

"뭔데?"

"열차 사고 부검 결과, 아직 오리무중이잖아?"

"나도 이제 봤는데, 하린이가 그걸 벌써 봤어? 기자들이 거의 스파이 수준이로군."

"첩자 없이 어떻게 언론사를 하나? 그런 건 묻지 말고, 현대 의학으로도 사인을 규명하지 못하는 실정이잖아?"

"그래서 답답하지. 뭐 아는 거라도 있어?"

"그럴 만한 이유가 있고말고. 내가 국립과학수사연구소 유전자 감식과에 있는 연구원 한 분을 아는데, 기가 막힌 결과를 찾아냈대. 그런데 그쪽에서는 아직 공식적으로 발표를 못 하고 있어."

"뭔데? 바이러스를 발견했다는 거야?"

"그랬다면 벌써 보고가 됐겠지. 그런 게 아니고 뇌하수체에 정상보다 높은 전류가 흐른 듯한 미세 자국이 있더래. 수만 배 전자현미경으로 봐야만 겨우 나타나는 정도래."

"그러면 머릿속이 타서 죽었다는 뜻인가?"

"인간의 뇌에는 약 70억 개의 자철광 결정이 있대. 자기장을 받기 위한 기계 장치지. 그런데 평상시에 흐르던 자기장이나 우주선(宇宙線)이 아닌 이상한 기운이 시신을 감싼 거지."

"자기장? 우주선? 하린이가 말하던 지구 똑바로 서기, 그런 거 말하는 거야?"

"두뇌 시냅스끼리 화학 신호, 전기 신호를 주고받다가 일정 범위를 벗어나는 자극이 있으면 두뇌가 다운되거든. 중증 뇌 질환자 고칠 때 전기치료라는 걸 하는데 그 비슷한 현상이라고 할 수 있어. 그 연구원이 시신에서 검출한 유전자를 분석 중인데 결과는 좀 더 기다려야 한대. 생존자들 신체검사는 어떻게 됐어?"

"결과가 나오면 연락해줄게. 시신이 더 있다면 통계를 내기도 좋겠는데, 한 명 가지고는 머리가 타서 죽었다고 결론 내리기는 그래. 보건복지부 입장에서는 보수적인 판단을 해야 하잖아."

"물론 아직 기사는 못 나가. 이 선배, 새로운 기삿거리 없어? 작은 거라도 주고받아야지 맨날 내가 주기만 해야 해? 사랑도 받기만 했으면 기삿거리라도 줄 줄 알아야지?"

"하린이한테 줄 기삿거리라도 있으면 좋겠다. 또 연락해."

"할 말 그거밖에 없어?"

"그럼 뭐?"

"사랑해, 이런 말?"

"시끄러워!"

윤하린은 툭 전화를 끊어버렸다.

이북하는 쓸쓸하게 웃으면서 그가 준 정보를 생각해보았다.

'머릿속 뇌하수체에 너무 많은 전류가 흘러 죽었다? 그럼 감전사란 말인가? 도무지 알아들을 수가 없군.'

몇 시간 뒤, 이북하의 휴대폰이 울렸다. 기다리던 윤하린이다.

"중요한 결과가 나왔어."

흥분한 목소리에 이북하도 덩달아 호흡이 가빠졌다.

"뭔데, 뭐가 나왔어?"

"내가 반가운 거야, 아니면 검사 결과야?"

"하린아, 지금 농담할 때니? 그래, 너 사랑한다. 이 마음, 한 번도 변한 적이 없어. 그러니 어서 결과나 말해줘."

"하하하. 엎드려 절 받기지만 듣기는 좋네. 잘 들어. 죽은 사람의 DNA 염기 구조에 이상이 생겼어. 유전자 고리 일부가 파괴되었대. 정자, 세포, 혈액 등 신체 열 군데에서 추출한 유전자를 검사했는데 모두 같은 결과래. 그리고 인간의 보통 두뇌는 전체의 약 10퍼센트 정도가 사용되는데, 사용하지 않던 90퍼센트를 시냅스로 연결하려는 어떤 복잡한 전기적 시도가 있었고, 그 과정에서 약한 시냅스 구조가 완전히 엉키거나 끊어졌다. 마치 고압 전류가 흘러간 퓨즈처럼 녹아버렸다는 거야. 생리학적으로는 뇌경색 초기로 보였대. 아마 뇌혈관 질환이 있었나 봐."

"뭐야? 생존자 DNA 검사는 아직 안 나왔어. 이 결과가 나오면 뭔가

답이 나오겠다. 그런데 하린아. 유전자 염기 서열이 파괴되고 두뇌 연결 시냅스가 녹아버렸다는 게 무슨 의미지? 시냅스가 무슨 혈관도 아니고, 이어질 수도 있고, 끊어질 수도 있지."

"이쪽 연구팀의 설명으로는 이래. 인간 체세포는 무수히 죽고 그때마다 새로 분열하는데, 생식세포는 영원불멸이래. 그러니까 호모사피엔스의 생식세포는 수십만 년 전부터 죽지 않고 대를 이어 살아남았다는 거지. 인간의 영원성은 우리 뇌나 체세포 등에 있는 게 아니라 오로지 생식세포에 있는 거래. 그 생식세포를 온전히 지켜 보호하려는 게 유전자고, 그 유전자 정보는 생식세포를 보호하는 두뇌가 지구환경에 가장 잘 적응할 수 있도록 진화 내지 프로그래밍 되어 있는데, 뭔가 기존의 호모사피엔스 유전자가 알고 있는 지구환경과 다른 물리적 자극이 나타났다는 거지. 유전자 체계에 난리가 난 거지. 그런데 뇌경색 소견이 있던 환자가 그걸 감당하지 못하고 죽었다, 뭐 이런 뜻."

"환경오염인가?"

"핵 물질, 그러니까 방사능, 고압 전류, 그 밖의 공해 물질이나 약물 등이 유전자 변이를 가져온대. 그렇지만 그 정도만으로 이런 대규모 사태가 일어날까에 대해서는 이쪽에서도 의구심을 품고 있어. 좀 더 큰 게 있을 것 같아."

"자외선 같은 거? 오존층 파괴 말이야. 자외선 C가 유전자 변이를 일으키기도 하잖아."

"그런 건지, 아니면 더 큰 무엇인가……."

"더 큰 거라면?"

이북하는 그의 말이 채 끝나기도 전에 질문을 퍼부어 댔다.

"아직은 모르겠어. 더 큰 변화가 있다는 것밖에. 태양풍, 강진, 지구 자기장의 역전, 운석, UFO 등등 가능성은 얼마든지 있어."

"어쨌든 좋아. 뭔가 실마리를 잡을 수 있을 것도 같군."

"선배, 아버님한테서는 무슨 연락 없어?"

윤하린이 이북하의 아버지에 관한 말을 흘려듣지 않은 모양이다. 그의 인생에 말뚝처럼 박혀버린 그날의 기억 때문일 것이다.

"진짜 부산으로 가셨대?"

이북하가 대답을 하지 않자 윤하린이 재차 물었다.

"연락이 없으셔. 염두에 두지 마. 혼자 산중 생활하던 분의 말씀이라, 어디까지 믿어야 할지 아들인 나도 모르겠어."

이북하는 아버지가 가출할 때부터 어느 면에서 포기한 부분이 있다. 그 마음이 지금도 남아 있어서인지, 황금부적 얘기가 워낙 허황하게 들려서인지, 아버지의 주장에 그리 신뢰가 가지 않는다. 다만 아버지가 이 환난 중에 무사히 살아남기만 바랄 뿐이다.

전화를 끊고 나자 부산시로부터 시민 소개령을 내린다는 팩시밀리 보고가 들어오기 시작했다.

부산 시민 대피령 발령. 시를 비롯한 모든 관공서는 현황 업무를 국가 전산망에 올려 암호 처리하고, 주요 서류는 밀봉하여 대구로 이송 중.

부산시 팩스에 이어 윤하린과 방금 대화를 나눈 DNA 관련 부검 결과가 국립과학수사연구소 발신으로 들어오기 시작했다.

한편, 국립과학수사연구소 유전자 감식실.

윤하린 기자와 최인규 박사는 영국 생거 센터에서 방금 보내온 이메일을 살펴보았다. 생거 센터는 게놈 프로젝트에서 유전자의 17퍼센트를 분석하고 염기 서열을 해독하는 일을 맡아 온 연구소다.

귀 연구소의 유전자 분석 자료를 검토해본 결과 본 연구소는 다음과 같이 답변합니다.

1. 유전자 구조의 파괴는 주로 자기장 수신 코드에서 일어났습니다. 일부 시신에서 보이는 유전자 변이는 지구 자기장과는 현격한 차이가 보이는 정체불명의 에너지(혹은 宇宙線)에 노출되었던 듯합니다. 핵 방사능 유의 어떤 강렬한 에너지일 것으로 추정됩니다.

2. 뇌하수체에 보이는 흔적은 갑작스러운 자기장의 폭발 내지 큰 변화에 노출되었다는 것을 뜻합니다. 따라서 부산 지역의 오존 상태를 확인해보고 기타 중요한 기후, 자연 변화가 있었는지 조사해보시기 바랍니다.

3. 일부 변화된 유전자 구조를 통해 현재 어떠한 유형의 바이러스인지 추정해 나가고 있습니다. 이 결과는 조사가 완료되는 대로 자료를 보내드리겠습니다.

"박사님, 그렇다면 주범은 바이러스가 아닐 가능성이 있다는 건가요?"

윤하린이 최인규 박사에게 물었다.

"그래요. 이건 바이러스에 감염된 게 아닌, 전혀 다른 원인이 있다는 뜻이지요. 어쩌면 X-바이러스란 존재하지 않는 가상의 바이러스일 가능성이 있습니다. 아니면 현대 과학을 비웃는 초능력 바이러스든가."

"초능력 바이러스라니요? 그런 것도 있나요?"

"학술 차원에서 상상해보았을 뿐입니다. 바이러스도 뇌가 없는 건 아니니까요."

"그렇다면 뭘까요? 만약 바이러스가 아니라면 도대체 무슨 이유로 사람들이 갑자기 쓰러져 죽는 걸까요?"

"그건 알 수가 없어요. 생존자들의 유전자를 빨리 채취했으면 좋겠는데, 그게 어렵군요. 바이러스인지 아닌지 확인할 길은 생존자를 찾는 수밖에 없어요."

"생존자는 서울대병원에 이송되었으니 머지않아 진단 결과가 나올 것입니다. 제가 자료를 구해 보내드리겠습니다."

윤하린은 수첩을 접어 핸드백 속에 집어넣으면서 자리에서 일어났다.

연구실을 나서면서 윤하린은 최인규 박사와 나눈 대화 녹음을 핫코리아 사회부로 전송했다.

10
태양계, 미지의 우주에 진입하다

한편, NHK 텔레비전.

일본 우익 인사들이 나와 시사 토론을 벌이는 중이다.

―X-바이러스는 일종의 천벌이라고 보고 싶어요. 대원군하고 민비하고 밤낮없이 싸울 때 우리 대일본제국이 가서 구해주지 않았더라면 조선은 폭삭 망했을 겁니다. 거기에 저희끼리 남북으로 찢어져 서로 쏴 죽인 것만 수백만입니다. 툭하면 혁명이다 쿠데타다 총질이 멈춘 적이 없지요. 박정희, 전두환, 노태우 같은 군인들, 또 우리 일본의 버르장머리를 고치겠다고 망언을 지껄인 김영삼, 이런 한심한 작자들이 대통령 하는 나라 아닙니까. 국민 수준이 딱 거기 멈춰 있는 거지요.

―걸핏하면 징용이니 정신대니 하고 과거사를 끄집어내지만 지금 우리 일본에 들어와 불법 노동하고 불법 매춘하는 한국인들은 어쩌고요? 신

주쿠에 가면 한국인 처녀들은 다 건너왔나 착각할 정도로 바글거린다니까요. 정신대로 세 명이 끌려갔는지, 네 명이 끌려갔는지는 모르지만 아마 도쿄에서 몸 파는 한국 처녀들이 수십 배, 수백 배 더 많을걸요? 민비나 대원군 때부터 제 나라를 일본에 팔았다, 아라사(러시아)에 팔았다, 중국에 팔았다 하며 창녀처럼 굴더니 기어이 나라 빼앗겨 우리더러 대신 통치해달라, 이런 거잖아요. 몸이고 땅이고 영혼이고, 다 팔아먹고도 안 판 척하는 게 한국입니다. 아, 우리가 북한 지역에 36년간 공들여, 돈 들여 지은 중공업 공장, 비료 공장, 발전소, 군수공장, 이런 거 품삯 한 푼 안 받고 통째로 놓고 온 거 아닙니까. 그런데도 고맙다는 말은커녕 국제 무대에서 사사건건 우리 일본 따라다니며 발목 잡는 게 한국 아닙니까. 응당 천벌을 받아야지요.

패널들은 X-바이러스를 핑계로 마음껏 망발을 떠벌렸다. 한 패널이 "한국 아가씨 어디 없나? 목이 마른데? 하하하." 하면서 물컵을 잡으려고 손을 내밀었다.

그때 테이블이 덜컹하면서 물컵이 밀려났다. 짓궂게도 카메라는 그 장면을 잡았다. 기무라는 당황하여 다시 한번 손을 뻗었다.

쿵!

처음에는 그 소리가 어디서 나는 것인지 알지 못했다. 다만 기무라가 잡으려던 생수 잔이 펄떡 뛰었다가 바닥으로 떨어져 산산조각 나는 장면이 화면에 비쳤을 뿐이다. 그와 동시에 지진 경보 사이렌이 요란스럽게 울어 댔다.

출연자들과 동원 관객들이 망연자실한 사이 두 번째 굉음이 울렸다.

일본에는 이번 지진을 포함해 1개월 이내에 10회의 지진이 일어났다.

텔레비전 화면은 즉시 지진 재난 방송으로 바뀌었다. 일본 전역이 또다시 강진 공포에 휩싸였다.

그러자마자 핫코리아에도 비상이 걸렸다.

"스튜디오 연결해! NHK 음향을 그대로 내보내면서 자막만 붙이라고. 스포츠 중계하듯이 하면 돼! 우리도 신나게 한번 중계해주자. 일본 열도가 태평양에 가라앉아 거품이 뽁뽁 나올 때까지 비춰주자고."

사회부장은 어느새 그의 자리로 돌아가 전화를 붙잡았다. 윤하린도 곧바로 일본 지진 자료를 찾기 시작했다.

"요 몇 년간 일본에서 일어난 지진 자료를 찾아 빨리 넘겨! 얘네들 원전이 어디 어디에 몇 기가 있는지, 파괴된 건 없는지 위성사진으로 들여다보자고."

핫코리아 방송에서는 금세 일본 지진 속보라는 타이틀로 보도가 나가기 시작했다.

윤하린은 인터넷 사이트를 검색하면서 틈틈이 NHK 화면을 바라보았다.

참혹한 폐허로 시커먼 비가 떨어지기 시작했다. 재가 섞인 검은 비다. 시내 화재는 이 비로 대부분 진화되었지만, 거리를 방황하던 시민들은 독극물이나 다름없는 검은 비에 흠뻑 젖었다.

한편, 몇만 톤씩 비축되어 있던 원유, 중유, 화학약품이 유출되면서 거대한 불바다로 변한 도쿄만 일대는 빗물이 증발해버릴 만큼 맹렬한 기세로 불타올랐다. 일대는 고열과 산소 결핍, 그리고 독가스 때문에 사람이 접근할 수 없는 지옥으로 변했다. 마치 태평양전쟁 때 미군이 도쿄에 쏟아부은 2,400톤의 네이팜탄이 또다시 터진 듯하다.

윤하린은 혹시나 하면서 일본의 인터넷 사이트를 계속 검색해보았다. 수많은 사이트가 지진 소식을 경쟁적으로 다루고 있다.

곧 아메리카 대륙과 기타 지역, 그리고 일본 사이트에서 검색한 자료를 내려받아 지진 관련 기사를 작성했다. 그런 다음 이 자료를 인터넷국으로 먼저 전송하고 같은 기사를 보도용 문맥으로 고치기 시작했다.

———······이번 참사는 대지진의 전조에 주의를 기울이지 않았기 때문에 피해가 더 컸다. 조짐이 없었던 것은 아니다. 최근 2~3년 사이 일본으로 가던 철새가 대부분 대만이나 동남아시아로 방향을 바꾸었다. 연어, 대구 같은 바다의 회귀어와 심해어 수도 격감했다. 올해 일본 해구에는 예전과 달리 어장이 거의 형성되지 않았다.

지진 발생 보름 전부터 도쿄 일대 가정집과 거리, 지하실에서 쥐들이 떼를 지어 싸우다 죽는 모습이 약 10일간 관측되더니 약을 뿌리지 않았는데도 돌연히 사라져버렸다. 지바에서는 쥐가 대낮에 기어 나와 떼 지어 몰려다니다가 며칠 후엔 집단 폐사한 채 발견되기도 했다.

도쿄 외곽 전원 구역에선 집 안에 있던 고양이, 닭, 오리, 거위 등이 겁을 먹고 나무와 지붕으로 올라가 울부짖었다. 돼지들은 사료를 먹으려 들지 않고, 소 등 가축은 스트레스를 견디지 못하고 서로 싸웠다.

도쿄 시내 각 동물병원에는 3일 전부터 스트레스, 설사, 불면증으로 고생하는 반려동물을 치료하러 온 시민들로 붐볐다. 지진 하루 전에는 집을 나간 동물과 가축의 신고 건수가 급증했다.

지진 수 시간 전에는 개들이 맹렬히 짖어 대면서 목에 걸린 줄을 끊으려 미친 듯이 날뛰었다. 철새는 물론이고, 시내 각 공원의 비둘기와 참새 떼가 갑자기 허둥대며 날아올라 멀리 북쪽으로 날아가버렸다.

이런 내용이 신문 가십란과 시사 프로에 오르내렸지만 이것이 대지진의 징조라고 주의 깊게 관찰한 사람은 지진 전문 학자 외엔 거의 없었다.

미국, 일본, 중국 등에서는 생물들의 이상 현상을 통한 지진 예측 연구가 활발하기는 하다. 생물의 초능력이 천재지변을 미리 감지하며, 천재지변 이전에 특정 생물의 생리적, 생태학적 변화가 있다는 사실에 근거한 것이다.

지진을 예측하는 대표적인 생물로 메기와 자귀나무가 있다. 메기의 경우 도쿄 수산시험장이 20여 년간 지진 예측 능력을 연구한 결과, 지진 발생 3~10일 전에 불안정하게 날뛰는 현상이 관찰되었다. 메기를 수조에 넣고 센서를 통해 컴퓨터 진동계로 관찰하는데, 도쿄 대지진이 발생하기 4일 전부터 이상 현상이 불규칙적으로 발생하였다. 그러던 중 지진이 터져버린 것이다. 일반적으로 메기의 지진 예측 적중률은 진도 4 이상에서 60퍼센트로 알려져 있다. 또, 자귀나무의 생체 전위를 관찰해보니 역시 한 달 전부터 불규칙한 이상 전위가 감지되었다. 자귀나무는 반경 400킬로미터 안의 지진 전조를 90퍼센트 가까이 감지하는 것으로 보고되었다.

이와 같이 어떤 생물에겐 지진 예측 능력이 있으며, 그 조짐을 원으로 그리면 진원지나 지진 발생일을 예측할 수 있다고 알려져 있다. 일반적으로 감지 현상은 2, 3개월 전에 시작되어 10일 전부터 극심해지다가 하루 전에 피크를 이룬다고 한다. 동물의 경우, 심해어가 수면 가까이 떠오르거나, 민물고기가 물밖으로 뛰어오르고(1개월 전), 뱀, 토끼, 두더지 등이 땅속에서 기어 나오며(10일 전), 새가 무질서하게 하늘을 날고(수일 전), 말, 돼지 등 가축이나 동물원의 동물들이 불안해하고 놀라 날뛰며 울부짖는(수시간 전) 등의 현상을 보인다는 것이다.

또 온천 지역에선 수량이 급격히 변하고 수질도 바뀐다고 한다. 우물 수위의 급격한 변화는 지진뿐만 아니라 다른 천재지변의 전조 현상이기도 하다.

지진이 일어나기 전 지표면에는 충전된 지진 에너지로 엄청난 압력이 작용한다. 이 압력은 암반에 전하를 발생시키고, 전하는 암반 틈새로 흘러 들어가 지하수를 분해시킨다. 이때 전하를 띤 기체가 발생하고, 이 기체가 지표면을 통과할 때 다시 액체 미립자가 에어로졸 구름을 형성하는데, 이 양전기를 띤 에어로졸은 동물의 스트레스 호르몬의 분비를 촉진시킨다. 이로 인해 동물들은 생리적, 심리적으로 심한 장애를 겪게 되고, 지진이 발생하기 최소 6시간 전에는 불안을 느끼게 되어 이상 행동을 하게 된다는 이론이다.

이러한 지진 이론과 기록에도 불구하고 올해처럼 전 지구적인 지진 현상은 일찍이 없던 일이다. 뭔가 중대한 변화가 일어나고 있다는 것이 지질학자들의 일치된 견해였다.

윤하린이 스튜디오로 올라가 육성 보도를 하고 내려오자마자 태평양을 건너온 특종 뉴스가 화면에 떴다.

─오늘 서부 워싱턴주에 있는 레이니어산이 폭발했습니다.

이에 앞서 워싱턴주와 오리건주에 걸쳐 있는 캐스캐이드 산맥 부근에서 진도 7의 지진이 발생했으며…….

"요즈음 잇따르는 지진은 국지적인 문제가 아니라 전 지구적인 재앙이야. 지구 역사 10만 년에 한 번 일어날까 말까 한 그런 대재앙.

X-바이러스, 도쿄 대지진, 미국 화산 폭발. 뭔가 꺼림칙해. 지구가 미쳐 날뛰는 것만 같아."

윤하린은 망연자실해 앉아 있는 동료 기자들을 향해 중얼거렸다. 그러고는 인터넷 사이트에 들어가 휴대폰 문자메시지를 타이핑했다.

—나야 하린이, 죽을 수밖에 없는 상황이 닥친다면 같이 있고 싶어.

이북하는 저절로 호흡이 가빠지고 머리에 열기가 오르는 걸 느꼈다. 심호흡을 하며 진정하려고 해도 정말 목숨을 잃을지도 모른다는 불안감이 휘몰아친다. 윤하린이 잇따라 보내오는 문자메시지에도 둔감해졌다.

"이 과장님, 전홥니다."

"어디?"

"질병관리본부장이십니다."

"알았어. 여보세요, 이북하입니다."

"아, 이 과장님. 생존자 신체검사 결과가 나왔는데, 나 이거 원. 도무지 뭐가 뭔지 모르겠어요. 도대체 결과랄 게 없어요. 바이러스는 발견되지도 않고 항체가 형성된 흔적도 없어요. 그냥 건강한 사람들일 뿐입니다."

"특이 징후가 하나도 보이지 않는다고요?"

"바이러스 현상이라고 볼 만한 근거가 없다는 거지요. 생존자한테서 채취한 각종 샘플을 계속 재검사하고는 있지만 다른 결과가 나오기는 어렵겠습니다. 그런데 생존자 중 영사라는 분의 동영상 파일이 있는데, 무슨 소린지 도무지 알 수가 없네요. 보내드리지요."

이북하의 휴대폰으로 동영상이 올라온다.

생존자 중 영사 차기하의 인터뷰 동영상이다. 대구에서 직접 대면 질문한 것보다 더 깊은 내용이 흘러나온다.

사람들이 죽을 때 생존자는 특이한 느낌이 들지 않았나요?

저는 두 번 겪었습니다. 한일해저터널 해룡구 앞에서 갑자기 서늘한 기운이 느껴지더니 발바닥 한가운데 용천혈이 간질간질해요, 그러다가 금세 정신을 잃었고요. 기차에서는 탄 지 얼마 안 돼서 어느 순간 뭔가 인당을 탁 치는 듯하더니 잠에 빠졌지요.

인당이 어디지요?

여기 눈썹과 눈썹 사이입니다. 요가에서는 영혼이 드나드는 문이라 며 차크라라고 합니다. 하여튼 여길 맞고 나서 쓰러졌는데 깨고 보니 대구 병원이었습니다.

그 뒤 무슨 변화가 있지요?

처음에는 아무 변화도 못 느꼈는데, 시간이 갈수록 뚜렷한 차이가 보입니다. 즉 안 들리던 소리가 조금씩 들립니다.

안 들리던 소리요? 가청주파수가 20헤르츠에서 20킬로헤르츠인데 그 이하나 이상의 음파를 들을 수 있다는 말입니까?

그런 것 같습니다. 조사를 해봐야 알겠지만 평소에 듣지 못하던 작은 소음이 간간이 들립니다. 병실 밖에서 간호사들이 나누는 대화가 들리기도 합니다. 그뿐 아니라 보이지 않던 것도 가끔 보이는 것 같습니다.

어떤 의미지요?

예를 들자면 비가시광선이 언뜻언뜻 보이기 시작했습니다. 눈에 보이지 않던 자외선과 적외선이 보입니다. 말씀드릴 수 없는 색채가 또렷이 보일 때도 있습니다. 처음에는 기절했다 깨어나서 그런 줄 알았습니다.

그런 현상이 왜 일어난다고 생각하십니까?

물론 저희들은 신병(神兵)이 우리 몸에 들어왔다가 나갔다고 믿습니다.

신병요? 신병이 뭡니까? 무당이 접신하는 것 같은 걸 말합니까?

후천 새 세상을 여는 하늘의 사자라고나 할까요. 신명이라고도 하지요. 영혼 중에서 해원을 마치고 원한을 녹인 분들이 바로 신명입니다. 하여튼 그런 조화를 일으킨 것이 바로 하늘군대인 신병, 신장들이라는 뜻입니다. 뭐, 바이러스라면 바이러스고, 그렇게 말하면 귀신도 바이러스니까. 귀신은 일반 바이러스보다 더 작은 바이러스거든요. 나노(nano)가 10억 분의 1미터라면 아마 귀신은 1조 분의 1미터라는 피코(pico) 정도라고 할까요?

대체 뭐라는 말씀인지 모르겠습니다. 미신 말고, 좀 더 과학적으로 설명해주시겠습니까?

천제석 선생은 1901년부터 1909년까지 9년 동안 새 하늘과 새 땅을 여는 천지공사를 하였습니다. 그때 신명 일꾼들을 모아 그들에게 일일이 도수를 붙여 훗날 그 역할을 하도록 준비해두셨는데, 오늘날 하늘과 땅에는 그때 준비한 숱한 신병들이 존재합니다. 저만 해도 히로시마에서 원폭으로 죽은 우리 신병을 모셔 왔습니다. 6·25전쟁 때 죽은 무명용사, 시신이 남한 지역에 방치된 중공군과 인민군 영가들을 천도하여 역시 신병으로 만들었습니다. 이런 분들이 지금 X-바이러스가 되어 우리 몸을 바꾸고 있는 게 아닌가 싶습니다.

질문을 바꾸지요. 그렇다면 X–바이러스는 누가 보낸 거지요?

땅이 병드니 인간이 병들고, 인간이 병드니 하늘이 병났지요. 하늘이 견딜 수 없어 개벽을 준비했겠지요. 우리야 하늘께서 천지공사하시면서 준비한 신명으로 알고 있으니 당연히 그분이 보내준 것으로 믿지요.

하늘? 하늘이 보냈다고요?

하늘은 양이고 땅은 음인데, 그 천지의 조절자는 바로 인간입니다. 인간이 바로 우주의 토기(土氣)지요. 분자 속의 중성자 같은 게 인간입니다. 이처럼 영계에 있으면서 하늘과 땅 사이의 조절자로 있는 게 신명, 즉 해원 귀신이지요. 신병들이 지금 하늘의 명을 받고 천지공사를 마무리하는 중입니다. 새 하늘, 새 땅에 이은 새 사람 공사를 하는 중이지요.

이거 좀 더 이성적으로, 과학적으로 대답해주셔야 합니다. 이러시면 도움이 안 됩니다.

X–바이러스 사태는 후천 개벽 세상으로 나아가는 절차와 과정에 지나지 않습니다. 아, 제가 열차에서 본 새 세상을, 지금 이 감격을 말씀드리고 싶지만 아무도 믿지 않으시겠지요. 나는 나만이 아니라는 이 사실, 말해봤자 날 미쳤다고 하겠지요. 천제석은 오늘의 이 개벽을 내다보시고 백수십 년 전 스스로 그 고초를 스스로 부르고, 스스로 견디셨던 겁니다.

그런 얘기는 나중에 하시고요, 열 명만이 먼저 깨어났는데, 그 이유가 뭐라고 생각하십니까?

저는 하땅사 회장입니다. 후천 개벽을 준비하는 신인류들의 모임이라고도 할 수 있지요. 영적으로나 육적으로나 새 차원에 이른 사람들이 만든 모임이지요. 시시각각 달라지는 천기에 구애받지 않는 음양화평지인(陰陽和平之人), 즉 소주천(小周天)·대주천(大周天)이 열린 사람만이 정

회원 자격이 있습니다. 수행을 아주 많이 한 사람들입니다.

뭐 신흥 종교 단체 같은 건가요?

우린 종교 단체가 아닙니다. 끊임없는 수련을 통해 우리 자신을 진화시키는 사람들입니다. 지금 부산은 여러분이 상상하는 참혹한 지옥이 아닐 겁니다. 후천 개벽이 끝난 새 세상, 신명과 인간이 화락하는 이상향입니다. 시간이 좀 많이 걸려서 그렇지 죽은 사람은 얼마 되지 않을 겁니다. 신명과 인간이 함께 살기 위한 개벽일 뿐이라고요.

신명과 인간이 함께 사는 이상향이라고요?

귀신이라고 다 신명이라는 건 아니고요. 해원상생한 '밝은 신'이 신명인 거지요. 과거 세상에서는 귀신과 인간이 서로 다른 차원에서 따로따로 사느라 서로 불행했습니다. 귀신들은 영매를 통하지 않고는 인간에게 접근할 수 없어 울부짖고, 인간 또한 귀신들과 대화를 나누지 못해 많은 눈물을 흘렸습니다. 이제는 그렇지 않습니다. 신명과 인간이 같은 차원에서 함께 삽니다. 나는 4차원에 있고, 당신들은 3차원에 머물러 있습니다. 물론 이곳은 아직 4차원으로 변화되지 못해서 내가 겪는 불편이 많습니다. 서울이나 세종시는 아직 새 땅이 되지 못했습니다.

아무튼, 이제는 조상을 위해 제사를 지낼 필요도 없고, 신을 받기 위해 내림굿을 할 이유도 없습니다. 신병에 걸려 고생할 일도 없습니다. 한 많던 귀신들도 외롭고 쓸쓸하게 지내지 않고 해원상생을 거쳐 밝은 세상에서 행복하게 살 수 있습니다. 굳이 인간의 몸에 비집고 들어가 남의 집살이를 할 까닭이 없습니다. 한 몸에 여러 귀신이 옹기종기 숨어 사는 정신 질환자들도 사라질 겁니다. 우리 조상들이 여기 다 함께 있고, 나는 숙명통이 열리면서 과거와 현재와 미래를 볼 수 있습니다. 미워하는 마음도, 증오하는 마음도, 집착하는 마음도 가질 필요가 없습니다. 죽음도 두렵지 않습니다. 죽음이란 단지 문밖에 나가 새 옷을 바꿔 입고 들어오는 것일 뿐 우리는 영생합니다. 시기, 질투, 경쟁, 욕망은 선천 세상을 움직이는 원동력이지만 후천 세상은 상생하고 저선하는 자비심으로 움직입니다. 음양이 대립하는 태극 세상이 아니라 이곳은 무극 조화 세상입니다.

여기까지 인터뷰가 진행되다가 두런거리는 소리가 잠깐 들렸다. 그리고 나서 인터뷰가 다시 시작되더니 이렇게 끝났다.

미안합니다만, 정신분석 감정에 응해주시겠습니까?

이북하는 동영상을 보고 나서 아버지가 얘기하던 『황금부적』을 떠올렸다. 영사 차기하의 인터뷰 내용을 그는 어느 정도 이해할 수 있다. 윤하린의 주장과 연결해보니 뭔가 짐작이 가는 바도 있다. 그렇다면 X-바이러스를 바라보는 시각을 바꾸지 않으면 문제 해결이 되지 않을 수가 있는 것이다.

'아버지도 이들처럼 하땅사에서 활동하셨다니 뭔가 위험한 시도를 하고 있는 건 아닐까? 지금 어디에 계신 걸까?'

이북하는 혼란해진 머릿속을 정리하려 담배를 꺼내 물었다.

그때 윤하린한테서 또 문자메시지가 들어왔다.

—사랑해. 보이지 않아도 사랑하고, 만져지지 않아도 사랑해. 마지

막 숨 한 가닥이 다할 때까지.

이북하는 사랑이나 미움, 증오, 원한이란 선천 세상을 움직인 힘이었을 뿐 새 하늘 새 세상에서는 상생 적선해야 한다던 영사 차기하의 말을 떠올리며 쓸쓸하게 웃었다.

'그럼 새 하늘 새 땅에서는 남녀도 없단 말인가? 하긴 남녀가 없다면 사랑도 없어지겠지. 그런 세상에서도 난 하린이를 사랑할 수 있을까? 하린이가 여자가 아닌, 눈도 없고 입도 없는 한 영혼이어도 지금처럼 사랑할 수 있을까? 우리가 죽어 둘 다 신명이 되면, 그래도 우리는 사랑할 수 있을까.'

이북하가 휴대폰을 접어 호주머니에 넣을 즈음 수신음이 울렸다. 국립과학수사연구소 유전자감식과 최인규 박사다.

"뭔가 있습니다. 이리 좀 오시겠소?"

"당장 가겠습니다. 윤하린 기자도 거기 있나요?"

"아닙니다. 다른 데 선약이 있다면서 결과가 나오면 이 과장에게 전하라더군요."

이북하는 세종시에 내려와 있는 국립과학수사연구소로 갔다.

최인규 박사는 생존자 유전자 분석 결과를 내보였다.

"이것이 생존자들의 유전자 지도입니다. 휴고(HUGO, Human Genome Organization)에서 발표한 인간 유전자하고는 엄청난 차이가 있네요. 이 차이는 인간과 침팬지의 차이 2퍼센트보다 더 큰데요? 특히 Y유전자 변이는 30퍼센트가량 될 정도로 엄청난 변화를 일으켰습니다."

"인간과 전혀 다른 종이 출현했다는 말씀입니까?"

"그렇다고 볼 수 있습니다. 이 유전자는 인간을 비롯한 현시대의 모든 동물에서 공통적으로 나타나는 유전자 구조하고도 상당한 차이를 보이고 있습니다. 수만 년 전 네안데르탈인과 호모사피엔스의 차이쯤이라고나 할까요? 우리 유전자에는 멸종한 네안데르탈인의 유전자가 아직도 4퍼센트 정도 남아 있는데, 나머지는 대체된 거지요. 그 비슷한 현상이 일어나고 있지 않나 생각 중입니다."

"새로운 인종이 나온다? 그렇다면 X-바이러스는 뭐지요?"

"분석 결과만으로 볼 때 X-바이러스라고 불리는 질병을 겪고 난 생존자는 새로운 종으로 탄생하지 않나 생각됩니다. 돌연변이 가능성 때문에 속단할 수는 없지만 지난번 사망자의 유전자 구조를 보아도 생존자들과 같은 변화가 일어났으나 그 충격을 이기지 못하고 중간 단계에서 죽었다고 볼 수 있지요. X-바이러스 사망자의 유전자 변형 부분과 이번의 생존자 유전자 변이 구조를 비교해볼 때, 똑같지는 않지만 뭔가 큰 비밀이 숨겨져 있습니다. 보시다시피 생존자 유전자는 보통 인간의 유전자 염기 서열과는 확실히 다릅니다. 이 사람은, 학술적으로 말하자면 호모사피엔스 사피엔스(Homo sapiens sapiens)가 아니라 호모사피엔스 엑설런스(Homo sapiens excellence) 혹은 포스트 휴먼(post human)쯤으로 부를 수 있습니다."

"그 사람, 분명히 우리하고 같은 인간이고 우리말까지 하잖습니까?"

"그러기로 말하면 네안데르탈인과 호모사피엔스는 대화도 하고 섹스도 했습니다. 생존자는, 컴퓨터 용어로 말하자면 몇 단계 업그레이드된 인간과 같다는 것입니다. 인간이 고릴라에서 업그레이드되었다고 보는 게 진화론인데, 그처럼 인간에서 그다음 단계 인간으로 업그레이드된 겁니다. Y유전자 변이로 볼 때 2세는 우리와 많이 달라질 것 같습니다."

"업그레이드된 인간? 그렇다면 우리보다 더 진화한다는 말씀입니까?"

"그렇습니다. 휴고에서 발표한 인간의 유전자 지도와 생존자의 유전자 구조를 비교해보았는데, 일치하는 부분도 많지만 염기 서열이 다르게 배열된 경우가 무려 300만 가지나 됩니다. 물론 30억 가지 중에 300만 가지라면 적은 비율에 속할지 모르지만 공교롭게도 진화 고리와 관련된 핵심 유전자 구조에 큰 변화가 있는 것으로 보아 매우 특이한 현상입니다. 이 구조는 생명 현상과 직접 관련이 있습니다."

국립과학수사연구소의 생존자 DNA 분석 결과는 국내는 물론 전세계 유전공학계가 발칵 뒤집힐 만한 뉴스다. 인간이, 인간이 아닌 그 무엇이 될 수 있을지 모른다는, 즉 호모사피엔스가 진화한 새로운 종의 인간이 출현했다는 것은 인류 역사 몇백만 년 만에 한 차례 일어날까 말까 한 진화의 수수께끼를 풀어 줄 수 있는 매우 드문 기회다.

자료를 보고 놀란 이북하는 최 박사의 보고서를 상황실에 전하고 이어 대책본부장인 보건복지부 장관의 방침을 받아 최 박사에게 전했다.

"최 박사님, 적어도 X-바이러스는 오늘 이 시각 이후 새로운 개념으로 정의해야만 할 것 같습니다. 물론 최 박사님의 주장을 받아들이는 것은, 완전한 믿음이 있어서가 아니라 국민 혼란 방지라는 목적이 더 크다는 점을 솔직히 말씀드려야겠군요. 가령 최 박사님의 결론이 사실이라 할지라도 그 원인을 알 수 없기 때문에 정부에서 공식 입장을 밝히기 어렵습니다."

"X-바이러스는 수수께끼임이 틀림없습니다. 이건 전염병이라기보다는 특이한 자연현상에 가깝습니다. 핵 방사능에 의한 돌연변이하고는 비교할 수 없는 엄청난 사건이 지구 공간에서 일어나고 있습니다. 핵 방사능의 수천 배, 수만 배 이상의 에너지가 있어야만 이런 변화가 가능합니다. 어쩌면 우리가 모르는 사이 우리 우주 공간에서 초대형 은하나 별의 폭발이 있었는지도 모릅니다. 환경 변화나 기후 변화 정도로 일어나는 작은 돌연변이가 아닙니다."

최 박사는 일본 후쿠시마 방사능 누출 사고 이후 그 지역에서 발생한 각종 돌연변이 사진들을 보여주었다. 식물, 동물, 곤충 등의 기형 현상이 매우 심하다.

"어쨌든 좋습니다. 최 박사님, 원인을 더 밝혀주십시오. X-바이러스를 보는 시각이 다양할수록 좋다고 생각합니다."

"제 예감으로 이번 발견에 전 인류의 생명과 미래가 걸려 있다고 생각합니다. 학자적인 예감입니다."

"저도 그러길 바랍니다."

이날, 이북하는 용인 집에 들러 모처럼 편안하게 단잠을 잤다. 아침이 되어, 두려움에 떠는 아내와 아이들을 두고 집을 나서자니 마치 전장으로 떠나는 듯한 심정이다. 집에서 나갈 때마다 다시 올 수는 있을까 싶다.

고속도로는 여전히 분주하다. 바이러스에 대한 공포로 쉬는 회사가 많아져서 출근 차량이 줄었을 텐데도 붐비기는 마찬가지다. 차창밖을 바라보니 만감이 교차한다.

'생존자 DNA에 도대체 무슨 비밀이 숨겨져 있는 걸까? 최 박사 말
대로 X-바이러스가 DNA를 바꿔 놓고 있다면? 아버지는 어떻게 되신
걸까?'

아버지와 생존자 영사 사이에 무슨 연결 고리가 있을 것만 같다. 세
종시로 들어서는 순간 차로를 가로지른 대형 현수막이 눈에 띄었다.

X-바이러스의 진상을 공개하고 국민이 판단할 수 있는 자유를 달라

정부 대책만으로는 이 사태를 해결할 수 없다

그러고 보니 거리와 건물 벽에 현수막이 수없이 걸려 있었다.

휴거의 날이 오고 있다

미륵불의 재림이 가까워졌다

X-바이러스는 후천 개벽을 알리는 서막이다

각종 종교 단체에서도 서로 질세라 현수막을 내걸었다. 그들로서
는 영업하기 좋은 시절이다. 메르스나 AI가 창궐할 때도 저들은 목청
이 높았다.

인도에서는 한 젊은이가 '예수=천당'이라는 어깨띠를 두르고, 핸
드 마이크로 목이 터져라 소리쳤다.

교통신호가 빨간불로 바뀌었다. 신호등 체계는 정상적으로 돌아가
고, 주요 사거리에는 아무렇지도 않다는 듯 교통경찰이 근무하고 있

다. 라디오에서 뉴스가 흘러나오고 있다. 핫코리아다.

—여덟 시, 보건복지부 장관은 기자회견을 통해 마침내 X-바이러스 사태가 진정 국면에 들어섰다고 발표했습니다.

이어서 윤하린의 녹음 목소리가 흘러나왔다.

—오늘 새벽 재발한 일본 대지진으로 홋카이도와 간토 지방에 이르는 태평양 쪽 해안 도시의 피해가 컸습니다. 사상자와 피해 규모는 알려지지 않았지만 진도 7이 넘는 강진이었을 것으로 추정되고 있습니다. 익명을 요구한 도쿄대지진연구소의 한 원로 교수는 원인을 알 수 없는 지축의 움직임이 태평양판에 잇따라 충격을 가하기 때문에 지진이 계속되는 중이라고 말했습니다.

윤하린 다음으로 해설자가 나와 지진에 관해 설명하면서 앵커와 문답을 나누었다.

—진도 7을 격진, 8을 대지진이라고 합니다. 1923년의 간토 대지진은 진도 7.9를 기록했습니다. 1995년 1월에 일어난 고베 대지진은 진도 7.2였고, 2011년 3월의 도호쿠는 진도 9.0이었지요.
—예, 그렇습니다. 도호쿠 대지진은 일본 지진 관측사상 최대치였지요. 높이 38.9미터의 해일이 덮쳐 사망·실종자 약 2만 7,600여 명을 기록했고요. 후쿠시마 원전이 파괴되는 바람에 큰 피해를 입었습니다. 진도

1이 증가하면 지진 에너지는 약 32배 증가하는데, 이번 대지진은 10.0이 넘는 것으로 알려졌습니다. 도호쿠 대지진보다 더 강력하다는 의미입니다.

핫코리아의 생방송 뉴스는 계속되었다.

X-바이러스로 놀란 국민의 관심을 돌리기 위해 정부에서는 일본 지진과 중국 내전 소식, 북한 내란 소식, 세계 각국의 재해 소식을 대대적으로 다루라는 보도 지침을 각 언론과 방송에 은밀히 내려두었다. 동병상련의 심리가 작용하는지 국민들의 불안 상태가 상당히 호전되어 간다는 여론조사 결과도 보도되었다.

그때 핫코리아의 뉴스 해설이 잠시 중지되면서 속보가 나왔다. 다른 방송국으로 채널을 돌리려고 스위치에 손을 가져가던 이북하는 주파수를 그대로 놓아두고 차를 운전하면서 방송을 들었다.

─미국 워싱턴주 레이니어 화산의 폭발이 계속되고 있는 가운데 지진 전문가들이 오래전부터 대지진 가능성을 예고해온 로스앤젤레스 일원에 진도 7.8의 강진이 발생했습니다. 특히 진앙지에서 가까운 로스앤젤레스에서는 엄청난 참극이 일어난 것으로 알려졌습니다. 사망자 수는 정확히 알 수 없지만 미국 언론들은 실종자를 포함하여 2만 명 선으로 추정하고 있습니다. 로스앤젤레스에서 북서쪽으로 약 50킬로미터 떨어진 베벌리힐스가 진앙이었던 이번 지진은 피해권이 베이커스필드, 유레카, 소노마 카운티, 샌디에이고에 이르고 있습니다. 특히 롱비치에서는 정유 시설이 잇따라 폭발 중이라고 합니다.

아나운서는 긴장된 목소리로 소식을 계속 전했다. 옆에서 해설을 해주던 지진 전문가한테 뭔가 물어보려던 아나운서는 막 새로 들어온 속보 때문에 말을 잇지 못했다.

—아, 방금 들어온 소식입니다.

인도네시아 동부 플로레스섬에도 진도 미확인의 대지진이 일어났다고 호주 기상청이 발표했습니다. 진원지는 동부 해안의 라란투카시 앞바다로 추정되고 있는데, 이번 지진으로 라란투카시와 인근의 마우메레시는 완전히 파괴되었다고 합니다.

이 지역은 1992년 12월에 일어난 진도 6.8의 지진으로 1,500명의 사망자를 낸 곳이기도 합니다. 지진에 이어 삽시간에 밀어닥친 파고 15미터의 해일에 해안 마을은 완전히 휩쓸려 갔습니다.

인도네시아 지진 발발 소식에 가장 놀란 나라는 일본입니다. 신분을 밝히지 않은 일본의 한 지진학자는 최근 초강진이 빈발한 것은 지구온난화로 인해 남극과 북극의 빙하가 녹으면서 지축 경사각에 영향을 미치고 있기 때문이라고 말했습니다. 지축이 변하면서 자전·공전 궤도가 달려져 지각에 큰 영향을 미치고 있다는 분석입니다.

한편, 이북하가 출근할 무렵 윤하린은 취재차 용인에 내려가 있었다.

윤하린이 찾아간 사람은 한국지식문화재단의 한국학 연구원 강호진 박사다. 강 박사는 그가 대학 시절 한국학 강의를 수강한 이후로 계속 인연을 맺어 온 스승이다.

"X-바이러스의 정체를 알기 위해 한국지식문화재단의 한국학 박사를 찾아왔다? 그래, 그 발상이 벌써 마음에 드는군. 나 역시 자네가 보내준 자료를 읽고 여러 가지 의심을 해보았지."

"단도직입적으로 여쭐게요. 박사님, 지구가 지금 개벽 중인가요?"

"개벽, 마침내 이 단어를 실감 나게 쓸 때가 되었군. 열 개(開) 열 벽(闢). 집 밖 다른 세상을 향해 문을 열고 앞길을 확 열어젖힌다? 개는 이미 끝나고 지금은 벽이 일어나는 중이지. 벽은 단순히 문만 여는 게 아니라 그 앞길까지 말끔히 정돈한다는 뜻이지. 그래야 문밖으로 나아갈 수 있으니까."

강 박사는 윤하린의 추측을 긍정하는 듯 천천히 고개를 끄덕여 보였다.

"인간의 추수, 난 그 말을 생각해보았어. 하늘이 인간 농사를 끝내고 마지막으로 추수에 나선다면 어떤 방법으로 할까? 난 그 가능성을 전염병에서 찾았지. 옛날 사람들은 병겁(病劫)이라고 말했어. 바로 그런 병겁이 터진 것 같아."

"개벽을 종교적으로만 해석하면 자칫 편견으로 흐르기 쉽습니다. 과학적인 설명이 필요합니다. 천문학적으로 다른 세상이 열린다, 이렇게 보아도 될까요?"

"그렇지. 자네같이 머릿속에 먹물이 많이 든 사람은 그렇게 해야 이해될 것이고, 머릿속이 깨끗한 사람들은 하느님, 아니 옥황상제, 제석천 또는 미륵이라고 해도 좋아, 하여간 이 세상을 움직여 온 하늘의 뜻이라고만 해두지. 우주의 여름은 이제 끝났어. 여름 지나 가을 오는 이치를 두고 어떤 인간이 거꾸로 돌릴 수 있겠는가. 좋든 싫든 큰 물줄기를 타고 함께 흘러가야 한다고."

"그러면 모두 죽어야 한다는 말씀인가요? 곡식이 알곡과 쭉정이로 추수 당하듯이요?"

"일을 꾸미는 것은 하늘이지만 이루는 것은 사람이라고 했어. 단지 인류를 멸종시키기 위해 우주가 이 엄청난 용틀임을 하는 건 아니야, 분명히. 그러니 그 속에 무슨 비밀이 있을 걸세."

"정부에서는 지금 X-바이러스의 병원균을 채취해서 백신을 만들려고 합니다. 어찌 된 일인지 바이러스가 숙주에 머무는 시간이 단 2, 3초밖에 되지 않기 때문에 검출이 불가능합니다. 사망자, 생존자를 다 조사해보았지만 결론은 X-바이러스는 이제까지 인류가 경험해보지 못한 전혀 새로운 바이러스라는 겁니다. 분명 고도로 발달된 지능체이거나 그 이상의 다른 차원에서 움직이는 생명체 같습니다."

"내 생각에는 X-바이러스의 정체를 파악하기보다는 그 바이러스의 역할이 무엇이냐 하는 데에 초점을 맞추어야 한다고 보네. X-바이러스는 절대 원인 불명의 불치병이 아니거든. 분명히 다른 기전이 있을 거란 말이야."

"현재까지 조사한 바로 X-바이러스는 동물한테는 감염되지 않고, 인간도 차별적으로 감염되는 것 같습니다. 처음부터 바이러스에 걸리지 않는 사람도 굉장히 많습니다. 생존자들이 속속 발견되는데, 뜻밖에도 잠깐 기절했다 깨어나는 정도랍니다. 다만 열 시간 이상 기절했다 깨어나는 사람들이 문제입니다."

"그래? 그렇다면, 바이러스가 인간의 지능을 잰단 말인가? 정말로 선별적으로 감염시킨단 말인가?"

강 박사는 한참 동안 생각에 잠겼다.

"혹시, 거꾸로는 생각해보지 않았는가?"

"거꾸로라니요?"

"바이러스가, 지능이나 건강 상태가 좋지 않은 사람은 여느 짐승들처럼 관심조차 안 갖고, 두뇌가 건강한 사람만 선택해 뭔가 시도해보는 거라고…… 그러니까 말이야, 적대적인 바이러스가 아니라, 뭔가 인간을 긍정적으로 변화시키기 위한 선택적 시도를 하는 게 아닌가……."

윤하린은 강 박사의 말을 선뜻 알아듣지 못했다.

"그러니까, X-바이러스가 마구잡이 바이러스가 아니라 지능을 가진 하늘의 사자다 이런 말씀이신가요? 어떤 사람이 이 바이러스를 신병이라고 표현하기도 했지요. 생존자 중에 영사를 자처하는 분이 있었는데, 그분은 인간 중에서도 수련을 많이 하고, 적선보시로 자비심이 충만한 사람만이 이 바이러스에 걸리고, 그래서 신인류로 거듭 태어난다고 말씀하셨어요."

"신병, 그렇지. 단어에 얽매이지 말라고. 신병은 옛날식 표현이고, 바이러스는 요즘 표현이라고 생각하면 돼. 십간십이지가 갑을병정(甲乙丙丁)……, 자축인묘(子丑寅卯)…… 로 나가지 않나? 만약 그게 서양에서 생겨났더라면 ABCD…… 가 됐을지도 몰라. 언어란 기호일 뿐이야. 기호에 집착하지 말고, 그 의미에 주목하면 수수께끼가 풀릴 걸세."

"그러니까 달을 가리키면 달을 봐야지 손가락 끝은 왜 보느냐, 이 말씀이시지요?"

"하하, 잘 알아듣는군. 바로 그 말일세."

"박사님, 혹시 '황금부적'이란 말도 들어 보셨나요?"

"황금부적? 글쎄, 처음 듣는 말일세. 흠, 이 말도 신병이란 말처럼 어떻게 표현했는가보다는 무엇을 가리키는가를 화두로 잡으면 해답이 나올 걸세. 말이나 단어에 끌려다니면 안 돼. 황금부적, 신병, 괴질, 개벽, 천지공사, 다 19세기 말이라는 점을 잊지 말게. 21세기 언어로 해석해보라고."

윤하린은 고개를 끄덕이며, 그렇다면 비관적인 상황만은 아니라고 생각했다.

같은 시각, 이북하가 상황실에서 관련 자료를 수집하는 동안 보건복지부 장관은 서울에서 내려온 주미 대사 마크 클레인을 접견했다.

"장관님, 그렇다고 사망자가 줄어드는 건 아니잖습니까? 사망 원인이 밝혀지기 전에는 병원균이 존재하느냐 존재하지 않느냐 하는 것은 별로 중요하지 않습니다. X-바이러스, 엄연히 실존하는 개념입니다. 그것이 바이러스든 무엇이든 말입니다."

장관은 오전의 유전자 감식 결과 뉴스를 거론하면서 바이러스를 퇴치할 수 있는 새로운 가능성에 대해 말했지만, 미국 대사 마크 클레인은 대답 대신 위로의 말을 장황하게 늘어놓았다.

"장관님, 죄송합니다. 주한 미군과 미국 시민은 한국에서 철수할 예정입니다. 스텔스 항모 록키호가 동해안에 있고, 정예 항공모함 두 척이 멀지 않은 제주 해군기지와 대만 해협에 있으니 안보는 걱정하지 마십시오."

장관은 그러한 결정이 대사 차원에서 결정될 일이 아니기 때문에 군이 한국의 입장을 설명하지 않았다. 대통령께 간단히 보고하면 된다. 이런 재난 앞에서 감정 따위는 속수무책이다. 매뉴얼대로 움직이는 게 가장 안전하고 빠르다. 묵묵히 감당해야 한다.

"장관님, 저를 비롯한 대사관 무관과 몇몇 직원은 계속 한국에 남을 것입니다. 한국 대통령과 고위 관리들이 피난을 결정하신다면 그곳까지 갈 것입니다. 물론 최악의 상황이 생길 것에 대비하여 이동 수단은 저희가 따로 확보하겠습니다."

이로써 미국 정부가 세운 비밀 탈출 작전 '엑소더스Ⅱ 작전'이 공식적으로 시작되었다.

11
누구의 딸인가

이북하는 처음으로 죽전에 있는 윤하린의 아파트를 찾아가 벨을 눌렀다. 이 아파트를 직접 찾기는 이번이 처음이다. 그가 사는 원삼에서 자동차로 40분 거리다.

"어서 와요, 이 선배. 선배를 현관에서 맞아들이자니 기분이 좀 이상하네."

이북하는 그를 따라 방으로 들어갔다. 빛바랜 책이 빽빽이 꽂힌 책장이 방 안을 가득 채우고 있다. 그 책장 어딘가에는 이북하가 보낸 편지나 혹은 짧은 글이 적힌 쪽지 따위가 끼어 있을 것이고, 윤하린이 사연을 적어 놓은 글은 또 얼마나 많을지 모른다.

"꽃님이는?"

"놀이터에 갔어. 강 박사님은 벌써 와 계셔."

안방으로 들어가자 백발의 강호진 박사가 이북하를 반갑게 맞아

주었다.

"반갑네. 윤하린 기자한테서 얘기 많이 들었어."

"박사님, 건강하시군요? 저도 박사님 특강을 두어 번 들은 적이 있습니다."

"허허허. 그렇던가?"

윤하린은 미리 준비해 둔 과일과 음료수를 내왔다.

이북하는 가방을 뒤져 휴대용 빔을 꺼냈다. 그런 다음 벽 쪽에 빛을 쏘니 화면이 그대로 비쳤다.

이북하도 받아 본 영사 차기하의 인터뷰 동영상이다.

동영상이 끝나자 강 박사가 윤하린을 바라보며 물었다.

"소감이 어떤가? 짚이는 게 있지 않은가?"

"정부는 이제부터라도 X-바이러스를 바라보는 시각을 바꿔야 합니다."

윤하린이 이북하를 향해 말했다.

"저 사람은 X-바이러스가 업그레이드시킨 전혀 다른 인류입니다. 이전의 그와는 다른, 더 차원 높은 인간으로 변한 것 같습니다."

강 박사가 이북하를 보면서 설명했다. 문제 해결을 위해 다양한 가능성을 열어야 하는데, 지금이 바로 그런 시점이라는 걸 이북하는 확실히 이해했다.

윤하린은 강 박사의 설명을 다시 한번 이해하기 쉽게 풀었다.

"영혼을 거두어 가거나 죽인다는 게 아니라, 쭉정이는 버리고 알맹이만 골라서 새로운 세상, 개벽 된 세상에서 살아남게 한다는 추수 개념인 것 같습니다. 박사님 말씀대로 X-바이러스는 괴질이 아니라 인간이 새 하늘, 새 땅에 적응하게 해주는 백신인 셈입니다. 미래 사회의 엄청난 변화에 대비한 백신. 그런데 우리 현생 인류가 너무 허약해서 그 백신 주사를 맞고 도리어 병이 나서 죽거나 기절한 것이지요. 이미 간염에 걸려 있는 사람한테 간염 예방주사를 맞히면 병이 악화될 수 있듯이 말이에요. 이게 바로 새 하늘, 새 땅, 새 사람이 나타나는 개벽 현상인 것 같아요."

이북하는 잠자코 두 사람의 이야기에 귀를 기울였다. 그는 학자나 기자가 아니다. 실무를 집행할 수 있는 확실한 팩트를 확보해 대책본부에 보고해야 할 의무가 있는 공무원이다.

그가 물었다.

"X-바이러스를 천지인 개벽의 징조로 보시는 것 같은데, 개벽이 도대체 뭡니까? 물리학적으로 말씀해주시면 고맙겠습니다."

강 박사가 웃으면서 대답했다.

"우리 지구는 시속 800킬로미터로 자전하고, 태양을 돌 때는 무려 시속 10만 7,245킬로미터라는 엄청나게 빠른 속도를 내지. 지구가 그럴 때 태양계의 주인인 태양은 어떨까?

태양은 초속 217킬로미터로 우주 공간을 날아가지. 태양은 은하계 궤도를 도는데, 은하계를 한 바퀴 도는 데 2억 5천 년이 걸려. 그게 태양의 1년이라고 할 수 있네.

이처럼 태양이 은하계를 공전하다 보면 우리 지구는 늘 다른 좌표의 우주 공간을 지나게 되는데, 이즈음에 이르러 과거에 지나온 우주 공간과는 전혀 다른 대역으로 들어섰지. 뭐랄까, 기·우주선(宇宙線)·자기장 등이 다른 대역이란 말이지. 초신성·블랙홀·암흑 물질 구성비가 다른, 말하자면 기후가 봄에서 여름, 여름에서 가을로 넘어가는 것만큼이나 큰 변화가 태양계 주변 공간에서 일어나고 있는 거지. 뭐, 그런 자연현상을 가리켜 개벽이라고 하는 것일 뿐 별다른 건 없다네. 그래서 빙하기가 시작되든 간빙기가 열리든 어쨌든 엄청난 변화가 몰아닥치겠지. 지구는 태양계의 일부이고, 태양은 은하의 일부거든. 우리 태양계가 은하 궤도를 초속 217킬로미터로 미친 듯이 달려가고 있는데, 우린 전혀 인식하지 못하거든. 지금 당장 태양계가 파괴될 수도 있는 엄청난 상황이 벌어질 수도 있어. 고속 질주하는 자동차 안에서 게임을 즐기는 어린애처럼 사람들은 정작 태양계에 무슨 일이 일어나고 있는지 아무도 관심이 없다네."

"그런데 왜 지구상 그 많은 땅 중 대한민국 부산에서 이런 일이 생기느냐는 것이지요."

"우리나라는 X-바이러스가 생긴 대신 지진, 화산 활동은 없잖은가. 지금 전 지구적으로 문제가 생기고 있다네. 이 개념을 넓은 시각으로 보자면, 즉 천지인 개벽의 대강이라도 알기 위해서는 먼저 선천 개벽을 살펴보아야 하네. 지구 개벽이 처음은 아니거든."

강 박사는 헛기침을 해서 목청을 가다듬은 다음 말했다.

"선천 개벽요? 그러면 지구상에 이미 개벽이 일어났었단 말씀입니까?"

"그렇지. 『연산역』, 『귀장역』, 『주역』, 『정역』이 바로 지구의 개벽을 증거해주는 문헌들이라네. 개벽이란, 지구에는 벌써 여러 차례 일어난 지구물리학적, 천문학적 변화에 불과한 거야. 지난 개벽 때 엄청난 홍수가 있었다고 갑골문자, 수메르 설화, 구약성서 등에 기록

되어 있지. 그때 현재의 축미선 23.5도로 지축이 기울어지면서 지자기 역전, 남북극 이동 등 지구상에 큰 변화를 가져왔어. 복희 8괘와 문왕 8괘가 증명하고 있잖나. 지구에 사는 생명체의 운명이 변한 것이네. 이처럼 그 이전에도 있었을 개벽의 한 시기에는 공룡 등 많은 종류의 생명체가 떼죽음을 당했어. 운석에 의해서 죽은 것도, 먹을 게 없어 죽은 것도 아니야. 그들은 어느 순간 모조리 절멸했어. 그렇지 않았다면 공룡이나 매머드, 시조새 등은 얼마든지 지금의 아프리카 지대로 옮겨 갈 수 있었겠지. 그사이 지구에 대홍수와 재앙이 잇따랐다해도 일부는 살아남을 수 있지만 결국 모조리 죽고 말았어. 호모사피엔스 이전의 인류 또한 완전히 전멸했지. 종이 사라진 거야. 지금 화석으로만 존재하는 호모 에렉투스(Homo erectus), 호모 네안데르탈렌시스(Homo neanderthalensis), 호모사피엔스 네안데르탈렌시스(Homo sapiens neanderthalensis), 호모 에렉투스 세우 사피엔스 팔라이오훙가리쿠스(Homo erectus seu sapiens palaeohungaricus), 오스트랄로피테쿠스(Australopithecus) 등은 지구상에서 깨끗이 사라졌어. 그때도 오늘의 우리를 가리키는 호모사피엔스는 전혀 다른 종으로 불릴 만큼 큰 변화를 일으키며 새로 태어났다는 뜻이야. 살아남은 게 아니라 다른 종으로 진화한 셈이지. 어떤가? 요즈음의 사건들이 처음 일어나는 일이 아니라 봄 다음에 오는 여름, 여름 다음에 오는 가을 같은 것이라는 인식이 있어야 한다는 뜻이네."

"그러니까 선천 개벽 때 호모 에렉투스, 매머드나 공룡 같은 생명체가 멸종했다는 말씀입니까?"

"동물은 물론 식물도 많이 멸종되고, 개벽 때마다 구인류도 거의 전멸했어. 과학자들은 네안데르탈인을 현대 인류의 조상이라고 말해 왔지만, 몇 년 전 뉴욕 자연사박물관의 인류학자들이 네안데르탈인은 몇십 년, 몇백 년 사이에 갑자기 멸종한 인류라고 최종적으로 결론을 내렸다네. 그렇게 보면 호모사피엔스 역시 갑자기 나타났다는 말이 되는데, 이들이야말로 새로운 종으로 진화한 인류인 것이지."

"종의 개벽이 있었다는 거로군요."

"하늘 개벽, 땅 개벽, 그다음이 사람 개벽이지. 매머드 대신, 공룡 대신 무언가가 새 하늘 새 땅에 맞게 진화한 거야. 그렇게 그 시절의 개벽이 이루어졌던 거야. 그때, 어떤 이유인지 알 수 없지만 갑자기 업그레이드된 호모사피엔스(현존 인류)들이 얼마나 하늘을 두려워했는지는 갑골문자에 자주 나타난다네. 그들은 늘 하늘에 묻고 하늘에 보고할 정도로 하늘을 몹시 두려워했어. 이 선천 개벽을 통해 인류는 유전자가 재구성되는 엄청난 진화 끝에 호모사피엔스라는 현대 인류가 된 거야. 전 세계에 퍼져 있던 구인류가 일제히 진화한 것이 아니라 모든 구인류가 남김없이 사망하고 새로운 유전자로 진화한 신인류가 탄생한 것이지."

"그러면 이번에 닥친 일도?"

"그렇다네. 선천 개벽처럼 지금도 우주적인 변화가 일어나고 있을 뿐이야. 이것이 바로 예전부터 우리나라에 구전되어 온 후천 개벽일 수 있다네."

"후천 개벽요? 불안에 떠는 국민에게 설명이 어떻게 가능할까요? 아무도 믿지 않을 겁니다."

이북하는 이 상황에서도 책임 의식이 앞섰다. 원만 수습, 공무원의 본능이다.

"역 가운데 가장 오래된 하역 연산은 서기전 4200~4300년 무렵한 차례 큰 홍수가 있을 때 나왔어. 그 당시 선인들은 홍수 범람과 유행병의 만연을 보고 신(神)과 귀(鬼) 등의 실체를 의심했지. 그래서 연산에는 당시 흩어진 자료와 많은 신화가 담겨 있다네. 상역 귀장은 하역 연산 뒤에 나타난 것으로 귀신에 관한 이야기를 상당히 깊이 다루어 거의 모두 귀신 이야기뿐이라고 할 수 있을 정도지. 주역 시대에 와서도 귀신 이야기는 크게 줄어들지 않아. 이러한 내용을 담은 것이 하늘을 경외하기 위함이었는지, 아니면 외계 지능체가 지구를 다녀갔기 때문이었는지 알 수 없지. 아무튼, 이 당시 이렇게 복서(卜筮)가 유행한 것은 당시 사람들이 무엇인가 충격적인 대사건에 직면했기 때문이었을 거야. 당시의 하늘과 땅이 크게 바뀐 거지."

"그렇다면 개벽은 괴질이 휩쓸고 지나가거나, 휴거나 하늘의 천사들이 일제히 강림하여 사람을 무수히 죽이고 일부만 건져 올린다는 공포스러운 재변이 아니군요?"

"그건 상징이야. 달을 가리키는 손가락 역할을 하는 것들이지. 내 견해로는 개벽은 물리적인 자연현상이야. 지진이나 천둥, 태풍, 번개 같은 지구물리학적 작용일 뿐이라고. 지구, 아니 우주가 몸부림을 친다고나 할까."

그때 이북하의 휴대폰이 울렸다.

대책본부 상황실을 지키고 있는 허 과장이다.

"큰일이야! 잠잠하던 X-바이러스가 다시 시작됐어. 김해, 창원, 양산, 밀양, 울산까지 위험한가 봐. 방역 라인이 후퇴 중이래. 지금 상황

실에서는 해외 대피를 두고 격렬한 논쟁이 붙고 있어. 모두 제정신이
아니야!"

이북하는 휴대폰을 접어 안주머니에 넣고 자리에서 일어났다. 상
황이 긴박한 만큼 어서 돌아가야 한다.

"교수님, 개벽이든 바이러스든 아직은 답을 못 찾겠네요. 전 이 사
태를 반드시 진정시켜야 할 공무원입니다. 상황에 대처하지 않을 수
없네요. 가봐야겠습니다."

"그래, 어쩔 수 없지. 후천 개벽이라 해도 뭘 어떻게 해야 피해를 줄
일 수 있는지는 나도 모르니까. 우주 역사에는 매뉴얼이 없거든."

이북하가 떠나기 전에 꽃님이 얼굴이나 보겠다고 하자 하린은 그
를 작은방으로 안내했다. 방을 여니 일인용 편백나무 침대에 꽃님이
가 잠들어 있다.

"꽃님이는 우리 하린이를 많이 닮았구나. 엄마를 똑 닮은 공주님이
니까 이 아저씨가 꼭 지켜주마, 꽃님아."

이북하는 잠자는 꽃님이 볼에 입을 맞추고는 서둘러 밖으로 나섰다.

세종시 X-바이러스 상황실.

인터넷으로 들어온 외국 의학연구소의 자료들을 검토하던 손 계장
이 코피를 쏟으며 쓰러졌다. 눈이 벌겋게 충혈된 허 과장이 손 계장을
부축해 의무실로 데려갔다. 그런 다음 당직 의사를 찾으러 나가던 그
도 휘청거렸다.

이북하는 이런 상황에서 대책본부로 복귀했다. 상황실로 들어가니
김 계장이 인터넷 URL 하나를 전송해주었다. URL을 누르니 '예고된

괴질,X-바이러스'라는 제목의 글이 떠올랐다.

—X-바이러스는 전설 속의 병겁임에 틀림없다. 천연두 창궐 뒤에 병겁이 돈다고 옛 책에 나와 있다.

—앉아 있다가도 눈 감고 넘어간다. 자던 사람은 누운 자리에서 일어나지 못하고, 앉은 자는 그 자리를 옮기지 못하고, 행인은 노상에 엎드려 죽는다. 괴질이 퍼질 때에는 뒤통수가 발뒤꿈치에 닿을 듯이 활처럼 휘어 죽어 넘어간다.

—괴질은 한반도를 49일 동안 쓸고 바다 건너 다른 나라로 번져 3년 동안 전 세계를 쓸어버린다.

—괴질은 하루에 사방 30리씩 49일간 퍼지며, 상하 1,500리씩 정확히 3,000리를 휩쓸게 된다.

—지축이 움직이는 변고가 잇따른다.

또한, 다음과 같은 기록도 있다.

—일본은 불로 치고 서양은 물로 치리라. 세상을 불로 칠 때에는 산도 붉어지고 들도 붉어져 자식이 지중하지만 손목 잡아 끌어낼 겨를이 없으리라. 개벽이 될 때는 산이 뒤집히고 땅이 쩍쩍 벌어져 푹푹 빠지고 이리 뛰고 저리 뛰어야 한다. 산이 뒤집혀 깔리는 사람, 땅이 벌어져서 빠지는 사람, 갈 데 없는 난리 속이라. 어제 왔다가 오늘 다시 와서 저 집에 가보면 잿더미만 있지 집 형체가 없다.

—장차 큰 겁액이 밀어닥치면 천하의 불쌍한 백성들이 얼어 죽고 굶어 죽는 자가 부지기수니 천지의 개벽 운은 피할 수 없는 것이라.

"흠. 또 그놈의 천지개벽 타령이로군. 지겨워. 공포심을 주어 주머니를 털려는 사이비 교주들의 헛소리야."

이북하가 팔짱을 끼며 말했다.

"개벽이라니요? 그게 뭡니까?"

함께 화면을 지켜보던 김 계장이 물었다.

"묵은 하늘, 묵은 땅이 새 하늘, 새 땅으로 바뀐다는 거야. 그러다가 사람도 새 인종으로 바뀐다나? 삼천갑자 동방삭이 되는 거지. 우린 구인류가 되나 봐."

이북하는 한숨을 길게 내쉬었다. X-바이러스의 정체 파악이 안 되고 있는 상황이다. 설사 그것이 신명이라 해도 마찬가지다. 보건복지부가 할 수 있는 일이 없다. 지금으로서 그나마 국민을 안심시키고, 진전을 보이는 길은 백신을 만들어 내는 것뿐이다. 강호진 박사의 주장이나 영사 차기하의 진술이 비록 재미있고 그럴듯하기는 하나 대책본부에서 근무하는 이북하에게는 도움이 되지 않는다. 실제로 죽어 가는 사람을 살릴 수 있어야 보건복지부의 존재 가치가 생긴다. 그런데 아직 속수무책이다. 불안에 떠는 국민에게 'X-바이러스는 신명이랍니다' 이럴 수는 없다.

이북하는 커피 한 잔을 마신 다음 최인규 박사에게 전화를 걸었다. 최 박사는 여전히 생존자의 유전자를 분석하느라고 여념이 없다.

"박사님, 뭐 좀 더 나온 게 있습니까? X-바이러스가 서부 경남으로 퍼져 나간답니다."

"현재 유전공학자들이 다각적으로 연구 중입니다만 언론에 발표한 수준을 넘지 못해요. 지난 토론회에서도 유전공학자들 간에 의견만 분분했지 수렴된 결론이 없거든요."

"그렇다면 말이죠, 지축이 움직인다든가 공전 궤도가 바뀐다든가 하는 물리 조건에서 인간 유전자에 돌연변이가 일어날 가능성을 연구해주시겠습니까? 다른 분들과 상의도 하시고요."

"지축 변동요? 맞아. 저번에 제가 거기에 관한 논문을 읽고 스크랩해 놓았는데, 내가 왜 그걸 잊고 있었지? 미국 국방부 뉴에이지 연구 리포트에 따르면 태양계 공전 궤도가 광자대(Photon Belt)라는 우주 영역에 진입하면 지구가 3차원(점·선·면의 현실 공간)에서 5차원(시간과 기타 개념이 자유로운, 영화 〈인터스텔라〉에서 제기한 심우주의 차원)으로 변하면서 지구태양계의 자전·공전 궤도가 다른 시간대로 진입된다는 내용이었죠. 인간의 DNA에 혁명적인 변화가 일어나게 된다는 설명도 있었습니다. 자전·공전 궤도가 바뀌면 지축이 움직이게 되고 더 나아가 정립이 될 수 있다는 이론은 충분히 가능성이 있습니다."

"그 정도 변화라면 DNA가 파괴되거나 변화될 가능성이 있나요?"

"충분하지요. 현재 생존자의 유전자 고리를 분석해본 결과 변화가 가장 크게 일어났어요. 아, 그리고 바이오코드연구소, 미국의 폴 알렌 두뇌연구소에서 생존자와 사망자의 MRI 영상 요청이 들어와 보내주었습니다. 결과가 나오면 연락드리지요."

"예, 알겠습니다. 박사님도 지축 변경과 태양계의 공전 궤도를 꼭 염두에 두시고 연구를 해주십시오. 즉 우리 태양계가 지금 어느 하늘로 들어왔는지 천문학적인 분석이 필요합니다. 결과 나오면 연락 주시길 부탁드립니다."

"지금 우리 태양계는 페르세우스자리 팔 안쪽으로 6,500광년 떨어

진 오리온자리 팔의 가장자리를 지나고 있어요. 쌍둥이자리 초신성
이 폭발한 잔해가 아주 많은 구간이지요. 우리 은하에서도 항성풍이
아주 강한 지역입니다. 천문연구원에 연락해서 태양계 공전 궤도를
확실히 계산해봐야겠습니다."

이북하는 전화를 끊고 잠시 눈을 감았다. 그러자마자 핸드폰이 울
렸다. 아내 황부영이다.

—여보, 웬 여자분이 집으로 찾아왔어요. 아버님 심부름으로 당신
을 꼭 만나야 한대요.

"뭐? 아버지 심부름? 손님을 바꿔봐."

곧 수화기에서 낯선 여자의 목소리가 들려왔다.

—저는 허윤이라고 하는데요.

"누구…… 시지요?"

—예, 청도 열차 사고에서 살아남은…….

"아, 생존자 중 한 명이시군요?"

—그렇습니다.

"그런데 제 아버지 심부름이라니요?"

—자세한 내용은 뵙고 말씀드렸으면 합니다. 여긴 대전입니다.

"그러세요? 그러시다면 여기 세종시거든요. 가까우니까 이리 와주
시겠습니까?"

1시간 후.

생존자 중 한 명인 허윤이 이북하를 찾아왔다.

"제 아버지께서 보내셨다고요?"

"예. 아버님께서 찾다 실패하신 황금부적을 이 과장님이 직접 찾으라 하셨습니다."

"실패라니요? 그럼 아버지는?"

"이런 말씀 드리기 미안합니다만 육신의 옷을 벗으셨습니다."

"예에? 돌아가셨다고요?"

"후천 기운을 감당하지 못해 몸을 벗으신 것 같습니다."

평생에 걸쳐 황금부적을 찾아다닌 아버지의 노력이 물거품이 된 것이다. 허망하고 슬프다.

"어디에서요?"

"부산 동구 금오에서요. 저희들도 함부로 접근하지 못할 만큼 기가 센 곳입니다."

"그렇게도 말렸는데, 직접 가셨나 보군요."

이북하는 아버지를 말리지 않은 자신이 후회스러워 비탄 어린 한숨을 내뱉었다. 그새 눈이 붉어지면서 눈물이 맺힌다.

"슬퍼하지 마십시오. 생사는 들숨 날숨 호흡지간에 있지만 손바닥 앞뒤와 다름없다는 말 못 들으셨습니까?"

"아버지가 별세하셨는데 그런 추상적인 말은 아무 도움이 되지 않습니다. 하늘이 무너지고 땅이 꺼지는 듯 마음이 무겁습니다."

"그러실 것 없습니다. 아버님은 우리 공간에 존재하고 계십니다. 새 하늘 새 땅 신천지에서는 사람과 신명이 함께 삽니다."

"함께 산다고요?"

"그럼요. 아버님은 구호 사업을 열심히 돕고 계십니다. 아버님 같은 신명이 바로 X-바이러스지요."

"우리 아버지가 X-바이러스라고요?"

"죽음을 죽음으로 보지 마시고 이 차원에서 저 차원으로 이동하는 것이라고 여기세요. 죽었다는 말은 묵은 하늘에서 쓰던 말입니다. 새 하늘에서는 죽음이란 개념 자체가 없습니다. 그러니 죽었다 해도 결코 슬픈 일이 아닙니다. 아버님은, 지금 저희하고 대화도 나누시고 의논도 하시면서 새 사람을 만드는 일을 돕고 계십니다."

"허윤 씨는 제 아버지 소식을 어떻게 알았습니까?"

이북하는 이런저런 의구심으로 머릿속이 복잡해졌다. 하지만 X-바이러스는 의문조차 제대로 세우기 어려울 만큼 예측 불가다. X-바이러스가 돌아가신 아버지 같은 신명들이라니, 억지로 믿으라면 믿을 수는 있겠지만 이해는 불가능하다. 그러니 지금으로선 듣는 게 최선이다.

"저는 저희 하땅사 회원 몇 사람과 함께 바이러스 감염 지역, 아니지요, 저희는 새 하늘 새 땅을 신천지라고 부르지요. 신천지가 된 부산으로 몰래 들어가 활동하고 있었습니다."

"방역 라인을 뚫고요? 그러면 부산에 생존자가 더 있습니까?"

"버스나 열차에서 생존한 분들 말고도 여기저기 굉장히 많이 나타나고 있습니다. 그래서 우리가 직접 신천지로 들어가 생존자들을 찾아다닌 겁니다. 정부가 방역 라인을 철벽 차단해서 생존자 소식이 밖으로 전해지지 않는 것뿐입니다."

"그래요?"

"막상 신천지에 진입하고 보니 후천의 기운을 받아들이지 못하는 사람들이 아주 많았습니다. 이분들은 더러 죽기도 하는데, 대부분 죽지는 않고 결국 한참 만에 깨어나긴 하는데, 아무런 변화가 없습니다. 막상 새 사람이 된 분들은 많지 않습니다. 다만 새 사람이 되어 살아남 았다 해도 생식능력이 사라진 듯합니다."

새 사람, 즉 새 인종으로 변하지 않은 사람들도 살아 있다는 뜻이다.

"제 아버지는 왜 신인류가 되지 못했지요?"

"나중에 아시게 되겠지만, 이 과장님은 아버님을 만나 직접 대화를 나누실 수 있습니다. 아버님을 느낄 수도 있고요."

죽은 사람을 다시 만날 수 있고, 대화까지 나눌 수 있다니 대체 무 슨 말인가.

"감염 지역에서 무슨 활동을 했습니까?"

"살아난 사람들을 찾아 놀라지 않게 돕는 것이죠. 신인류로 재탄생 한 사람이야 아무 상관이 없지만 구인류 그대로 살아남은 사람은 도 움을 받지 않으면 곧 죽을 수 있으니까요. 생필품도 부족하고요. 구인 류, 구생명체의 눈에는 옛날 그대로의 하늘, 그대로의 땅일 뿐이거든 요. 살아 있는 것 자체가 고통인 그런 선천 상극 세상 말이에요. 할퀴 고 짓밟고 내쫓는 그런 세상요."

생존자가 많다니 반갑고도 놀라운 소식이다. 정부 차원에서는 오 직 국민 생존이 가장 중요하다. 국민의 생명과 재산을 지켜내는 게 그 가 속한 보건복지부가 할 일이다.

"예. 불행히도, 지적장애인 그리고 동식물들이 살아 있었습니다. 일반인은 코마 상태에서 며칠째 회복되지 않은 분들이 대부분입니 다. 생존자든 코마에 빠진 사람이든 스스로 살아가기 힘든 생명들이 지요. 먹을 것도 챙겨주고, 생존자들끼리 살아갈 수 있도록 시설을 바꾸어 놓고······."

이북하는 윤하린의 말이 머릿속에 떠올랐다. 부산에 있는 누군가
와 통화했는데, 지적장애인이었다는.

"안 깨어나는 분들은 죽는 건가요?"

"그렇지 않습니다. 더러 죽는 사람이 있기는 하지만 많지는 않습니
다. X-바이러스가 신인류로 개조하는 데 실패해도 의식은 돌아옵니
다. 윈도 업그레이드하다 안 되면 구버전으로 돌아가 부팅되듯이 사
람도 마찬가지입니다. 다만 구인류로 살아가다 수명을 마치는 대로
멸종될 뿐입니다. 회원 중에 의사가 있는데, 우리 신인류도 다른 능력
은 갖더라도 생식능력만은 제거되거나 아주 약해진 것 같답니다. 아
마 수명도 짧아질 거랍니다."

"멸종이라고요?"

"그렇습니다. 수백 년 이내에 호모사피엔스는 모두 사라지고 신인
류만 남게 됩니다. 황금부적이 없는 한 어쩔 수 없지요."

"감당이 안 되는 말씀들이군요. 구호 활동 외에는 무엇을 하시지
요?"

"짐승들도 거두어 주어야 하고요. 묶여 있던 동물들은 먹을 게 없
어서 굶어 죽기 직전이었어요. 사료도 챙겨주고, 손이 모자라 소나 염
소 같은 초식 동물은 그냥 들판에 풀어 놓았어요. 그래서 그 지역은 원
시 시절로 돌아간 것처럼 동물들이 길거리를 자유롭게 돌아다니고
있어요."

"동식물들은 새 하늘 새 땅에서도 무사한가요?"

"아직 모르지요. 멸종될 것도 있고, 돌연변이를 일으켜 새로 나타

날 종도 있겠지요. X-바이러스는 호모사피엔스를 우선해서 고치고, 아마 동식물은 나중에 변화시킬 것 같습니다."

이북하는 혼란스러운 머릿속을 정리하면서 귀를 기울였다.

"제 아버지는 어떻게 아셨습니까?"

"아버님께서는 우리 하땅사에서도 수련 단계가 매우 높은 분이셨습니다. 우리 모임에는 전부터 한 가지 예언이 내려오고 있습니다. 『황금부적』이라는 영물이 있는데, 그것만 있으면 천지가 개벽 되고 신병이 인간의 영혼을 추수해 가는 그때가 오더라도 개벽 된 신천지에서 온전히 살아남을 수 있다는 믿음이지요. 병겁에 속수무책으로 쓰러져 가는 인류를 구원해낼 의통 같은 개념입니다. 이대로 가다가는 구인류 중 신인류로 살아남을 수 있는 사람은 1퍼센트도 안 됩니다. 어떻게든 인류를 많이 살리기 위해서는 『황금부적』이 필요합니다. 그런데 아버님께서 그 비밀이 들어 있는 책을 몰래 가지고 계셨던 겁니다. 저희도 몰랐지요."

허윤은 이북하의 집안과 윤하린의 집안에 가슴 아픈 상흔을 남긴 바로 그 책을 말하고 있었다.

"그 책은 문자로 되어 있으되, 보통 문자와 달라 해석이 어려웠습니다. 어쨌거나 황금부적의 실체를 찾으면, 오랫동안 수련을 쌓지 않아도 산 채로 개벽된 신천지를 맞이할 수 있다는 내용만은 동일했습니다. 다만, 그 황금부적이 어떤 물건인지, 어디에 있는지가 의문이었습니다."

이북하의 아버지는 그 황금부적이 부산 금오에 있다고 믿었다. 아들에게 그렇게 말하면서 황금부적을 찾으러 밀양에 가겠다고 말한 적이 있다.

"우리 회원 중 신인류로 재탄생하는 데 성공한 사람들은 각기 자신이 믿는 곳으로 황금부적을 찾으러 갔지요. 국내는 물론 미국, 캐나다, 유럽, 아프리카, 바이칼 호수, 알타이산, 곤륜산 등 기감이 가장 크게 느껴지는 땅으로요. 그런 중에 이번 환난을 당한 것입니다."

허윤은 차분하게 말을 이었다.

"이번 대환난이 터지자, 산인들 중 일부는 환난의 진원지인 부산 금오 어딘가에 황금부적이 있으리라고 해석했습니다. 그런 입장에서 아버님께서 뒤늦게 저희에게 공개한『황금부적』책을 보니, 실제로 그런 해석도 가능했습니다."

"그래서요?"

이북하는 허윤에게 바짝 다가앉으며 다음 말을 기다렸다.

"처음에는 젊은 산인 두 분이 부산 금오로 들어갔으나 감염 지역 초입에서 그만 바이러스를 이기지 못하고 죽었습니다. 수련이 모자란 탓이지요. 그다음 분들은 부산에 들어가는 데는 성공했으나 어쩐 일인지 소식이 끊기고 말았습니다. 그다음 세 번째로 아버님께서 가신 것입니다."

"그런데 제 아버지께선 어떻게?"

"신천지에는 무사히 들어가셨습니다. 저희가 구호 활동을 벌이던 지적장애인 수용 시설에도 들러 구호하셨다는 연락까지 주셨으니까요. 그날 금오공원 쪽으로 가시면서, 하루 안에 살아 돌아오지 못하면 아드님께 이 소식을 알려드리고, 아버님이 못다 하신 일을 대신 해달라고 전해 달라셨습니다. 아마 노인이시라 업그레이드에 실패한 것으로 보입니다. 그래서 제가 이렇게 찾아온 것입니다."

"제가요? 바이러스 감염 지역에 가면 즉사하고 말 텐데? 전 수련이 뭔지도 모릅니다."

"물론 이대로는 신천지에 들어가실 수 없습니다. 그러나 저희와 함께 수련을 하시면 진입은 가능합니다."

"어떤 수련을? 그리고 얼마나 해야 살 수 있는 겁니까? 우리 아버지는 평생 하셨는데?"

이북하로서는 불가능한 일로 보였다. 그러나 허윤은 자신 있게 대답했다.

"영사로부터 들어 아시겠지만, 신천지에 적응할 수 있는 신인류들은 이 과장님과는 다른 인류입니다. 저희가 보통 인간들과 다른 능력을 갖고 있다는 말은 들으셨겠지요?"

허윤의 눈에서, 인간의 눈에서는 느낄 수 없고 볼 수 없는 신비한 광채가 느껴졌다. 여지껏 보아 온 수더분한 시골 처녀 같은 얼굴에서 뭔가 괴기스러움까지 느껴지는 눈빛이 쏟아져 나온다.

"예, 그렇습니다."

이북하는 자기도 모르게 정중하게 대답했다.

"이 과장님은 현재 보통 인간이지만, 그러면서도 보통 인간들과 다른 힘을 갖고 있습니다."

"어떤?"

"남다른 기운이 있으십니다. 제 눈에는 그게 또렷이 보입니다. 아버님께서 이 과장님에게 그런 일을 맡기신 것은 아드님이라서가 아닙니다. 이 과장님의 그 기운을 느끼셨기 때문입니다. 저희는 신인류의 몇 가지 능력만 갖춘 수준에 불과하지만, 이 과장님은 아마 최초의 신인류가 될지도 모릅니다. 생물학적으로 말하자면 생식이 가능한 최초의 신인류지요."

"그래요?"

"아무리 남보다 높은 기운을 가졌다 하더라도 그것이 흐트러지면 소용이 없습니다. 아버님 같은 노인들의 경우 감당하기 어려울 수 있습니다. 그런데 과장님은 그 기를 한곳에 집중시켜서 에너지화로 돌리는 능력이 뛰어납니다. 그걸 아버님께서 보신 것입니다. 제 눈에는 지금 이 과장님의 운기 흐름이 잘 보입니다."

기가 뭔지는 몰라도, 이북하는 자신의 집중력만큼은 스스로 인정한다. 군 시절 특공대에 있을 적에, 그 집중력을 발휘해 무술도 남보다 뛰어나고, 어떤 때는 대련을 하기도 전에 상대방의 기를 제압해 맥을 못 추게 한 적도 있다.

"이 과장님을 위해 수고를 끼치겠습니다. 제가 전혀 알지 못할 것 같은 질문을 해보시지요? 무슨 질문이든 저는 답할 수 있거든요. 저는 100퍼센트 신인류는 아니지만 호모사피엔스보다는 매우 뛰어난 수준에 있습니다."

이북하는 순간 자신의 귀를 의심했다. 신인류가 된 자신의 능력을 테스트해보라는 말로 들렸다. 뜻밖의 요구를 받은 이북하는 얼른 질문을 던지지 못했다. 그러자 허윤이 먼저 물었다.

"좋습니다. 제가 묻지요. 윤하린이라는 여자분을 좋아하시지요?"

"그거야 아버지한테서 들었을 수도 있지요."

"물론 그럴 수 있지만, 저는 알지 못하던 사실입니다. 전에는 이름도 몰랐어요. X-바이러스를 맞은 이후 저절로 알게 된 것뿐입니다. 윤하린 씨한테 딸이 있다는 건 아시지요? 음, 이름은 꽃님이, 아마 이름은 이화라고 할 겁니다. 성은 이씨, 그러니까 이리화."

"그 정도는 저도 알지요. 그게 뭐?"

"그 딸의 아버지가 누군지…… 아십니까?"

"미국 유학생이라고 들었습니다."

"아닙니다."

"아니라고요? 그럼 누가?"

"꽃님이는, 이리화는 바로 과장님의 딸입니다. 상견례 당시 윤하린 씨는 막 임신한 상태였어요. 미국에 가서야 자기가 임신했다는 걸 확인했지요. 이 과장님이 부담을 느낄까 봐 이날 이제껏 비밀로 해온 것입니다. 유전자 조사를 해보시면 금방 알 수 있습니다. 아마 이리화의 가족관계증명서를 떼보면 본관이 아마 이 과장님과 같은 함평이씨로 나올 겁니다."

"뭐라고요?"

이북하는 얼른 기자실 인터폰을 눌렀다.

"허 과장, 거기 윤하린 기자 내려와 있지? 응. 그래, 이 방으로 좀 들여보내줘."

사정을 모르는 윤하린이 곧 밝은 미소를 띠며 들어섰다.

"윤 기자, 거기 좀 앉아 봐. 물어볼 게 있어."

"뭘? 기삿거리 좀 있어? 기자실 겨우 열더니 뭘 오라 가라 부르고 그래? 이분은 하땅사?"

"그래. 단도직입적으로 물을게. 꽃님이…… 내 딸이야?"

"뭐?"

그의 표정이 금세 변한다. 웃음이 싹 가시면서 눈이 커진다.

"사실대로 말해줘. 꽃님이가 함평이씨야?"

윤하린 역시 당황하는 표정이다. 그는 허윤을 몇 번이나 쳐다보다가 하는 수없이 고개를 떨구었다.

"그래, 선배 딸이 맞아. 유학생하고 살았다는 말, 다 거짓말이야. 선배가 힘들어할까 봐 둘러댄 거야. 호적이야 뭐 사실대로 적은 거고."

이북하는 윤하린에게 다가가 그를 힘껏 끌어안았다. 그도 울컥하면서 눈물을 흘린다.

허윤이 끼어들었다.

"미안합니다. 그 밖에도 할 말이 아주 많지만 이 정도로 그치지요. 다만 이 자리에 이 과장님의 부모님도 와 계십니다. 해원상생하여 신명이 되셨거든요. 해원하지 않고는 사람이든 귀신이든 누구도 신천지를 맞을 수 없습니다. 머지않아 이 과장님의 눈으로 직접 뵐 수 있고, 이 신명들의 말씀을 직접 들으실 수 있게 됩니다. 지금 아주 중요한 문제가 있습니다. 우리들 기수련만으로도 신인류와 같은 능력을 갖고 생존하는 데는 별문제가 없습니다. 다만 우린 생식능력까진 갖지 못하는 것 같습니다. 이대로 가면 모든 인류가 멸종하는 거지요. 우린 지금 생식능력을 갖는 신인류를 찾아야 합니다. 이 과장님이 황금부적을 찾아야만 가능한 절박한 상황입니다."

이북하는 허윤의 말을 믿기로 결심했다. 지푸라기 같은 믿음이어도 좋다고 생각했다.

"좋습니다, 허윤 씨. 내가 어떻게 하면 됩니까?"

"우선 저와 함께 우리 회원들이 있는 부산으로 가시지요. 해답이 거기 있을 겁니다. 이곳 대책본부에서는 아무것도 얻으실 수 없습니다."

허윤은 또박또박 정중하게 말했다. 이북하는 어린 처녀의 기에 눌리는 기분이 들었다. 불쾌하지 않은 묘한 느낌이다.

"그럼 충남대 바이러스연구소 회의만 참석하고 바로 내려가지요."

12
신인류

민간 차원의 X-바이러스 연구 결과를 집약하기 위한 회의가 충남대학교 바이러스연구소에서 열린다. 뾰족한 수가 나오기는 어려울 것이다. 정부가 원하는 건 오직 대책이다. 한 사람이라도 더 살릴 수 있는 길을 알아내야만 한다.

이북하는 서울로 떠난 윤하린과 전화 통화를 하면서 차에서 내렸다.

"그래, 오늘 회의 끝난 뒤에 꽃님이 얼굴 좀 한번 보고 싶은데 시간이 될지 모르겠어. 상황이 상황이니만큼 마지막일지도 모른다고 생각하니…… 힘이 드네."

"알았어. 하지만 책임감 따위는 갖지 마. 나 자존심 상해. 열녀가 뭐 괜히 열녀야? 성질 더러우니까 열녀 되는 거지."

"생명 앞에서 자존심 얘기하지 마. 생명은 어떤 가치보다 우선하니까."

"알았어, 선배. 시간은?"

"회의 끝나고 다시 연락할게."

이북하는 전화기를 접어 가방에 넣고는 약속 장소인 연구소를 향해 걸었다.

녹음이 짙은 캠퍼스는 벌써 초여름의 열기로 뜨겁다.

엄청난 천재지변에도 불구하고 충남대학교를 비롯한 대학들이 아직 문을 닫지 않았다. 교육부는 전국의 모든 초중고에 휴교령을 내렸지만, 대학에는 휴교 시기를 자율 결정하라는 공문만 내려둔 상태다. 경상남도와 경상북도, 부산시, 울산시에서는 이미 수업이 중지되고, 소개령이 내려졌다. 충남대학교처럼 수업을 계속하기로 결정한 대학들은 도서관마다 학기말 시험을 준비하는 학생들로 붐빈다. X-바이러스는 3차 확산으로 경남, 울산까지 치고 올라왔지만 또 소강상태다.

국내 유수의 생명공학 관련 연구소들이 X-바이러스 희생자의 유전자를 분석하고 있는 가운데, 충남대학교 생명과학관 소회의실에서는 이북하 보건복지부 과장을 비롯해 최인규 박사, 그리고 충남대 유전공학연구소장 김태준 박사, 생명공학연구소 허이륜 박사, 표준과학연구원의 지구물리학 연구원 신진수 박사, 천문대의 위치천문계산실 장하림 박사가 모여 그동안 밝혀낸 자료를 놓고 토론을 벌였다.

최인규(국과수) 생존자와 관련하여 인간 게놈 연구 자료를 받아 보았습니다. 또한, 인간의 유전자가 끊어지거나 배열이 꼬이거나 흐트러질 수 있는 환경 요인을 모두 모았습니다. 이들 자료를 검토해본 결과, X-바이러스처럼 대규모 사망이 일어날 정도의 유전자 변이는 역시 지축 정립에 따른 지구의 자전, 태양의 공전 궤도 변화와 이에 따른 중력, 인력 등의 급격한 에너지 변화에서 비롯된다고 볼 수밖에 없습니다.

김태준(충남대) 실제로 우주인으로 활동하는 중에 달에 내렸거나 우주선 밖으로 나가 작업한 경험이 있는 우주인들의 상당수가 불임, 암 같은 유전자 관련 후유증을 앓고 있는 것으로 보고되었습니다. 결국, 환경이 비슷하지 않은 별은 정복해도 인류가 적응하기 어렵다는 결론에 이르게 됩니다. 하다못해 지구 대기권에 발사되는 우주선에 타려고 해도 오랜 시간 신체 적응 훈련을 거쳐야만 합니다. 그렇지 않은 일반인을 우주선에 태워 보내면 아마 태양계를 벗어나기도 전에 죽고 말 것입니다. 그런데 지금 우리 지구는 거대한 우주선이 되어 그동안 수만 년간 단 한 번도 항해해보지 않은 미지의 심우주 영역으로 진입하고 있는 것입니다.

최인규(국과수): 결과만으로 보자면 이번 지축 변경은 단순히 궤도를 약간 수정하는 정도의 작은 변화가 아닐 가능성이 높습니다. 적어도 정상 궤도를 완전히 이탈하여 낯선 심우주로 진입하고, 또한 태양계 자체의 공전 궤도가 알 수 없는 미지의 우주 영역에 들어서는 중이라고 보아야 합니다.

허이륜(생명공학연구소) 생존자들을 조사하는 과정에서 저는 이런 상상을 해보았습니다. 왜 생존자의 유전자 구조가 급격한 변화를 일으키고 있는가? 아마도 대홍수 이상의 엄청난 환경 변화가 꿈틀거린다는 사실을 암시하는 단서라고 생각합니다. 예를 들어 극심한 가뭄은 식물을 선인장으로 만들고, 극한의 추위는 뱀이나 개구리가 언 채 동면하는 기전을 일으켰습니다. 과연 그 변화가 무엇이냐, 그걸 모를 뿐입니다.

신진수(표준과학연구원) 실제 태양계는 엄청난 속도로 우리 은하를 운행하고 있습니다. 태양계는 지금 초속 250킬로미터로 흘러가는 은하를 초속 220킬로미터로 따라가고 있습니다. 그 가운데 우리 지구는 엄청난 속도로 달려가고 있는 그 태양을 시속 10만 킬로미터로 공전하는 한편 시속 8백 킬로미터로 자전하고 있습니다. 이처럼 우주 차원에서 볼 때 현재 예상되는 지구의 환경 변화란 단지 언제나 일어날 수 있는 사건에 불과할지도 모릅니다. 우리는 지구라는 거대한 비행체에 타고 있습니다. 다만 그동안 지구물리학을 비롯한 과학은 실상 지구라는 비행체만 관찰했지, 이 비행체가 어디를 향해 비행하고 있는지 항로에 관해서는 관심이 없었습니다.

지구 자체도 남북극이 극이동을 거듭해 왔지만, 서울올림픽 준비로 떠들썩하던 지난 1987년부터 태양의 극점이 이동하는 천문학적 대사건이 있었습니다. 이 변화가 지구에 어떠한 영향을 미칠지 아직은 누구도 모릅니다. 2013년에는 태양의 북극이 전환되고 이어 시차를 두고 남극점이 바뀌었습니다.

장하림(천문대) 우리가 보고 있는 밤하늘은 실은 홀로그램에 불과합니다. 북극성을 예로 들자면 우리가 볼 수 있는 북극성은 현재 존재하는 것이 아니라 저 고려 말엽 공민왕 시절의 북극성입니다. 북극성을 떠난 빛은 초속 30만 킬로미터의 맹렬한 속도로 달려오고는 있지만, 지금 이 시각에 북극성을 출발한 빛은 우리가 세상을 떠나고도 머나먼 훗날인 8백년 뒤에나 지구에 닿을 것입니다. 우리 눈에 보이는 하늘은 이처럼 서로다른 시간이 뒤엉킨 홀로그램일 뿐 결코 현재의 사실이 아닙니다. 하늘만이 아니라 어쩌면 우리의 현실 그 자체도 홀로그램이나 매트릭스일 수 있습니다. 우리의 존재, 과거, 미래, 모두 마찬가지입니다.

하여튼 지축은 현재 알 수 없는 어떤 힘에 의해 움직이고 있으며, 나아가 태양계 자체가 상당한 속도로 이동하고 있다는 가설을 뒷받침할 만한 실측 자료를 얻을 수 있었습니다. 그러나 지구 또는 태양계가 어느 궤도로 진입할 것인지 현재로서는 예측이 불가합니다.

최근 관측에 따르면 '천상열차분야지도'에 나타난 지구 주소와 좌표가 전혀 다른 영역으로 이동하고 있습니다. 말하자면 지구가 현재 이사 중이라고 표현하면 이해하기 쉬울 것 같습니다.

신진수 자기장, 인력, 중력 등을 계산하는 문제도 그렇습니다. 상황이 시시각각으로 변하기 때문에 앞으로 어떤 변화로 나타날지 예측하기 어렵습니다. 현재 자기폭풍이 관측되고 있으며, 따라서 지역에 따라 진폭이 매우 큰 수평 자기장의 혼란이 일어나고 있습니다. 이 자기폭풍으로 플라스마가 시속 2천 킬로미터로 이동하고 있습니다. 현재 지구자기관측소에서 기록한 최근 수개월간의 변화를 보면 수만 년 내지 수십만 년에 한 번 정도 일어나는 자기 역전(남극과 북극이 뒤바뀌는 현상)이 일어날 가능성이 있다고 합니다. 태양의 자기 역전보다 훨씬 더 큰 사건입니다.

김태준 그러한 지자기의 엄청난 변화가 인체에 일정한 영향을 미치고 있는 것만은 틀림없습니다. 생존자의 유전자 구조로 볼 때 파괴되는 부분이나 변형되는 부분은 모두 우주 또는 지구 자기와 관계가 있는 듯합니다.

이북하 그렇다면 최근 발견되는 X-바이러스 생존자들은 정말로 그러한 우주적 영향을 받았거나 극복했다는 말씀인가요?

김태준 군이 그렇게 설명하자면 진화 단계를 속성으로 거친다는 뜻인데, 불가능하지는 않습니다. 현대 유전공학은 실험실에서 수많은 동식물의 유전자를 조작해 왔습니다. 효모, 폐렴균, 그 밖에 몇 가지 종류의 미생물 등 비교적 단순한 생물은 이미 유전자 염기 서열이 완전하게 밝혀졌습니다. 유전자 가위 기술로 장난을 많이 치고 있지요.

실험실에서는 이미 인간에 대한 유전자 조작이 비밀리에 이루어지고 있습니다. 심지어 똑같은 인간을 복제하는 유전자 카피법(클론 기술)은 개, 돼지, 원숭이, 침팬지 등의 동물실험을 거쳐 인간에게 적용할 수 있을 만큼 경험과 기술이 충분합니다. 그렇기 때문에 폐쇄적인 국가에서는 비밀 무기로 쓰기 위해 인간 복제, 또는 DNA 합성을 실제로 연구하고 있습니다. 1990년에 시작된 휴먼 게놈 프로젝트에도 초인류 유전자를 만들어 내는 비밀 연구가 있어 엄청난 비용이 투입되었고요.

이북하 유전자 염기 서열을 판독하고 그것을 바꿀 수 있는 초능력 바이러스가 존재할 가능성에 관한 이야기가 있습니다. 그리고 제가 아는 박사님 한 분은 X-바이러스가 고도의 지능을 가진 생명체라고 주장하더군요. 일종의 극소형 컴퓨터 로봇처럼요.

허이륜 흥미 있는 주장이긴 해요. 극미 극대의 세계에는 인간의 능력으로는 알 수 없는 부분이 많습니다. 유전자 염기만큼이나 작은 크기이면서도 인간보다 월등한 유전자를 가진 생명체의 존재 가능성은 충분하다고 생각합니다.

최인규 그렇지만 우리는 그 바이러스가 초능력을 가졌든 고도의 지능을 지녔든 어서 백신과 치료제부터 찾아야 합니다. 지축 정립이든, 자기 역전이든 그 이후에도 인체가 변화한 환경에 적응할 수 있는 방안을 찾아야 합니다. 그렇지 않으면 현대 인류는 앞으로 수천 년, 혹은 수만 년 뒤에 북경원인이나 네안데르탈인처럼 두개골 몇 개로 발굴되는 신세가 될지 모릅니다. 아, 그 당시 지구에 엄청난 천재지변이 있었구나, 그래서 멸종했구나 하고 말입니다.

이북하 X-바이러스의 과학적 검증을 계속해 나가도록 합시다. X-바이러스가 도리어 사람을 살리기 위해 작용한다는 주장도 있으므로, 이 경우 백신 제조가 가능한지 모르겠습니다. X-바이러스 정체 파악이 먼저 이뤄져야 하고, 어떻게 하면 이 대재앙에서 우리 대한민국이 민족과 국가의 정체성을 유지하느냐가 당면과제입니다.

오늘 회의 내용은 제가 대책본부에 보고하겠습니다. 만일 묘책을 찾아주신다면 정부 차원에서 수렴할 수 있도록 노력하겠습니다.

최인규 김태준 박사님과 회의 전에 의논을 해보았는데, 일단 X-바이러스로 표현되는 이번 사태에서 재창조되는 신인류를 우리는 가칭 포스트 휴먼(post human)으로 부르기로 했습니다. 즉 호모사피엔스 다음의 진화 단계를 가리키는 임시 학술 용어입니다.

김태준 그렇습니다. 우리는 전 연구원이 나서서 포스트 휴먼의 존재 가능성을 연구해보겠습니다. 국내 다른 연구소와 연계해 공동 연구를 해 나가면서 그 진화의 고리를 찾아내겠습니다. 저는 그것이 곧 백신과 치료제를 발명하는 지름길이라고 봅니다. 일부의 주장처럼 X-바이러스가 인류를 포스트 휴먼으로 만들어 주는 기능을 한다면, 그런 기능을 확대하거나 더 안전하게 진행할 수 있는 지원 방법도 찾아내야 합니다.

이렇게 정리하지요. 연구를 두 가지 방향으로 잡아 나갑시다. 첫째는 바이러스의 존재를 계속 밝히는 일입니다. 그러기 위해서 고성능 전자현미경을 전염 예상 지역의 숙주에 연결하여 원격 분석을 시도해야 합니다. 아시다시피 우리가 조사한 시신에서는 바이러스를 검출할 수 없었습니다. 그렇다면 바이러스가 숙주에 침투하여 사멸하거나 떠나기 전에 확보해야 합니다. 의료용 방역복의 소재를 뚫고 들어갈 정도의 초미

세 바이러스를 잡아두기 위해서는 밀도가 극히 조밀한 용기를 사용해야 합니다. 초밀도 합금 용기에 바이러스를 체포한 다음 빠른 시간 내에 바이러스의 DNA를 검출해내야 합니다. 생명공학연구소와 우리 유전공학연구소에서 맡아야 할 것입니다. 그리고 둘째는 지축의 변화나 태양계의 광자대 진입 등 지구환경이 인체 및 유전자에 미치는 영향을 다각도로 연구해서 대처 방안을 찾아내는 것입니다. 우주인들이 우주선을 타고 외계에 나가기 전에 오랜 기간 훈련을 받는 프로그램이 있듯이 우리 인류 역시 그런 훈련을 모두 거쳐야 할지도 모릅니다. 지구가 대형 우주선이 된 형국이니 필요하다면 우주복이라도 입어야 합니다.

회의가 끝나자 이북하는 일단 세종시 대책본부로 돌아갔다. 포스트 휴먼의 존재 가능성, 아니 호모사피엔스가 포스트 휴먼으로 어떻게 변신할 수 있는지 실질적인 가능성을 찾아야 한다. 황금부적이 무엇인지는 모르지만, 생존자들을 만난 이후로 그것에 기대를 걸어 봐야겠다는 결심이 섰다. 가능한 일이냐를 따질 때가 아니다. 선택할 수 있는 일도 아니다. 휴먼 게놈 프로젝트가 완성되었다 해도 유전자 조작을 자유로이 하려면 앞으로도 몇십 년은 더 있어야 하고, 그러므로 그만한 유전공학 기술 없이는 설사 X-바이러스 백신을 만든다 해도 전 국민을 상대로 대규모 예방과 치료에 나선다는 것 자체가 불가능할지도 모른다. 어쨌든 시간이 부족하다.

보건복지부 장관은 목이 메는지 이북하의 손을 꼭 잡은 채 말을 하지 못했다. 다른 직원들도 침통한 표정으로 지켜보았다. 이번 부산 진입에는 하땅사 여성 회원 허윤이 동행한다.

"그냥 와도 좋으니 아니다 싶으면 언제든 돌아오게. 이게, 이래서는 안 되는 건데…… . 대책 하나 세우질 못하고 있으니 나도 가시방석에 앉아 있는 것만 같네. 어쩔 수 없이 이 과장을 출장 보내기는 하지만…… ."

"무사히 임무 마치고 돌아오겠습니다."

이북하는 자신이 있는 건 결코 아니지만 일부러 씩씩하게 말했다.

어느덧 해가 서녘으로 기운다.

방역 최전방에 도착해서 몇 시간이나 활동할 수 있을지. 출발이 너무 늦은 것 같다.

'아 참, 꽃님이.'

이북하는 윤하린에게 전화를 걸었다.

"나야."

"꽃님이 데리고 선배 전화 기다리는 중이었지."

"그래, 시간이 워낙 없어서 그 약속 지키지 못하겠어. 지금 어디 가는 중이거든."

"어딜 가는데? 선배, 어디야? 이 소음, 헬기?"

"방역 현장으로 가는 중이야."

"정말? 이 선배, 지금은 너무 늦었어! 뉴스 못 봤어? 상황이 달라졌다고. 정말 위험해!"

"한시도 잊은 적이 없었어. 내 마음 변한 건 아무것도 없어. 내가 좀 더 배짱 있는 인간이었으면 집안 문제 따위에 굴복하진 않았을 텐데…… . 널 이대로 버려두진 않았을 텐데…… . 꽃님이, 우리 꽃님이 잘 부탁해. 다녀올게, 이만."

"대구 갈 거야?"

"밀양까지는 접근해봐야지. 거기가 방역 최전선이야."

"선배, 정말 안 돼. 차라리 날 데리고 가. 선배 없인……. 그래도 하늘 아래 선배가 살아 있다는 사실 하나만으로 여태 참고 견뎌왔는데……. 제발……."

"하린이는 올 수 없어. 미안해."

"안 돼! 나 따라갈 거야! 나 한 번만 만나주고 죽어! 제발이야!"

윤하린의 울음소리가 수화기에서 흘러나와 끝없이 그를 흔들어 댔다. 이북하는 눈시울을 붉히면서 휴대폰을 접었다. 그러고 나서 집에 전화를 걸어야지 하고 휴대폰을 꺼내다가 도로 주머니에 밀어 넣었다. 아내 황부영이 전화를 받으면 또 뭐라고 말해야 할지 도무지 감정이 정리되지 않는다. 생각하면 황부영이라고 보고 싶지 않은 건 아니다. 정이라는 것도 쌓이면 쌓이는 것인지, 아니면 남자라는 동물의 이중적인 심리 때문인지 아내는 아내대로 그립다.

온갖 상념이 어지럽게 떠오르다 사라지는 가운데 휴대폰이 울렸다. 직감대로 윤하린이다.

"나야! 나 지금 주차장으로 뛰어가는 중이야! 지금 경부고속도로로 내려갈 거야. 선배가 안 만나주면 나도 내려갈 거야! 알아서 해! 죽는 거라면 나도 같이 죽어, 응!"

"하린아, 꽃님이가 있잖아. 우리 딸 꽃님이를 지켜줘. 제발, 나는 공무로 가는 거야! 난 공무원이라고!"

"꽃님이는 이모가 있으니 걱정 마. 아, 하늘은 왜 또 이런 시련까지 주는 거야! 급하면 장관 자기가 가지 왜 선배를 사지로 보내!"

"그러지 마. 누구의 명령으로 가는 게 아니라 내가 판단해서 가는 거야. 그리고 임무를 마친 뒤에는 안전하게 돌아올 거라고. 그러니 안심해. 뭐, 죽으러 가는 사람 보듯 하네?"

"선배 성격 나도 다 알아. 그냥 돌아올 리가 없어. 무슨 대책이 있는 게 아니잖아! 선배 성격에 부산까지 갈 거잖아! 미련한 짓 하지 마. 안전하다는 증거가 없잖아! 날 만나줘. 나 다시는 보채지 않을게. 내 인생 마지막 부탁이야. 지금 그렇게 급할 거 없잖아. 잠깐 끊을게. 전화 절대로 끄지 마!"

윤하린은 벌써 주차장으로 달려가 재빨리 차에 올라탔다. 그리고 시동을 걸자마자 재발신 버튼을 눌렀다. 신호가 가는 사이에 비상 깜빡이 스위치를 누르고, 이어 수동으로 전조등을 밝힌 다음 액셀을 꾹 밟았다.

부웅 하면서 자동차는 고속으로 출발했다. 범퍼가 기둥을 스쳤지만, 자동차는 약간 기우뚱하고는 그대로 앞으로 달려 나갔다. 전화는 금세 다시 걸렸다.

"지금 어디야?"

"보건복지부 헬기장이야. 내가 쓸 헬기가 준비되지 않아서 기다리는 중이야. 나 혼자 가는 것도 아니고 일행이 있어. 하땅사 회원 허윤 씨가 날 안내할 거야."

"그럼 부산 들어가는 거 맞네. 나 좀 제발 만나고 가. 선배 죽으면 나도 죽어! 그냥 가지 마, 이 자식아! 날 또 버리지 말라고!"

윤하린은 거의 악을 쓰다시피 소리를 질렀다. 자동차는 신호와 차

선을 무시하고 전속력으로 질주했다. 간간이 가드레일을 스치면서 차량들을 헤치고 달렸다. 그렇게 폭주를 하는데도 그다지 관심을 두는 사람이 없다.

윤하린은 집을 떠난 지 거의 10분 만에 고속도로에 진입했다. 그때부터 시속 180킬로미터로 속도를 올렸다. 다행히 하행선에는 별 장애물이 없었지만 아무리 그래도 그의 운전 실력으로는 미친 짓이나 다름없다.

"하린아, 내가 만일 죽으면 다음에는 반드시 네가 있는 세상에 태어나 평생 같이 살게. 약속한다, 응! 그러니 제발 돌아가. 너 지금 과속하고 있는 거 뻔해."

"인류가 멸종되게 생겼는데 무슨 다음 생이야! 다음 생은 없어. 나 만나고 가! 나 방금 2백 킬로미터로 속력 올렸어. 나도 모르겠어. 차라리 선배가 내 목소리 듣고 있을 때 죽어버리겠어! 선배 없는 세상에서 사느니 그게 나아!"

기다리던 헬기가 준비되었다. 그는 허윤을 먼저 오르게 한 뒤 뒷좌석에 올라타고는 지체 없이 이륙하게 했다.

지상을 내려다보니 상행선 차량은 여전히 붐비지만 하행선은 차가 거의 보이지 않는다.

"저, 잠시 안성휴게소까지 갔다가 부산으로 돌립시다."

헬기는 기수를 돌려 북상하기 시작했다. 어차피 사지 부산으로 진입하는 마당에 잠시 잠깐 회항하지 못할 이유가 없다.

"하린아, 방금 기수 돌렸다. 안성휴게소에 착륙할게. 제발이지 천천히 와야 한다."

"정말이야? 고마워, 선배! 나 속도 늦출게. 160킬로미터까진 안심하겠지?"

"그래. 거기서 기다릴게. 그렇지만 시간이 별로 없어. 하린이 걱정하는 것처럼 가서 일을 끝내고 오려면 시간이 빠듯해. 나, 꼭 돌아올 거야. 4차 확산 이전에 X-바이러스를 잡지 않으면 우리나라는……."

"알아. 나, 선배 얼굴만 보면 돼. 더는 보채지 않을게."

헬기는 머지않아 안성휴게소까지 날아가 빈터에 착륙했다. 휴게소가 한산하다.

윤하린의 차도 곧 나타났다.

라이트를 켠 채 쏜살같이 달려와 헬기 옆에 급정거한다. 차체가 반쯤 돌아가면서 갓길 쪽에 서자 윤하린이 용수철처럼 튀어나왔다. 이북하가 달려 나와 그를 힘껏 껴안았다.

"나 사실 선배가 돌아와주리라고는 기대하지 않았어. 그냥 달리다가 죽고 싶었어. 사랑해, 선배. 나 정말 선배 없인 살 수가 없어. 나는 왜 선배 앞에만 서면 어린애가 될까? 아이, 쪽팔려. 나이 마흔이 다 되어 가는데도 아무 소용이 없나 봐. 회사에서는 마귀할멈처럼 씩씩한 내가."

"그래그래. 말하지 마. 말 안 해도 다 알아."

이북하는 그를 더 힘껏 끌어안았다.

헬기 조종사가 시계를 들여다본다.

눈물범벅이 되어 포옹을 하던 이북하가 그만 고개를 들었다.

"이제 떠나야 해. 꼭 돌아올게. 돌아올 수 있어. 혹시 내가 돌아오지 못하면 꽃님이 데리고 외국으로 떠나. 언젠가는 백신이 개발되겠지."

"난 믿어. 선배는 틀림없이 살아서 돌아올 거야. 방해가 안 된다면 나도 가고 싶어. 하지만 기다릴게. 다만 선배가 죽었다는 소식이 들리면 그 순간이 내 인생의 마지막인 줄이나 알아둬."

머뭇거릴 수 없다. 이북하는 마지막으로 윤하린을 으스러지도록 껴안았다가 내려놓았다. 그러고는 뒤도 돌아보지 않고 헬기로 뛰어갔다. 헬기는 곧 수직 상승했다가 전속력으로 날기 시작했다.

헬기는 경부고속도로 하행선 내에 설치된 방역 라인에 도착했다. 방역을 담당하는 특수부대원들이 마치 휴전선처럼 그어진 방역 라인을 따라 길게 늘어서서 경계를 하고 있었다. 동대구 나들목이다.

여기서부터는 허윤과 둘이서만 가야 한다. 자동차가 준비되어 있었다.

병사들이 바리케이드를 열어 주었다.

"허윤 씨, 출발하겠습니다."

"두려워하지 마세요. 우리는 신천지로 들어갑니다."

그는 자동차를 출발시켰다.

1시간 정도 달렸을 때 도로 앞쪽에 자동차 두 대가 비상등을 켠 채 서 있었다.

"우리 회원들입니다. 저분들이 있는 곳으로 가서 기초 수련을 한 다음에 부산으로 들어가야 합니다."

이북하가 차를 세우자 그들이 다가왔다. 그중 한 명은 영사 차기하다.

"잘 오셨습니다. 여기서 30분 정도 더 가면 삼랑진 나들목부터 신천지가 시작됩니다. 일단 저희와 함께 기초 수련을 하신 다음에 들어가시지요. 지금은 부산으로 황금별자리를 찾으러 갈 만한 수준의 회원이 없습니다. 아주 다급합니다."

이북하는 그들의 차량으로 옮겨 탔다. 10분 정도 달리자 그들이 임시 사무실로 쓰고 있는 건물이 나타났다. 뜻밖에도 사람들이 많았다. 일반인들은 피난을 가서 텅 비어 있을 줄 알았는데, 그곳에는 수백 명의 사람이 모여 있었다.

"이분들은 모두 생존자들입니다. 그중에서도 X-바이러스의 도움으로 신인류로 변한 분들이지요. 암 환자가 감쪽같이 치료되고, 조현병과 뇌전증이 말끔히 치료된 분도 있답니다. 선천의 뇌 질환은 거의 치료가 되는 듯합니다. 다만 생식능력은 여전히 어려운가 봅니다. 생식세포가 가장 진화된 부분이라서 그런가 봅니다."

영사 차기하가 그곳의 현황을 설명했다.

이북하는 그들과 함께 들숨 날숨 호흡을 고르는 아나파나 기초 수련을 받기로 했다. 이제 그는 X-바이러스가 창궐하고 있는 감염 지역으로 들어가야만 한다. 두려운 마음은 가셨다. 그곳 사람들을 보니 도리어 호기심이 생긴다.

"아나파나 수련을 한다고 해서 X-바이러스에 감염되지 않는다는 뜻이 아닙니다. 아나파나 수련을 마쳐야 X-바이러스가 이 과장을 빠른 시간 내에 신인류로 바꿔줄 수 있다는 의미입니다. 우리는 하루 정도 꼬박 코마 상태로 있다가 깨어났는데 이 과장이 기초 수련을 하고 나면 아마도 여덟 시간 정도면 깨어날 수 있을 것 같습니다."

"그럼 부산에는 언제 들어갑니까?"

"내일 아침에 신천지 경계로 추정되는 삼랑진을 지나서 부산으로 들어갑니다. 오늘은 여기서 준비체조를 하신다고 생각하십시오. 내일 저희가 차량으로 모시겠습니다. 삼랑진에서 부산으로 가는 중에 아마 X-바이러스가 들어올 거고, 원하시는 금오공원까지 저희가 모시고 가서 회복될 때까지 지켜드리겠습니다."

"하룻밤 수련으로 가능할까요?"

"걱정 마십시오. 금오 선생이 백 년 전에 이미 도수를 깔아 놓고, 하늘공사 땅공사 사람공사를 다 마치셨습니다. 고타마 싯다르타는 보리수나무 아래에서 하룻밤 수련만으로 붓다가 됐잖습니까. 같은 원리입니다."

이북하는 모든 걸 내던지고 그들에게 자신의 운명에 맡기기로 했다.

13
황금별자리를 찾아라

이틀 뒤 새벽 일곱 시.

상황실장으로 있는 질병관리본부장은 자기도 모르게 자꾸만 머리를 흔들었다. 그는 디지털시계의 초를 나타내는 숫자판을 보면서 뭔가를 카운트다운하고 있었다. 시계와 X-바이러스 상황판을 번갈아 보고 있던 그는 한숨을 길게 내쉬면서 이북하의 이름에 적색 펜으로 줄을 그었다. 그리고 '가족, 이틀 내로 미국행 조치'라고 적어 넣었다.

질병관리본부장은 대구에 파견된 국정원 직원으로부터 이미 현지 상황을 전해 들었다.

"부산, 양산, 김해 시민들은 모두 X-바이러스에 감염돼 사망했을 것으로 추정됩니다. 밀양에서도 소식이 끊겼습니다."

X-바이러스는 이북하가 떠난 뒤 갑자기 퍼지기 시작하여 김해와 양산을 덮치고 경남 일대로 확산되는 중이다.

질병관리본부장은 이북하가 좀 더 냉철했어야 했다며 말리지 못한 것을 후회했다. X-바이러스 감염 지역 상황판에 부산, 김해, 양산, 밀양, 울산, 창원이 붉게 칠해졌다.

윤하린은 출근 준비를 서두르면서 간간이 텔레비전을 바라보았다.

뉴스가 중국 내란으로 옮겨지는 사이, 그는 옷을 찾아 입었다. 날씨가 따뜻해져서 얇고 짧은 옷을 입어야 한다. 그러는 중에 딸 꽃님이가 잠에서 깨었다.

"엄마!"

"왜, 우리 딸? 이모할머니 일어나셨어?"

"지금 기도하셔. 아빠 무사히 돌아오시라고."

이모는 꽃님이 아빠가 누군지 알고 있다. 꽃님이는 아빠가 어떤 존재인지도 잘 모르는 데다가, 그나마 아빠는 미국에 있는 줄로만 기억한다. 어려서부터 귀에 못이 박이도록 그렇게 들었기 때문이다. 윤하린은 그런 딸에게 친아버지를 만나게 해줄 수 있을지 걱정이다. 오늘은 어떻게든 소식을 알 수 있겠지 하는 믿음이야 간절하지만, 불안한 마음은 가시질 않는다.

"우리 꽃님이, 이모할머니 말씀 잘 듣고 집에 있어야 해. 엄마, 회사나갔다가 얼른 돌아올게."

하린은 텔레비전 전원을 꺼버리고 현관을 나섰다.

한편, 이북하는 대구 동화사에서 하땅사 회장인 영사 차기하의 지도를 받으면서 수련을 시작했다. 동화사의 승려와 대중은 피신한 지

오래되었다. 수련장에는 여러 종류의 아리랑이 잔잔한 선율로, 그러면서 가슴을 휘저을 듯이 흘러나왔다.

"우리는 아리랑을 해원상생의 상징 음악으로 씁니다. 한을 삭이는 가장 훌륭한 음악이거든요. 우리 민족이 기적을 이룬 배경에는 아리랑의 힘이 컸습니다. 한을 품든 척을 지든 아리랑 한 곡이면 유순해지거든요. 용서하는 마음이 생기고요. 그래서 수련할 때는 아리랑을 틀어 놓습니다. 사실 황금부적만 찾으면 훨씬 더 쉽게 할 수 있는데 아직도 오리무중입니다. 이 과장님 어깨가 무겁습니다."

또 황금부적 이야기다. 그걸 찾기 위해 그가 나섰는데, 과연 구할 수 있을지는 아무도 모른다.

영사 차기하가 주장하는 기 수련법이란 수천 년간 산인들 사이에서 비전되어 온 아나파나 호흡법이라고 했다. 여러 가지 이름으로 전해져 온 이 수련법은 원래 선천 개벽 때 호모사피엔스로 살아남은 현대 인류들이 방어 수단으로 터득한 비법이라는 것이다. 차기하의 설명은 이러하다.

선천 개벽 때 지구가 자오선에서 축미선으로 기울면서 1년이 365.2425일이 되고, 여기저기서 땅이 솟고 꺼지는 일이 반복되고, 화산이 무수히 폭발하는 가운데 지구에는 복잡한 종류의 파장과 에너지가 터질 듯이 팽팽하게 차올랐다. 갑골문자로 새겨진 글 대부분이 귀신의 힘을 빌거나 다른 귀신을 물리쳐 달라는 등의 축사(祝史)인 걸 보면 그 당시 지구환경이 얼마나 불안했는지, 영계 또한 얼마나 요동쳤는지 알 수 있다. 그런 선천 개벽 시기에 사기를 막고 정기만 골라 받기 위해 호모사피엔스들은 임맥 독맥을 돌려 경락을 지켜야 했다.

그 뒤 수천 년에 걸쳐 지구환경이 점차 안정되자 기운은 조절되고 안정되어 굳이 기 수련을 할 필요가 없게 되었다. 이따금 더 높은 경지의 정신 능력을 얻기 위해 수련을 계속 하는 사람들이 있었지만 대부분의 사람들이 가지고 있던 기감은 퇴화했다. 철새처럼 머릿속에 자철석을 둘 필요가 없고, 연어처럼 태어난 강으로 돌아올 필요 없이 인간은 아무 곳에서나 정착해 사회를 만들어 나갔다.

방위를 알 필요도 없고, 자장을 느낄 필요도 없었다. 모든 게 바르고 순했다. 적어도 19세기가 될 때까지 인류는 기란 것을 알 필요가 없었다.

그러던 것이 20세기 들어 산업이 발달하면서 전기를 발견하고, 전자·원자 등 물리화학의 급속한 발전을 이룬 과학 문명 덕분에 극도의 기 혼란기에 접어들었다. 허공에는 수많은 방송 전파, 휴대폰 등 통신 전파, 전자 제품에서 나오는 유해 전자파, 우주선, 중력파 등이 어지러이 흘러 다녔다. 흔한 라디오파의 파장(m)은 10~1,000, 텔레비전파 1~10, 레이더 1×10^{-3}~1, 적외선 8×10^{-7}~1×10^{-3}, 자외선 1×10^{-8}~4×10^{-7}, 우주선 1×10^{-13} 이하 등 각종 파장이 갖은 영역에서 넘쳤다. 또한, 오존층이 파괴되면서 자외선이 대량으로 쏟아져 들어왔다. 각종 독성 물질이 산업이라는 이름으로 생활공간에 침투하고, 농산물 생산에도 이루 말할 수 없이 많은 농약과 화학약품이 쓰이고, 전쟁 무기로 준비된 엄청난 양의 원자핵과 수소폭탄, 생물학무기와 독가스 등이 곳곳에 배치되면서 인류는 자칫 대형 인명 사고로 이어질 위험에 스스로 노출되고 말았다. X-바이러스가 아니어도 인류 절멸 시나리오는 무궁무진하다.

21세기의 인류는 과거 수천 년간 마셔 오던 공기와 전혀 다른 공기와 물, 음식을 먹고 살아야만 했다. 인간이 호흡하는 산소도 최초의 생명체에게는 독이었다. 이처럼 오늘날의 인류는 다양한 종류의 새로운 독에 노출된 것이다. 대부분 과거 인류가 경험해보지 못한 화학물질이 포함된 것이고, 그 물질이란 곧 생명의 항상성과 균형을 해치는 것이다. 그뿐 아니라 눈과 귀, 코 등에 들어오는 환경조차 너무나 다양하고 복잡해졌다. 백 년 전의 인류만 해도 마셔본 적 없는 가스와 독한 알칼리성, 산성 물질이 인간의 자율 시스템을 뒤흔들었다. 심지어 남녀동덕의 시대를 맞으면서 함께 찾아온 난잡한 섹스 풍속으로 기의 난교류가 이루어져 심신이 파괴되고, 나아가 불치병 환자가 급증했다. 치매, 암, 정신병의 발병률이 솟구쳤다.

그런 데다가 선천의 에너지인 상극으로 사람들끼리 서로 상처 주고 빼앗고 죽이고 밀쳐낸 원한이 사무쳐 귀신의 세계까지 음습한 기운으로 꽉 차버렸다.

이런 상황에서 비전(祕傳)을 통해 겨우 명맥만 유지되어 오던 각종 기 수련법이 등장하고, 위험에 처한 일부 도가와 불도를 닦는 산인들이 적극적으로 나섰다. 그러다가 X-바이러스가 퍼지면서 더욱 급해진 것이다.

이들의 수련법은 특별한 게 아니라 온몸에 퍼져 있는 경락을 활짝 열어젖혀 외기를 들어오게도 하고 나가게도 하는 훈련이다. 임맥 독맥으로 치고 들어오는 나쁜 기운과 에너지를 물리치고, 수많은 기 중에서 몸이 받을 수 있는 좋은 기운과 에너지를 선택적으로 흡입하고,

또 그 반대로 몸에서 발생한 사기를 밖으로 몰아내기도 한다. 몇천 년 퇴화하기는 했으나 인간이라면 누구나 기본적으로 갖추고 있는 잠재 능력을 깨우는 것이다. 이북하도 그 잠재 능력을 깨워 호모사피엔스의 옛 능력을 회복해야만 한다.

이들은 기본적으로 들숨과 날숨으로 신체 리듬을 정돈한 다음 집중과 통찰을 통해 임맥과 독맥을 뚫는 수련을 했다. X-바이러스를 경험한 사람들이 그의 양옆과 앞뒤에서 손을 대고 기운을 몰아주었다.

그러자 몇 시간 안 되는 수련으로 이북하는 배 속에서 천둥 번개가 치고 내장이 뒤집히는 듯한 느낌을 받았다. 어느 순간 배 속이 텅 빈 것처럼 가뿐해졌다. 심장이 뛰고 간이 눈에 보이고, 그의 핏줄을 타고 흐르는 적혈구가 보였다.

그런 뒤에는 기운이 머리로 올라오더니 온갖 현상이 다 눈에 어른 거렸다. 봄 들판에 핀 꽃이나 풀이 가득한 꽃길을 걷는 듯한 느낌이 들기도 하고, 무지개를 타고 미끄러지는 듯 나는 쾌감이 들기도 했다. 눈에서 불이 터지는 듯하기도 하고, 귀에서 처음 들어 보는 이상한 소리들이 윙윙거리면서 울려 댔다. 나중에는 머릿속에서 무언가가 수없이 지나다니는 듯한 느낌이 들었다.

어느 순간 이북하는 자신의 몸이 많이 바뀌었다는 걸 느낄 수 있었다. 수련에 방해될까 봐 벗어 놓았던 안경을 집어 드는 순간 이북하는 맨눈으로 보는 세상이 환하게 밝아진 것을 느꼈다. 안경 없이도 똑똑하고 분명하게, 어쩌면 눈이 나빠지기 전의 어린 시절보다 더 밝게 사물이 또렷이 보이는 것 같았다. 멀리서 속삭이는 소리도 귀에 들려왔다.

이른 새벽, 이런 변화를 알리자 영사 차기하는 몇 가지 질문을 하더니 그러면 됐다면서 그를 자동차에 태우고 부산을 향해 길을 떠났다.

이북하는 이제나저제나 하면서 초조하게 부산으로 향했다. 이제 어느 지점에서 X-바이러스를 만날지 모른다. 삼랑진 나들목에 가까워질 때였다.

어느 순간, 불상의 흰 머리털(白毫, 제3의 눈)이 있는 인당 지점이 전기 자극을 받은 것처럼 찌릿찌릿했다. 기맥이 끊어질 만큼 강하다. 이윽고 프로포폴을 맞은 것처럼 머릿속이 온통 지워지는 듯하고, 아무런 감각도 느껴지지 않았다. 그러고는 잠이 들었다.

그가 깨어난 것은 여덟 시간이 지난 뒤였다. 정신이 돌아오면서 그제야 다시 감각이 느껴졌다.

예전의 감각과는 전혀 다른 듯하다. 보이지 않던 빛이 보이고, 들리지 않던 소리가 들리고, 느껴지지 않던 냄새가 맡아졌다. X-바이러스 발발 이래 야근과 특근을 하느라 물먹은 솜처럼 지쳤던 몸이 날아갈 듯 가볍다. 또한 늘 묵직하던 머리도 상쾌하고 시원하다. 과거에 겪은 일들이 질 좋은 디지털 영상처럼 생생하게 떠오르고, 생각도 빨리 돌아간다.

변화는 그뿐만이 아니다. 놀랄 만한 다른 변화가 일어났다.

"북하야, 내가 보이지?"

누군가 그를 부르는 소리가 들려 앞을 바라보니 거기 희미한 영체가 서 있었다. 가시광선이 아니지만 형체가 있다. 바로 부산 금오에 들어갔다가 사망했다는 그의 아버지다.

"아니, 아버지!"

"놀라지 마라. 이제 너는 신천지에 적응한 신인류로 다시 태어났다. 네 눈에 보이는 이 세상은 신천지다. 너는 신인류이고."

"아버지가 절 신인류로 만드셨군요?"

"음, 나뿐만 아니라 여러 신명이 널 도와주셨다. 여기 이분들이다. 고맙다고 인사드려라. 우리 신명들이 부산에서 먼저 인개벽을 시작한 것은, 마침 일본에서 신명 군대를 이끌고 들어온 저 영사가 이끄는 하땅사 회원들이 있어서 그랬다. 시험 삼아 일본에 갔다 돌아오는 저분들을 먼저 고쳐본 것이다."

아버지 옆으로 여러 영체들이 서 있었다. 말로 설명하기 어려운 묘한 형체다. 그저 빛의 존재들이라고밖에는 표현이 되지 않는다.

"한 가지 문제가 생겼다. 우리가 아무리 애를 써도 신인류의 생식 유전자는 고치질 못하고 있구나. 이렇게 되면 구인류든 신인류든 모두 멸종되고 만다. 뇌 중에서도 아주 예민한 해마와 편도체를 고치는 수준의 우리 능력으로도 생식세포만은 고치지 못하고 있다. 하땅사에서도 이 문제 때문에 고민이 많을 것이다. 황금부적이 있어야만 가능하다는데, 지금은 누구도 찾지 못하고 있다. 신인류 중에서도 그것을 찾을 수 있는 사람은 아주 드물다. 그래서 내가 나섰던 건데, 나도 실패했다."

"제가 성공할 수 있을까요?"

"북하야, X-바이러스 확산 속도가 일정치 않은 것은 신명들이 너무 모자라서 그렇고, 결정적으로 황금부적이 없어서 그렇다. 옛날 금오천제석이 준비한 신명 군대도 알고 보니 수천 명밖에 되지 않더라. 하늘에서 아주 큰 전쟁이 일어나 신명이 많이 죽었단다. 여기 없는 나머지 귀신들은 다 죽어서 이곳에 없다. 영계가 텅 빈 셈이지. 다른 차원으로 쫓겨 간 귀신들도 신명이 되는 수련을 하느라 정신이 없다. 네가 어서 황금부적을 찾아야 이 사태를 빨리 진정시킬 수 있다. 만일 우리가 생식세포가 살아 있는 신인류를 많이 만들어 내지 못하면, 현재 인류는 다 죽게 된다. 웬만큼 살려 놓을 수는 있지만 생식이 불가능하여 대가 완전히 끊어진다. 멸종이 되는 것이다. 인류 역사가 끝나는 것이다."

그때 영사 차기하가 대신 설명했다.

"지금 이곳 부산에도 신인류는 아니지만 살아 있는 사람들이 꽤 있습니다. 하지만 Y유전자가 정상 진화되지 못하고 저절로 파괴되었습니다. 생식기능이 다 사라지는 겁니다. 아마 백 년 안에 구인류든 신인류든 멸종될 겁니다."

그럴수록 황금부적을 빨리 찾아야 한다.

"아버지, 겨우 몇 시간 수련해서 적응할 수 있다면 누구나 살아날 수 있는 것 아닙니까?"

"아니다. 수련만으로 하자면 최소 몇 년은 해야 겨우 그 경지에 이를 수 있다. 나는 수십 년 수련을 하고도 몸을 잃었다. 네가 몇 시간 만에 신인류가 된 것은 네 힘으로 된 것이 아니라 나하고 함께 수련을 한 여러 하땅사 회원과 이곳 신명들이 처음부터 힘껏 도왔기 때문이다. 그러니 너는 신공(神功)으로 소주천(小周天), 대주천(大周天)을 연 것이지 네 힘만으로 연 게 아니다. 그러고도 널 부산으로 들여보내기 위해 네 단전에 소약(小藥)을 다져 충맥(衝脈)을 열어젖히고, 그다음 대약(大藥)을 다져 도체(道體)가 되게 했다. 그 은혜를 잊어서는 안 된다. 또한 그렇더라도 너는 완전한 신인류가 아니다. 결정적으로 너도 생식세포가 없다. 이 시대의 아담과 이브가 있어야 하는데, 우린 그 한 쌍도 갖고 있지 못했구나."

"그래도 돌아가신 아버지를 이렇게 뵐 수 있다니 꿈만 같아요. 아버지, 또 여쭐게요. 그럼 X-바이러스란 대체 뭡니까?"

"하하하. 이 아비가 바로 X-바이러스고, 신명들이 다 X-바이러스다. 땅에서 이런 일이 있기 훨씬 전에 영계에서 먼저 X-바이러스 같은 게 휩쓸고 지나갔다. 그때 천신들이 다녀갔지. 그러는 사이 얼마나 많은 귀신이 죽었는지 모른다. 하린이 아버지, 할아버지도 그때 죽었다더라. 그때 잠깐 딸의 몸으로 피신한 적이 있었다만 곧 붙들려 나와 죽었다더라. 이렇게 영혼들이 다 정리된 다음 이번에는 인간을 휩쓸기 시작했다. 죽이고자 한 것이 아니라 살리려 한 것이 그만 그렇게 된 것이지. 세상은 신천지로 바뀌어 가는데 어떻게 자비심을 가진 신명으로서 그냥 있을 수가 있겠느냐. 그래, 하나라도 더 살려보려고 애쓴 게 고작 이 정도다."

새 땅이 열리기 전 하늘도 묵은 하늘을 버리고 새 하늘이 됐다는 말이다.

이제는 영사 차기하나 그의 아버지가 설명하지 않아도 진실이 또렷이 드러난다. 눈앞에 실체로서 보인다. 실은 그의 아버지가 이북하의 뇌를 향해 쏘아 주는 이미지이기도 하다. 말없이 이뤄진 그의 설명은 이러하다.

X-바이러스가 몰고 온 이 현상은 하루 이틀에 생긴 게 아니라 오래

전에 뿌린 씨앗이 싹터 잎이 오르고 꽃이 피고 열매가 맺히는 것이라는 사실을 겨우 알아차린 것이다.

돌이켜 보면 오늘의 이 사건은 실로 백수십 년 전 인물 금오 천제석으로부터 시작되었다. 그는 1901년부터 1909년까지 약 9년간 묵은 하늘을 뜯어고쳐 새 하늘을 만들고, 새 땅의 도수를 놓겠다며 전국을 돌아다녔다.

그가 묵은 하늘, 묵은 땅을 뜯어고친다며 분주히 돌아다니긴 했지만 막상 당대에는 아무런 변화가 일어나지 않았다. 개벽을 기다리다 지친 제자들은 그를 비웃기 일쑤였다. 욕을 하고 험담하는 사람도 많았다. 견디기 어려운 제자들이 하소연하자 그는 이렇게 말했다.

"남의 비소(鼻笑, 비웃음)를 비수(匕首)로 알며, 남의 조소(嘲笑)를 조수(潮水)로 알아라. 대장은 비수를 얻어야 적진을 헤쳐 나가며, 용은 조수를 얻어야 하늘에 오른다. 남의 비소와 조소를 잘 쌓아 두면 쓸 때 크게 쓸 것이니 꾹 참아야 한다. 하늘땅을 고치는데 아무렴 하루 이틀에 되랴."

하지만 "더디구나, 참 더디구나" 하면서 그 자신도 한숨을 쉬었다. 세상만사 다 때가 있는데 그때가 되기 전에는 하늘도 하지 못하는 일이 있는 것이다.

천제석은 9년에 걸친 천지공사 중 묵은 하늘을 뜯어고치고 나서 묵은 땅을 마저 고쳤는데, 여기에도 사연이 있다. 그는 물질을 개벽시켜 세상을 바꾸겠다고 천지공사를 추진한 것이다. 사실 새 하늘을 연다는 게 무슨 뜻인지, 새 땅을 연다는 게 무슨 말인지 그를 따르는 사람들조차 잘 알지 못했다. 천제석도 굳이 설명하지 않았다. 2,600년 전의 붓다 역시 "할 말이 너무 많지만 말할 수 없는 진실이 너무 많다." 라며 죽기 직전에는 "나는 한 마디도 설법하지 않았다."라는 극단적인 표현까지 했다.

금오 천제석은 이따금 하늘을 바라보면서 "저 하늘은 다 가짜야. 너희들이 보는 하늘이란 그림자나 메아리처럼 무상한 거야. 없는 거지. 진짜가 아니란 말이야. 그래서 내가 진짜 하늘을 만들어 줄 거야." 라고 하면서 묵묵히 천지공사를 치렀다. 다만 사람들은 묵은 땅을 바꾸어 새 땅으로 만든다는 말만은 대체로 알아들을 수가 있었다. 그래서 보리쌀도 갖다 내고, 한지도 사다 바치고, 빨간 팥도 사 오라면 사다 주고, 부적에 쓸 주사를 사 오라면 사다 주는 사람들이 있었다. 그러면서 그들은 천지개벽이 일어나기만을 초조하게 기다렸다.

천제석이 하늘을 바꾼다고 한 건 그간 홀로그램처럼 매트릭스처럼 거짓으로 나타나고 펼쳐지는 세상을 바로잡겠다는 말이었다. 그가 내건 새 하늘 새 땅에서 벌어지는 현상은 이런 것이다.

─남성과 여성이 같은 지위를 찾아야 한다.

─남을 죽이며 상극하는 세상이 아니라, 사람들 사이에 맺힌 한을 풀어 주고 남을 돕고 보시하고 적선하며 상생하는 사람이 잘 사는 세상이 된다.

─굶는 사람이 없는 세상이다.

─귀천이 없으니 신분 차별이 없다.

─웬만한 병은 다 고친다.

─도술을 배울 필요가 없다. 누구나 신통력을 가져 천 리, 만 리도 잠깐 사이에 가고, 아무리 멀리 떨어져 있어도 옆에 있는 것처럼

보고 말할 수 있다.

—하느님을 자칭하는 자들은 다 망한다.

—새 하늘, 새 땅을 지나 새 사람까지 완성되면 족보가 사라진다.

먼저 여성을 보자.

금오 천제석은 남녀평등, 음양동덕(陰陽同德)에 대해 가장 많은 예언을 남겼다.

어느 날 천제석은 제자들에게 일러 여자를 구해 오라고 청했다.

제자들이 나가서 여자를 구해보았으나 마침 월경 중인 창녀밖에 없어서 오늘은 구하기 어렵다고 알렸다.

"내가 바로 그런 여자를 찾았으니 청해 데려오시오."

이날 그는 이 여자와 밤을 함께 지냈다.

이튿날 그가 방에서 나오는데 옷자락마다 피가 묻지 않은 곳이 없을 만큼 시뻘겠다. 제자들이 부끄러워하자 그는 제자들을 나무랐다.

"새 하늘은 정음정양의 시대라. 남자와 여자가 차별 없이 공평하니 내가 여자들이 겪는 월경의 고통을 거두었다."

"그러면 여자도 남자처럼 됩니까?"

"선천은 양을 체로 삼고 음을 용했지만, 내 세상 후천에서는 음을 체로 삼고 양을 용할 것이다."

이 밖에도 그는 천지공사를 할 때 이따금 여자를 불러 옆에 세워 놓거나 마치 증인처럼 보이는 일이 많았다. 그때마다 제자들이 까닭을 물으면 그는 이렇게 대답했다.

"기울어진 곤도(坤道)가 바로 서야 후천 세상이 올 것이니, 음양동덕하게 하려고 내가 여자의 기운을 공사에 쓰고자 하는 것이다. 새 하늘에서 곤도를 무시하는 자는 다 망한다."

여성의 지위가 남성과 같아지는 것이 바로 새 하늘 새 땅의 증거다. 천제석이 활동하던 20세기 초나 19세기 말은 여성에게 어떠한 권리도 주어지지 않던 남존여비의 끔찍한 시대다. 이러한 때에 그는 새 하늘 새 땅에서는 남자와 여자가 똑같은 권리를 누린다는 깜짝 놀랄 예언을 한 것이다. 그는 늘 상극하는 묵은 하늘을 뜯어고치려면 상생하는 새 하늘을 여는 수밖에 없다고 말했는데, 바로 여성이야말로 자신의 피와 살로 자식을 잉태하고, 분만하고 나서도 자신의 몸을 젖으로 짜 먹이는 상생의 본체이므로 여성을 새 하늘 새 땅의 주인으로 삼겠다고 선언했다.

그가 두 번째로 내세운 말은 상극하는 대신 상생하는 세상을 만들겠다는 것이다.

어느 날 그는 제자들에게 대장간에 가서 긴 칼을 하나 벼려 오라고 시켰다.

제자들이 칼을 벼려 오자 그걸 그가 미리 그려 놓은 부적으로 감싸 산에 갖다 묻으라고 했다.

"풀무질하고 단련하여 어렵게 벼려 온 칼을 왜 산에 갖다 묻으라 하십니까?"

"이제 사람을 많이 죽이는 영웅은 내가 그 기운을 거두겠다. 앞으로 새 하늘, 새 땅에서는 상극하는 영웅이 아니라 상생하는 성인이 필요하다. 새 세상에서는 자기 탐욕을 버리고 남을 돕는 자가 영웅이다."

"무슨 말씀이신지요?"

"상극의 기운이 지배하는 선천 하늘에서는 악으로 먹고사는 웅패 (雄覇)의 세상이었다. 그러나 내가 열어젖힐 새 하늘 후천은 상생의 기운으로 움직일 것이니 선으로 먹고사는 성현의 세상이 되리라."

그의 말대로 아돌프 히틀러, 무솔리니, 도조 히데키 등은 처참하게 패망했다. 어떤 독재자도 영광을 누리지 못했다.

물론 그가 열어젖힌 새 하늘은 바로 열리지 않았다. 새 땅도 생기지 않고, 새 사람도 나타나지 않았다.

그가 간 뒤 일본은 난징대학살이란 만행을 저지르고, 독일은 유대 인을 무참히 학살했다. 도쿄에 네이팜탄이 비 오듯이 쏟아져 수백만 명이 죽거나 흩어지고, 히로시마와 나가사키에는 인류 최초의 핵폭탄 이 떨어져 수십만 명이 단숨에 불에 타 죽었다. 그때 영계에서 신명들 이 마구 죽어 나갔다는 게 바로 이런 전쟁과 맞물린다. 잇따른 6·25전 쟁, 월남전, 아프가니스탄과 이라크, 시리아에서 벌어지는 전쟁은 묵 은 하늘의 마지막 발악이다. 도수가 다 차지 못해서 그렇다.

이처럼 수천 년간 그치지 않고 벌어진 전쟁, 폭력, 착취, 질병, 재난 등으로 사람들의 비명과 원한이 하늘에 사무치기에 그가 하늘에서 부득이 내려왔다는 것이다. 이는 상극의 선천 오탁악세(五濁惡世)[2]를

---

2) 세상을 더럽힌 다섯 가지 악. 겁탁(劫濁), 물의 재난으로 기근이 일어나고 악성 전염병이 유행하는 세상. 견탁(見濁), 삿되고 악한 사상과 견해를 가진 무리가 세력을 얻는 것. 번뇌탁(煩惱濁), 남의 물 건을 탐내며 권세와 명예에 욕심내는 것. 중생탁(衆生濁), 견탁의 세상을 좋아하고 번뇌탁의 세상에 사로잡힌 사람들. 마지막으로 명탁(命濁), 사람의 수명이 점점 짧아져 가는 세상. 선천의 상징이다.

뒤엎어 사람과 귀신이 품고 있는 원한을 풀어 주고, 서로 돕는 상생으로 새 세상을 열기 위한 것이다.

그다음으로 천제석이 새 하늘의 특징으로 강조한 것은 굶어 죽는 사람이 없게 한다는 것이다.

물론 새 하늘 새 땅이 되기 전에는 복지가 완전히 구축된 것은 아니지만, 그는 이 공사를 따로 진행했다.

천제석은 49일 내내 밥상을 받으면서도 한 끼도 먹지 않았다. 제자들이 나서서 제발 밥 좀 먹고 기운을 내시라고 사정해도 일부러 단식했다. 그 까닭을 묻자 그는 이렇게 대답했다.

"내가 49일간 굶음으로써 복 없는 선천 중생들에게 밥을 먹고 살 수 있는 식록(食祿) 식신(食神)을 대신 붙였다. 다가오는 새 하늘 새 땅에는 굶어 죽는 자가 없으리라. 선천 내내 이를 보는 하늘이 몹시 아파했다."

선천 세상에서 기아로 죽은 인류는 엄청나다. 중국에서는 1958년에 마오쩌둥의 참새 박멸 명령으로 대흉년이 거듭되어 1960년까지 4천만 명이 굶어 죽는 변고가 일어났다. 북한에서도 그들이 말하는 '고난의 기간' 동안 수백만 명이 굶어 죽었다고 한다.

굶어 죽지는 않더라도 하루 한 끼 혹은 두 끼로만 사는 사람들이 수없이 많았다. 그래서 그는 사람으로서 먹지 못해 배고픔으로 고통받는 일이 없도록 하겠다며 이에 대한 공사를 한 것이다. 그가 돌린 도수가 한 바퀴 돌면 기아가 다 사라질지도 모른다.

지금 새 하늘 새 땅으로 가는 길이지만 벌써 물질 혁명이 일어나 농산물이 풍부해지고, 곡물 생산량도 획기적으로 늘었다. 그가 천지공사를 하던 1901년에서 1909년경 세계 인구는 약 10억 명이었지만 굶어 죽는 사람들이 많았다. 하지만 75억 인구로 늘어난 지금은 도리어 식량이 남아돌아 미식이니 레시피니 하면서 맛을 추구하는 시대가 되었다. 하지만 아프리카 등 지구촌 변두리에는 굶는 사람이 아직도 있으니, 새 하늘 새 땅이 다 열리지 않은 탓이다. 화학 실험에서도 임계치에 맞는 온도와 양을 갖추더라도 반응 시간이라는 걸 기다려야 한다. 임계 온도와 질량, 임계 에너지를 갖춰도 마찬가지다. 손무는 20년 걸려 『손자병법』을 썼고, 오원은 30년 만에 아버지와 형의 원수를 무찔렀다. 안중근은 이토 히로부미만 죽이면 금세 독립이 될 줄 알고 목숨을 던졌지만 36년이 더 지나서야 겨우 해방이 되었다. 하물며 하늘의 일이랴.

그다음으로 천제석은 귀천과 신분 차별이 없어질 것이라고 했다. 그의 시대에 대부분의 봉건 왕정 국가가 무너지고 대신 민주주의가 자리 잡으면서 이런 문제는 거의 다 없어졌다.

그는 언제나 노비들에게 공손히 대했다. 그뿐 아니라 그들을 공경하기까지 해서 그 일로 몹시 심기가 불편해진 양반 출신 제자들이 자주 항의했다.

"노비는 노비일 뿐인데, 하늘이신 선생님께서 그들에게 머리를 숙이시니 보기 민망합니다. 조상 대대로 내려온 신분을 무슨 수로 바꿉니까?"

"나는 노비에게 고개 숙인 적이 없다."

"아니 무슨 말씀입니까? 심부름 오는 종이고, 머슴이고, 노복이고

다 잘 대해주시지 않으셨습니까?"

"그런가? 너희한테는 그 사람들이 노비로 보일지 몰라도 내게는 노비가 아니다. 내 세상에는 적자와 서자도 없고, 양반과 상놈도 없고, 천민과 노비도 없다. 내 세상에서는 사람이 곧 하늘이다(人乃天)."

그래도 칼날같이 엄격한 계급사회에서 살아온 제자들은 무슨 말인지 이해하지 못했다.

"나는 상놈의 도수를 짓는다."

"무슨 말씀이신지?"

"선천은 화려하게 꾸미는 걸 좋아하지만 내 세상은 간소한 걸 펴고, 선천에서는 예의범절이 복잡하고 불편하지만 내 세상은 매사 편안하고, 선천에서는 쓸데없이 위엄을 내보이려 애쓰지만 내 세상은 즐겁게 웃고 떠들며, 선천에서는 점잖은 걸 내세우지만 내 세상은 다정하게 어울리고, 선천에서는 속이 비지만 내 세상은 속이 알차고, 선천에서는 호젓하고 쓸쓸하지만 내 세상은 어깨동무하며 함께 기쁨을 나눌 것이다."

"그렇게 천박한 세상이라니요? 그런 개벽이면 우리에게 좋을 것도 없잖습니까?"

"후천에는 너희 양반들이 무시하고 부리던 상놈들이 출세한다. 그렇게 해서 떨어져 나간 양반 제자가 한둘이 아니다."

천제석의 주장은 사실대로 이뤄졌다. 이처럼 인권이 현실화된다고 믿은 사람이 당시에는 아무도 없었다. 제자들조차 믿지 않았다.

또한, 그는 웬만한 병은 다 고친다고 주장했다.

어느 날 그의 눈에 갑자기 백태가 끼면서 앞이 보이지 않게 되었다.

"눈이 보이지 않는구나."

제자들이 달려들어 이마를 만져보고 눈꺼풀을 까보면서 걱정했다.

그는 제자들을 물리치고 가까이 오지 못하게 했다. 그러고는 홀로 신음했다.

한참 동안 눈물을 흘리면서 괴로워하던 그는 스스로 백태를 벗겨냈다. 그러자 눈이 밝아졌다.

"아니, 어째서 그렇게 큰 병에 걸렸습니까?"

"내 몸이 천지에 있고 내 눈이 일월에 있건만 나를 보지 못하는 사람이 있어 너무나 불쌍하구나. 앞으로 내 세상에서는 눈이 먼 사람도 모두 눈을 뜰 것이다."

제자들은 이 말이 무슨 뜻인지 알지 못했다. 따라다니는 제자들조차 천제석이 누군지 바로 보지 못한다는 뜻이었으니, 곧 자기 안의 불성(佛性)을 보라고 꾸짖은 붓다의 말과 다르지 않다.

어느 날 그는 몹시 아픈 병에 걸렸다. 아예 방에 누워 몸을 움직이지 못할 정도였다.

"내가 무슨 병에 걸렸지?"

"황달 같습니다."

그러고 나면 그는 또 다른 증세로 병을 앓으면서 신음을 냈다. 어떤 때는 열이 펄펄 올라 땀을 철철 흘리고, 어떤 때는 숨을 헐떡거리다가 가래를 캑캑 내뱉고, 또 어떤 때는 사지를 뒤틀며 괴로워했다.

"내가 무슨 병에 걸렸지?"

그러면 제자들은 그 증세를 보아 가며 병명을 대었다.

그러기를 수십 번. 한 가지 병을 앓는 데 걸린 시간은 대략 두어 시간으로 수십 가지 병명이 나오도록 며칠간 쉬지 않고 병을 앓았다.

모든 병을 골고루 앓은 다음에야 그는 제자들이 왜 그런 병을 앓았느냐고 묻는 말에 이렇게 대답했다.

"천하 억조창생이 질병으로 고통받는 것이 가여워 내가 그 병을 다 대속했다. 앞으로 후천이 열리면 고치지 못할 병이 없게 될 것이다. 짐승도 식물도 병 없이 산다."

오늘날 실제로 완치 가능한 질병이 엄청나게 늘었다. 난치병, 불치병이라던 질병도 치료 가능한 수준으로 의술이 발전했다.

그다음으로 천제석은 도술 따위가 필요 없는 세상이 된다고 말했다. 부처의 육신통 정도는 어린애도 다 할 수 있는 세상이 온다고 말했다. 과연 스마트폰으로 천리안처럼 세계 곳곳을 구경하고, 아무리 먼 나라에 있어도 대화할 수 있게 되었다. 게다가 축지법을 모르고도 비행기, 배, 자동차, 기차, 우주선으로 어디든 갈 수 있다.

어느 날 제자가 도술을 가르쳐달라고 청했다.

"하늘은 도수(度數)를 짜지 도술 같은 건 안 쓴다. 너는 내가 도수를 가르쳐주어도 바위에 물을 뿌리는 것과 같으니 다 소용없는 짓이다. 도수는 하늘만이 쓰는 기술이다."

"도수 배우기가 그렇게 어렵습니까?"

"도수는 하늘 일이라, 이 세상에서는 아무리 큰일이라도 도수에 맞지 않으면 허사가 되고, 아무리 작아 보이는 일이라도 도수에 맞으면 마침내 크게 이루어진다. 너, 도수 하나 돌리느라 천 년을 기다릴 수 있느냐?"

"수명이 있는데요?"

"그래서 인간은 도수를 쓸 수가 없다. 하늘은 작은 일 하나 짜는 데도 백 년, 천 년은 잠시 잠깐이다."

"그래도 훗날을 위해 쓸 수도 있지요? 은행나무 묘목을 심는 것처럼요."

"내 세상에는 운거(하늘을 나는 자동차, 즉 비행기)가 있으니 축지술 따위를 배울 필요가 없다. 내 세상에서는 물을 젓지 않고도 배를 움직이니 차력술도 배울 필요가 없다. 내 세상에서는 한 손가락을 튕겨서 만 리 밖의 군함도 깨뜨릴 수 있고, 숫가지(수효를 셈하는 막대기. 산가지) 하나를 움직여 백만 병사를 물리칠 수도 있다. 내 세상에서는 방에 가만히 앉아 지필묵으로 평천하를 한다. 은행나무를 심어 놓고 평생 기다리지 않고 금세 열리게 한다."

그는 하느님(옥황상제)을 참칭하는 자들은 다 망한다고 강조했다.

어느 날, 그는 종이를 여러 장 오려서 조각마다 옥황상제라고 썼다. 그러고는 변소에 다닐 때마다 이 종이로 뒤를 닦았다.

제자들이 깜짝 놀라 그 까닭을 물었다.

"아니, 옥황상제로 뒤를 닦다니 어찌 된 일입니까? 큰일 납니다."

"내 세상이 오기 전에 옥황상제를 참칭하는 자가 넘칠 것이니 내가 미리 그 가짜들의 목을 끊고 몸을 찢어버린 것이다. 앞으로 하늘에 어그러지고, 도에 어그러지는 자가 있으면 패가망신할 것이다. 내 이 점을 경계하는 공사를 했다."

천제석이 이 땅을 다녀간 이후 자신이 하느님이라고 참칭하는 이들이 많고, 지금도 있다.

또한, 그는 장차 새 하늘 새 땅에서는 족보가 사라진다고도 했다. 학연, 지연, 혈연이 없는 세상이 열린다는 의미이나 아직 완성되지는 않았다. 호적이 사라지고, 족보가 중요하지 않게 되었지만 아직 흔적이 남아 있다. 새 하늘, 새 땅에서 새 사람이 되면 전혀 달라질 개념이다.

그는 조선 사람이라면 누구나 목숨보다 더 소중히 여기는 족보를 불살라버렸다.

"족보에 매달리지 말고 새 하늘, 새 땅에서 새 사람으로 일어나야 한다. 천하 모든 성씨의 족보를 다시 시작하는 세상이 올 것이다. 머지않아 천이 개벽하고, 지가 개벽하고, 마지막으로 인이 개벽하는 새 시대가 올 것이다. 새 시대의 인간은 과거 선천의 인간과는 전혀 다른 신인류가 되므로 족보 자체가 의미 없다."

"그러면 지금 족보는 아주 없어지나요?"

"내 세상에서는 천하 만성의 족보를 새로 쓰기 시작할 것이다. 선천의 나라와 민족도 다 사라진다."

나중에 천제석의 사상을 이어받은 사람 중 한 명인 박중빈은 '물질이 개벽하니 정신을 개벽하자'는 슬로건을 내걸었는데, 새 하늘 새 땅에 이어 새 사람이 되자는 의미였다. 그렇지만 누구도 생식세포가 정상 유전되는, 그래서 완전한 신인류가 되는 법에 대해서는 들은 바도 없고 아는 바도 없다.

이북하의 아버지는 이러한 이야기를 길게 설명하면서 지금이 바로 새 하늘 새 땅이 열리는 시점이고, 아울러 새 사람이 태어나기 시작하는 그날, 즉 한 도수가 돌아온 때라고 강조했다. 아버지의 말 없는 말이 이북하의 뇌에 잘 전달되었다. 마치 잡음 없이 들리는 깨끗한 주파수의 라디오 같다.

"금오 천제석이 천지공사 때 준비해둔 신명들이 그동안 묵은 하늘을 뜯어내고 새 하늘을 여느라 아주 바빴다. 천제석이 하늘로 돌아간 뒤 직접 일으킨 신명의 전쟁으로, 하늘에서는 아주 큰 전쟁이 벌어졌단다. 1차 세계대전과 2차 세계대전, 그때 하늘에서도 묵은 신명들을 몰아내는 전쟁이 벌어졌다. 새 하늘을 연 이 신명들은 한이 있는 분들이 아니고 나라 걱정하고 후손 걱정하고 자비심과 보시 공덕이 넘치는 신명들이어서 그간 부단한 노력으로 X-바이러스 역할을 해내신 거다."

"그러면 신명들이 곧 X-바이러스가 되어 묵은 사람을 새 사람으로 바꿔주신 거군요?"

"오늘의 하늘은 그동안 보아 온 그 묵은 하늘이 아니다. 이곳은 인류도 신명도 경험해보지 못한 전혀 다른 하늘이다. 또한, 이런 하늘 아래서 땅은 완전히 변한다. 이미 지진이 수없이 일어나며 묵은 땅이 가라앉고 새 땅이 일어서고 있다. 미국, 일본, 중국, 중동, 유럽의 지형이 뒤바뀐다. 산이 바다가 되고, 바다가 산이 된다. 섬이 가라앉고 땅이 솟아오른다. 그런 새 하늘, 새 땅에 바로 신인류인 새 사람이 탄생하는 것이다. 지금 우리 신명들이 아주 바쁘고 초조하다. 신인류가 생식능력을 갖추지 못하면 아무 소용이 없기 때문이다."

지금 이북하는 입을 열지 않고도 말할 수 있고, 귀를 막아도 그의 아버지가 하는 말을 들을 수 있다.

"아버지가 하시는 일은 구체적으로 무엇입니까? 어떻게 신인류를 만드는데요? 황금부적만 있으면 저절로 됩니까?"

"얘야, 나는 이제 네가 알던 그 아버지가 아니다. 내가 비록 너처럼 두뇌를 갖고 있지는 않지만 나는 지금 하늘 뇌와 연결되어 있어서 모든 걸 다 알 수 있단다. 우리 신명들이 멋대로 인간의 머리를 만지는 것이 아니라 매뉴얼로 잘 정리되어 있어 한 치도 빈틈없이 공사를 한다. 인간의 뇌에 있는 송과체를 고쳐 인간도 이제는 서로 파동으로 통신하고, 나아가 우주뇌(宇宙腦)에 쉽게 접속할 수 있는 천안통(天眼通), 천이통(天耳通)의 안테나를 갖게 된단다. 하늘과 직접 통하는 거지. 그리고 호모사피엔스가 갖고 있던 해마의 신경세포는 1천만 개인데, 그걸 1억 개로 늘리는 중이다. 신경세포 하나마다 수만 개의 시냅스를 연결할 수 있으니, 해마 신경세포가 좌해마 우해마 각 5천만 개씩 모두 1억 개로 늘면 그 조합이 어떤지 인간의 두뇌로는 상상이 미치지 못할 것이다. 그러고도 주로 대뇌 좌뇌와 우뇌를 물갈퀴처럼 잇는 뇌량이 해마 두 가닥 사이에 생겨 1천만 개의 신경세포를 따로 가지니, 1천만×5천만^{20000}×5천만^{20000}이 된다. 이런 뇌를 만들기 위해 우리는 유전자를 손질하고, 이런 뇌를 감당할 수 있는 몸으로 고치는 것이다. 다만 생식세포, Y유전자는 손을 대지 못하고 있다."

"상상이 가지 않습니다."

"우리가 하는 일은 침팬지를 사람으로 만들고, 여러 원인류를 호모 사피엔스로 만들던 지난 개벽 때만큼이나 놀라운 일이지."

"아버지, 그런데 왜 공사를 하시는 중에 죽는 사람도 나옵니까? 다 바꿔주지 않고요."

그의 아버지는 잠시 슬픈 표정을 지었다. 실제로 얼굴이 그런 게 아니라 그 슬픈 마음이 그대로 전달된다. 팩시밀리처럼 상대의 감정 코드가 이쪽의 감정 코드에 그대로 찍힌다.

"이유가 있다. 너 혹시 붓다가 가장 많이 한 말이 뭔지 아느냐?"

"열심히 수행하여 반야를 깨우쳐라, 아닙니까?"

"그거야 비구들에게 한 말이고, 사람마다 다 반야를 깨우칠 수 없으니 문제 아니냐. 그래서 붓다는 일반 사람들에게는 보시하라, 자비심을 가져라, 이렇게 강조하셨다. 그걸 선업이며 공덕이라고 말씀하셨지. 예수는 뭐라고 했느냐. 마태복음에 보면 이웃에게 잘하는 건 물론 원수에게 먼저 인사하고 말을 걸라고 하셨다. 마음에서 우러나오는 진실한 대화를 나눠라. 원수에게 미소를 지어라. 원수와 나란히 앉아서 식사하라. 원수를 도와라. 원수의 친구가 되어라."

"성인들의 말씀은 하나로 통하는군요."

"그렇다마다. 금오 선생도 마찬가지다. 그분은 진짜 하늘에서 내려온 천신이었다. 그러니 누구보다 그 이치를 잘 알았을 것 아니냐. 그래서 말마다 적선하라, 적선하라, 적선하라 말씀하셨다. 그래야 후천 개벽 세상에서 살아남는다, 그렇게 말했건만 사람들은 그 말이 무슨 뜻인지 잘 알아듣지 못했다. 금오에게 재산 갖다 바치라는 말이 아니라 서로서로 도우라는 뜻이었다."

"좋은 일 한다고 누가 그걸 기억하거나 적어 놓나요? 보시하고 적선하는 게 좋은 줄은 다 알지만 하늘이 보지 않으니 몰래 도둑질하고, 거짓말하는 거지요."

"나도 그런 줄 알았다. 하지만 그게 아니더라. 이번에 공사를 하며 사람들의 뇌량을 보니 그게 증거더라. 보시 적선을 많이 한 사람의 뇌량은 보통 사람들보다 10퍼센트 더 두껍더라. 대뇌 뇌량은 신경세포가 10억 개다. 그게 10퍼센트 더 크다는 건 어마어마한 차이란다. 그런 사람은 통찰력이 생기고 창의력이 더 커져서 저절로 복을 받고 행복하게, 지혜롭게 살더라. 뇌가 뭐냐. 바로 그 사람의 기억을 기록하는 저장 장치 아니냐. 모든 게 빠짐없이 적혀 있단다. 우린 구인류를 들여다보면 그 사람의 기억을 다 읽을 수 있다. 마치 블랙박스를 들여다보듯 그 사람의 모든 것을 알 수 있다."

"숙명통(宿命通)이 터진 거네요. 앞으로 세상에서는 누구도 거짓말 못 하네요?"

설명을 들을수록 놀랍다.

정말 상상 그 이상이다. 지금 이북하의 눈에는 윤하린, 이리화, 황부영, 아들과 딸 등 가족들이 지나간 여러 생에 걸쳐 어떤 관계를 맺어 왔는지 잘 보인다. 영화 필름처럼 낱낱이 잘 보인다.

"그렇다. 하늘은 아주 작은 일조차 빈틈이 없다, 물샐틈없다, 그렇게만 알면 된다. 신인류의 뇌량이 이제는 해마에서부터 대뇌까지 연결되어 더 두터워지니 앞으로 너 자신이 어떤 사람이 될지 상상이 가지 않느냐?"

"네안데르탈인과 호모사피엔스의 차이보다 더 크겠어요."

"그 정도가 아니다. 침팬지에서 원인류가 나와 지금까지 진화했지만 호모사피엔스와 침팬지의 유전자 차이는 겨우 1.3퍼센트밖에 안 된다. 그러나 인간의 해마 뉴런은 계속 성장하고, 침팬지는 발생과 동시에 멎는다. 이 차이가 그렇게 크다. 그러니 이번에 나오는 신인류도 구인류와 어마어마한 차이가 날 것이다. 네 눈만 해도 구인류가 가진 원추세포 세 가지에 노랑 한 가지를 더 넣었을 뿐이다. 하지만 구인류가 100만 가지 색을 보고, 너는 1억 가지 색깔을 본다. 다른 모든 분야에서 네 능력은 구인류와 비교할 수 없을 만큼 뛰어나단다."

100만 대 1억, 모든 분야에서 그런 차이가 난다는 말 아닌가. 이북하는 저도 모르게 자신의 머리를 만져보았다. 뭔가 달라진 느낌도 있다.

"아버지, 그런데 왜 X-바이러스가 검출되지 않는 건가요? 엄연히 존재하는데요?"

"우리 신명은 의료용 방역복이나 우주복을 투과할 수 있고, 유리창, 쇠붙이도 지나다닐 만큼 작다. 바윗덩어리도, 우리에게는 기차 터널 같은 큰 구멍이 숭숭 뚫려 있는 성긴 그물로 보인다. 또한, 우리에게는 시간도 공간도 없단다. 인간 세상에 존재하는 어떤 물리법칙도 신명을 설명할 수 없다. 암흑 물질이요, 암흑 에너지다. 그러하니 인간들이 영혼을 검출하기 전에는 X-바이러스를 검출한다는 것 역시 어림없는 일이지.

분자는 10^{-6}m, 원자는 10^{-10}m, 원자핵은 10^{-15}m, 양성자와 중성자는 10^{-18}m, 원자핵을 이루는 6개의 쿼크(quark)는 10^{-19}m이다. 그보다 작은 건 입자가속기로도 관측할 수 없다. 더구나 우리는 소립자 수준으로 변신이 가능한데 그러면서도 수명이 10^{-22}초라서 시공간 이동이

가능하다. 구인류 기술로는 절대로 볼 수 없다."

이북하는 아직도 자신의 능력이 어디까지인지 상상이 가지 않는다.

"아버지, 이제는 죽은 사람을 누구나 볼 수 있나요?"

"네가 볼 수 있는 것은 영계의 흔한 신명들이고, 더 높은 차원의 천신들은 아직 볼 수 없다. 다만 해원되지 못한 묵은 하늘의 원혼들은 그동안 다른 세상으로 다 떠났다. 새 하늘에서는 원한을 가진 영혼들이 견딜 수가 없기 때문이란다. 오죽하면 전쟁이 나서 다 쫓겨났겠느냐."

"저는 X-바이러스가 어마어마하게 많을 줄 알았는데 의외로 많지는 않네요?"

이북하의 눈에는 그리 많지 않은 신명들만 보였다. 그들이 부산이 아닌 어디에 있든 존재는 느낄 수 있었다.

"인간들이 이렇게 무수히 쓰러져 죽는 것처럼 영계의 귀신들 또한 어마어마하게 죽어 나갔다. 천제석이 하늘로 돌아가자마자 큰 전쟁이 일어났다. 그동안 해원되지 못한 귀신들은 그 전쟁에서 다 죽었다. 그러기에 그토록 천지공사를 하고, 천지굿을 하면서 해원하라, 해원하라, 척지지 마라, 적선하라고 자꾸 말씀하신 거다. 증오, 원망, 원한을 가진 사람이나 귀신은 새 하늘 새 땅에 맞는 새 사람이 될 수 없단다."

"귀신도 죽는다? 아무리 원한이 깊다 해도, 영혼은 불멸이라던데 그럴 수가 있나요?"

이북하도 귀신이 죽을 수 있다는 말은 처음 들어 본다. 사람이 죽으면 귀신이 된다고는 말해도 그 귀신까지 죽을 수 있다는 말은 이해가 되지 않는다.

"네 아비가 죽어 여기 있는 것처럼 죽음의 개념을 바꿔야 한다. 죽는다는 건 다른 차원으로 옮겨 간다는 말이다. 나는 호모사피엔스에 머물다가 그 몸을 벗고 바르도, 즉 영계에 왔다. 내가 여기 와보니 이곳 귀신들도 새 하늘 새 땅이라는 신천지에 적응하지 못하면 하는 수 없이 다른 차원으로 끌려갈 수밖에 없더라. 이곳을 떠나간 많은 영혼들은 우리가 모르는 다른 차원으로 강제 이동된다. 인간이 죽을 때 어디로 갈지 아무것도 모르는 채 두려움을 안고 죽는 것처럼, 귀신들도 죽을 때 두려움에 떨고 슬픈 비명을 지른다."

"지금 아버지의 시간과 저의 시간이 같습니까?"

"당연히 다르다. 모든 하늘의 시간이 다 다르다. 내가 너와 소통하는 채널을 갖고 있어서 너는 마치 이곳에 내가 실존하는 것처럼 보이는 것이다. 난 지금 내 차원에 있다. 사실 쿼크라는 소립자는 순식간에 태어났다 죽는다. 그렇지만 소립자가 이루는 원자핵이나 물질은 아무 움직임도 없는 것처럼 보인다. 나는 더 빠르게 생멸을 거듭하지만, 또한 그대로 있을 수 있다. 사람이 아무리 생로병사로 대를 이어 가도 생식세포는 절대 죽지 않는 것처럼 우리에게도 그런 불멸의 에너지가 있다. 인간의 말로는 설명하기 어렵다."

"아버지, 그러면 저기, 저 사람들도 신명인가요?"

"그렇다. 제각기 동기 감응하는 후손들을 찾아와 붙어 있는 것 아니겠느냐. 신천지에 적응한 신인류는 모든 신명들과 함께 살 수 있다. 신장, 천신 등 모든 천인들이 신인류와 함께 공존할 수 있다. 모든 차원을 공유하지 않아도 겹치는 차원이 있어서 만날 수 있는 비밀한 공간이 있단다. 서로 간섭하지 않으면서도 서로 소통 가능한 세상이 바로 새 하늘 새 땅이다."

"아버지, 그러면 이번에 죽은 사람들을 다시 구하지는 못하나요?"

"물론 X-바이러스로 죽은 사람들은 귀신이 되는 순간 이 하늘에서 또 죽어 어느 차원으로 이동될지 나도 모른다. 9천이다, 24천이다, 33천이다 해서 하늘도 매우 복잡하단다. 이처럼 귀신도 죽고 사람도 죽으니 네가 황금부적을 찾아내야만 한다. 네가 몰라서 그렇지 이 지구는 매우 중요한 차원이다. 오죽하면 하늘이 저토록 노심초사하겠느냐. 그래서 황금부적을 찾아낸다면 나는 그 황금부적을 갖고 죽어가는 귀신들을 구제해보련다. 죽은 영혼을 살려 이곳 신천지로 데려오고 싶다. 그래야 한이 사라지고 진정한 해원이 되리라고 생각한다."

"아버지, 그러면 우리 집안과 윤하린네 집안 간에 맺힌 원한도 다 풀리는 겁니까?"

"아무렴, 내 손녀 꽃님이를 위해서라도 풀어야 하고말고. 내가 어느 하늘을 뒤지든 지옥을 가보든 하린이 아버지와 할아버지를 꼭 찾아서 데려오마. 그야말로 신명 나는 세상으로 만들어 보자꾸나. 다만, 황금부적을 찾는 일이 시급하구나."

"아버지, 아버지는 신천지에 적응하셨으면서도 왜 돌아가셨습니까? 이해가 되지 않습니다."

"놀랄 것 없다. 금오공원이 신천지의 근원이다 보니 새 하늘 새 땅의 기운이 너무 세어 내게도 벅차더라. 늙은 몸으로 그만큼 이룬 것도 기적인데 너무 욕심을 냈던 것 같구나. 나는 비록 실패했지만 너는 성공할 수 있을 것이다. 부산 금오는 천제석이 주유를 하던 중 황금부적을 비장(秘藏)해둔 곳으로, 우리 같은 급의 신명들은 접근조차 힘든 곳이다. 각별히 조심해야 한다. 내가 남긴 책을 잘 읽어 봐야 한다. 또 네

증조할아버지가 네 이름을 북하(北河)라고 지은 이유를 알아야만 한다. 어쩌면 금오로 들어가야만 그 북하가 보일지도 모르고, 황금부적이 바로 그 북하일지도 모른다. 네 어깨가 무겁다."

"예, 아버지. 그럼 다녀오겠습니다."

"너는 아직 신인류로 완성되지 않았다는 사실을 잊지 마라. 나도 금오에는 들어가지 못한다. 거기는 후천의 심장 같은 곳이다."

이북하가 아버지 신명과 대화를 끝내자 '새 하늘 새 땅 새 사람을 준비하는 모임' 회원 중에서 부산까지 들어와 활동하는 사람들이 하나둘 모여들기 시작했다. 회원들이라고 해서 다 살아남은 건 아니다. 절반 이상이 아직 깨어나지 못한 코마 상태다. 깨어나는 데 사나흘이 걸리기도 한다. 깨어나지 못한 회원들은 그들의 조상 신명들이 찾아와 뇌를 매만지는 중이다. 시간이 걸리기는 하지만 결국 깨어날 수도 있을 것이다. 그래서 X-바이러스가 잠잠하다가 조금 퍼지고, 또 잠잠하다가 다시 퍼진 것이다.

날이 밝자 이북하는 자동차를 타고 금오공원을 찾아갔다. 머릿속에 뭔가 짚이는 게 있었다.

금오에 가까이 이르자 숨이 가빠지기 시작했다. 사막 한복판에 온 것처럼 뜨거운 기운이 휘감고 돌아 몸으로 이겨내기가 벅차다.

금오공원에 이르러 앞을 보니 높지 않은 바위산이 앞에 버티고 서 있다. 그는 아나파나 사티로 호흡을 고르고, 마음을 안정시킨 다음 기운을 다스리면서 금오공원 큰 바위 앞에 다다랐다. 드디어 소나무 숲에 이르렀을 때, 거기서 자는 듯이 엎드려 있는 아버지의 주검이 눈에 띄었다.

이북하는 아버지의 주검을 본 슬픔보다 자신의 예측이 맞았다는 데서 안도감을 느꼈다. 시신 수습은 하땅사 회원들에게 부탁할 수밖에 없다. 소나무 가지를 꺾어 아버지 시신을 덮은 뒤 그는 바위와 바위 사이를 뒤지기 시작했다.

그곳 기운은 한창 장년인 이북하도 당해내기 힘들 만큼 강했다. 10여 분 움직이고, 다시 20여 분을 운기조식하여 기를 다스리고, 다시 10여 분 움직인 다음에는 또 30여 분 동안 기운을 차려야 했다. 그렇게 금오공원 일대를 종일토록 헤맸으나, 이북하는 황금부적을 찾지는 못했다.

이북하는 그제야 황금부적이 진짜 부적이 아니라 인간의 상상을 넘어서는 상징일 수도 있다는 생각을 하게 되었다.

'그렇다, 내가 부적이란 상에 잡혀 있었구나. 부적의 역할을 하는 것은 무엇이든 부적(付籍)이고, 부작(符作)이잖은가.'

이렇게 생각이 바뀌자, 이북하는 금오 전체가 부적일 수도 있다는 데까지 생각이 미쳤다.

이북하는 주변 계곡을 천천히 오르내렸다.

오후 다섯 시쯤, 태양이 기울면서 동쪽에서 서쪽으로 펼쳐져 있는 큰 바위산에 햇빛이 직각으로 내리꽂히는 순간, 그래서 두 눈을 살짝 찌푸릴 때 햇살이 부서지듯 쏟아져 내렸다. 그때, 금오 바위에 가득 박혀 있던 운모가 황금빛으로 반짝이면서 빛을 뿜었다. 마치 큰 거울에 햇빛이 비치듯 했다.

바위가 뿜어 대는 비가시광선의 아름다움은 이루 말할 수 없이 아름답다. 수많은 사람이 와 보았으면서도 미처 보지 못한 광채다. 이북하처럼 몸이 바뀌지 않으면 누구도 볼 수 없는 신비한 빛이다.

어느 순간, 그 빛이 두 군데로 모이더니 하늘을 향해 쭉 뻗어 올라갔다.

"아, 저건……."

이북하는 하늘로 솟구치는 두 줄기 빛을 따라갔다. 왼쪽 눈은 왼쪽 빛을, 오른쪽 눈은 오른쪽 빛을 따라가다 보니 오른쪽은 북극성에 이르고, 왼쪽은 파군성(북두칠성의 손잡이로부터 맨 끝에 있는 별로 늘 북극성을 가리킨다)에 이르렀다.

최근 천문연구원 보고에 따르면 북극성은 천구 북극에 가장 근접한 0.46도까지 다가와 확실한 우주의 중심 자리에 안착했다고 한다. 지구로부터 325광년에서 425광년 거리다. 천문연구원의 또 다른 보고에 따르면 이 거리가 최근 30퍼센트 더 줄었다고 한다. 한편, 파군성은 지구와 101광년 떨어진 별로서 우주시계의 시침 역할을 해온 별이다.

이북하는 두 별을 바라보았다. 그가 새 사람 신인류가 아니라면 이 시각에는 보이지 않을 별들이다.

두 별은 점점 더 또렷해졌다. 그러면서 하늘 가득 무수한 별들이 떠올랐다.

"아……."

이북하는 탄성을 질렀다.

그는 자신의 이름이 왜 북하(北河)인지 그제야 그 의미를 알아차렸다. 은하수의 은하(銀河)와 같은 하(河)지만, 더 북쪽에 있는 하(河)라니.

이북하는 은하수를 넘어 더 북쪽으로 시선을 밀어 올렸다. 북쪽 능선에 걸린 북극성과 북두칠성을 올려다보니 그제야 거기 북하(北河)가 있다는 걸 알게 되었다.

마치 매직아이(Stereogram, 맨눈 보기)처럼 하늘이 입체로 보이더니 거기에 부적처럼 복잡한 선이 이리저리 그어진 모습이 나타났다. 우주는 인드라망으로 복잡하게 연결되어 있다더니 과연 그러하다. 그는 이 선을 따라 의식을 돌렸다. 머릿속이 시원하다.

"이거다! 이게 바로 황금부적이다! 북극성이 바로 황금별이었구나."

북극성은 본디 알타이어로 황금별, 즉 알탄하다스로 불린다.

일단 매직아이처럼 두 눈의 시각이 잡히자 황금부적의 모양도 시시각각으로 움직인다. 아버지가 전해준 책 속의 부적 문양과도 비슷하다. 북극성을 중심으로 한 북두칠성, 그리고 그 주변의 크고 작은 별들, 시간과 공간이 서로 다른 퀘이사(quasar)와 은하, 별이 3차원, 4차원의 망(網)처럼 엮여 있다.

'아, 해인 부적이라고 하더니 하늘의 별이 바다에 비친 모습이 바로 해인이라는 부적이었던 거야. 금오 선생은 이 황금부적을 보시고 이 땅을 자신의 호로 삼으신 거야. 이곳에서 바라보아야만 황금별을 중심으로 황금별자리라는 매트릭스가 제대로 보이는 거로구나. 가까운 별, 먼 별, 과거의 빛과 현재의 빛과 미래의 빛이 인드라망처럼 뒤얽혀 거대한 매직아이를 만드는구나. 천제석은 이 자리에서 황금부적을를 볼 수 있다는 걸 기록으로 남기셨던 거야. 해인(海印)이니 의통(醫統)이니 하는 말도 결국은 이 황금부적을 말하는 거였구나. 내 이름

북하도.'

　이북하는 마침내 북극성 황금별을 중심으로 놓는 매직아이를 찾아냈다. 멀고 가까운 숱한 별들이 북극성과 파군성의 두 점을 중심으로 멋진 부적처럼 4차원의 입체 황금별자리를 그려내고 있다. 이 자리가 아니면, 또한 낮에는 별을 볼 수 없는 구인류는 절대로 볼 수 없다.

　이북하는 자리를 잡고 앉아 들숨 날숨을 들여다보는 아나파나 사티를 하면서 북극성과 북두칠성이 만들어 내는 새 하늘의 황금별자리라는 스테레오그램을 집중하여 들여다보았다. 그 안에 매직아이처럼 보이는 황금별자리를 따라 시선을 움직일 때마다 몸에서 뜨거운 기운이 일어났다. 마치 태양이 경락을 따라 도는 듯 뜨거운 열기가 돌았다. 한 바퀴 기가 돌자 세상이 또 다른 차원으로 보인다. 아버지 등의 신공으로 바뀐 그의 몸은 한 차원 더 높은 경지로 솟아오르는 듯했다.

　시간이 지나자 황금별자리에서 뻗어 나온 기운은 하늘로 높이 솟구치더니 북극성 주변 별자리에서 몇 차례나 꿈틀거렸다. 아직 해가 지지 않았는데도 별자리가 또렷하다. 빛의 간섭 너머 황금별자리가 진짜 부적처럼 실체로 나타난다.

　이북하는 명상을 하듯 지긋하게 마음과 정신을 놓은 다음 하늘에 뜬 황금별자리의 기운을 이리저리 돌렸다. 처음 형상은 평면으로 보이다가 북극성 부분이 움푹 꺼지는가 싶더니 곧 둥근 입체로 튀어나온다.

　이북하는 자신의 호흡과 맥박, 혈류, 온몸의 세포와 신경계통이 발화(發火)되는 것을 느낄 수 있었다. 금오, 즉 황금까마귀를 상징하는 큰 바위산에 서려 있던 참을 수 없을 정도의 뜨거운 기운이 그저 따뜻한 온기 정도로만 느껴졌다. 그 순간부터 이북하는 전혀 다른 세상을 보게 되었다.

아, 그것은 인간으로서 보아 온 지구가 아니다. 여러 차원의 서로 다른 세계가 함께 있었음을, 여러 종류의 신명이 함께 살아왔음을 알 수 있었다. 천상 세계가 바로 이 땅 이곳에 있음을 이북하는 똑똑히 보았다. 머릿속은 마치 '아카샤'('우주의 모든 정보가 모여 있는 특이점'을 일컫는 산스크리트어)에라도 연결된 듯 막힘없이 맑고 깨끗한 지혜로 넘쳤다. 티베트 사자의 서, 즉 『바르도 쇄돌』이란 책에는 신명이 되면 인간보다 지능이 9배 이상 향상된다고 적혀 있다. 과연 그렇다. 이제야 높디 높은 천신들을 바라볼 수 있게 되었다. 그를 둘러싼 수많은 천신이 제각기 아름다운 모습으로 몰려와 혹은 노래하고, 혹은 춤추면서 이북하를 축복했다. 아버지를 비롯한 낮은 등급의 신명들하고는 너무나 다른 모습이다.

10분쯤 지난 뒤로는 태양의 기울기가 현저히 떨어지면서 아무런 무늬도 나타나지 않았다.

이북하는 10여 분 동안 본 광경을 종이에 그리기 시작했다. 보통의 사람은 그런 스테레오그램을 보더라도 재생해내지 못할 테지만, 그는 더 이상 기억력에 의존하는 호모사피엔스가 아니다. X-바이러스로 재탄생한 신인류, 그 가운데서도 강인한 뉴런과 거미줄 같은 시냅스로 무장한 이북하는 자연이 벌이는 장엄한 행위 예술을 모두 기억하여, 마치 서번트(Savant syndrome)처럼 하나도 빠짐없이 재현해낼 수 있다.

이북하는 황금부적의 비밀을 깨우치자마자 주변에서 기다리고 있는 영사 차기하에게 이 소식을 전했다.

"영사님, 황금부적을 찾았습니다. 금오에서만 볼 수 있는 북하(北河), 곧 황금별자리입니다."

영사는 이북하가 그려 보인 스테레오그램을 보더니 금세 운기조식을 하면서 자신의 기운을 돌렸다. 그는 금세 몸이 뜨거워진다고 말했다.

"맞습니다. 이 황금별자리가 바로 부적입니다. 천제석이 천지공사에 쓸 일꾼으로 백 년 전에 숨겨 놓은 사람이 바로 이북하 씨였군요. 이북하 씨가 신인류의 아담이 된 겁니다. 덕분에 신인류는 멸종하지 않게 됐습니다."

"금오 천제석이 천지공사를 하지 않았다면 오늘날 이 같은 새 하늘, 새 땅, 새 사람이 출현하지 않았을까요?"

"알 수 없지만 아마도 지구는 폭발하지 않았겠어요? 원한이 폭발하면 핵폭탄 터지듯 하니 영계고 인간계고 다 폭발해 없어져버릴 수 있지요. 그래서 천제석이 남을 죽이고, 할퀴고, 뜯어먹지 말고, 자비심으로 남을 도와가며 사는 상생의 세상을 열어 가라고 말씀하셨지요. 대동 세상, 70억 인류가 한 몸이 되는 세상, 그렇게 하여 인류 공동체의 생사와 흥망성쇠에서 사(死)와 망쇠(亡衰)는 버리고 생(生)과 흥성(興盛)만 골라 판가름 지으라는 말씀이셨지요. 아시겠지만, 인류는 이미 빅데이터로 우주지(宇宙智)와 같은 아카샤를 이루어 내는 중입니다. 새 하늘의 지혜가 새 땅으로 내려왔습니다."

영사 차기하는 X-바이러스가 활동하는 지역을 따라다니며 그들을 돕기로 했다. 신명들만이 유전자를 고칠 수 있기 때문에 신인류로 진화한 사람들이 X-바이러스를 따라다니면서 보조를 하기로 한 것이다. 신명과 인간의 협업이 필요한 때가 되었다.

　이북하는 그의 아버지 주검을 거두어 장례를 지낸 다음 X-바이러스 활동 지역을 하땅사 회원들과 신명, 즉 X-바이러스들에게 맡기고 세종시로 올라갔다.
　이제 황금부적의 비밀을, X-바이러스의 실체를 대책본부에 알리고, 이 사실을 널리 알려야 한다. 신명들만으로는 사람을 살리는 데 한계가 있다.
　"장관님, 이것이 바로 전설 속의 그 황금부적입니다. 북극성 주변의 황금별자리가 마치 부적처럼 스테레오그램으로 나타난 겁니다."
　이북하는 두루마리로 감은 종이를 펼쳤다. 평범한 종이에 만다라같이 복잡한 그림이 그려져 있다. 기하학적인 선과 원이 복잡하게 교차된 묘한 그림이다.
　"마치 은하수를 그려 놓은 것 같군."
　"장관님, 실제로 그렇습니다. 북극성과 북두칠성이 중심에 있을 뿐

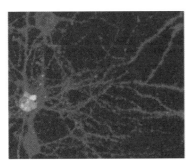
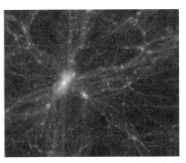

두뇌 시냅스　　　　　　　　　　　　　　　　우주의 별

실제 우리 하늘의 스테레오그램입니다. 3차원, 4차원 그림입니다. 시간과 공간을 뛰어넘는 초월 이미지입니다."

선과 원이 얽히고설켜 다양한 문양을 만들어 내고, 어느 쪽에서 보면 2차원적인 평면으로, 어느 쪽에서 보면 한가운데가 움푹 파인 블랙홀로, 다른 쪽에서 보면 3차원적인 입체가 되어 앞으로 튀어나온 것처럼 보이고, 또 다른 쪽에서 보면 홀로그램처럼 투명하면서도 좌우상하전후까지 입체로 보인다. 다만 북극성과 북두칠성 파군성이 좀 더 또렷한 점으로 그려져 있을 뿐이다.

"황금별, 즉 북극성이 중심이 되는 스테레오그램 황금별자리입니다. 저 같은 신인류는 이 스테레오그램을 그냥 보기만 해도 수련이 저절로 되지만 보통 사람들은 매직아이를 보듯 문양 속의 두 점을 동시에 바라보아야만 전체적인 입체 문양이 떠오릅니다. 생생하게 살아 있는 선을 느끼는 순간 황금별자리가 마치 살아 있는 별처럼 움직입니다. 이 움직임을 따라 의식을 돌리면 온몸의 경락이 차례로 열리고, 그러면서 막힌 곳이 뚫리고, 끊어진 곳이 이어지는 현상이 일어납니다."

"이 스테레오그램으로 수련을 하면 X-바이러스가 침투해도 죽지 않는단 말인가?"

"그렇습니다. 애초에 우주를 주재하는 천신들은 자신의 형상을 복제하여 인간을 만들었다고 합니다. 물론 다운그레이드한 낮은 버전이었습니다. 그 버전을 몇 차례 업그레이드하여 호모사피엔스까지 왔지만 천신과 인간의 차이는 실로 엄청난 것이었습니다. 그래서 X-바이러스는 인간을 천신에 더 가까운 형태로 업그레이드하기 위해 유전자를 재편시키는 중입니다. 신인류는 신을 더 많이 닮은 인간입니다. 신인류가 돼야만 새 하늘 새 땅에서 살 수 있습니다."

"그럼 X-바이러스가 박테리아나 바이러스가 아니라 사람의 유전자를 치료해주는 신명이다?"

"그렇지요. 물론 신명도 크기로 보자면 일종의 미세 바이러스지요."

"유전자를 치료하는 동안 죽은 듯이 있을 뿐이다? 죽은 건 아니다?"

"그렇습니다. 전신마취하고 수술받는 것처럼요. 실제로 X-바이러스가 몸에 들어오면 체온이 떨어지면서 바로 유전자 치료가 시작됩니다. 2퍼센트 정도를 손보는데, X-바이러스 확산 속도가 느린 것은, Y유전자를 30퍼센트가량이나 고쳐야 해서 시간이 많이 걸리기 때문입니다. 그래서 전염이 멈추기도 하고, 머뭇거리기도 하는 것처럼 보인 거지요."

상황실에 모인 직원들은 저마다 스테레오그램 황금별자리를 놓고 의식을 돌려보았다.

"어, 정말 몸이 뜨거워지는데?"

여기저기서 반응이 나타났다.

장관도 이북하가 보여준 황금별자리를 앞으로 당겨보았다.

"이 과장, 나도 신인류가 될 수 있을까?"

"물론이지요. 하지만 모든 인간이 다 신인류로 재탄생할 수는 없습니다. 업장이 너무 두꺼운 사람은 아무리 기 수련을 해도, 또 이 스테레오그램을 따라 아무리 운기를 돌려도 되지 않습니다. 다만 누구든 인간이라는 아상을 버리고 갖가지 상 또한 털어내고 이 수련에 전념하면 가능성은 있습니다. 물론 신인류가 된다 해도 모든 사람이 다 생식능력을 갖지는 못합니다. 그런 신인류는 매우 드물 것입니다."

"좋아, 나도 해보겠네."

"장관님, 이제부터 제 말씀을 믿고 따라주십시오. 국민의 안전을
위해 우리가 할 일은 스테레오그램 황금별자리로 두뇌 기능을 미리
바꾸는 것입니다. 그러면 X-바이러스가 찾아와도 두어 시간이면 신
인류로 깨어날 수 있습니다. 집에서 조용히 기다렸다가 짧은 시간 안
에 신인류가 되는 거지요."

"우리 국민을 살릴 수 있는 길이라면 무엇이든 다 해보겠네."

장관은 이마에 서린 땀을 훔치면서 황금별자리에 두 눈을 고정한
채 힘을 잔뜩 주었다.

14
축미선

시민들이 피난을 떠나 거의 텅 빈 세종시 KBS 위성 텔레비전 방송국.

윤하린은 이북하와 마주 앉아 보도문을 마지막으로 다듬었다. 혼란을 막기 위해 X-바이러스라는 용어를 계속 쓰기로 하고, 보도 내용은 구인류 시점에서 작성하기로 했다. 신인류는 방송을 듣지 않아도 원한다면 천 개의 손과 천 개의 귀(千手千眼)를 가졌다는 관세음처럼 누구의 소리라도 들을 수 있고, 무엇이라도 볼 수 있다. 불교에서 말하는 천안통 천이통이 실제로 열린다.

방송국에는 피신한 방송 요원 대신 청와대에서 긴급 수배한 기술자 수십 명이 들어와 있었다. 이들은 방송 준비를 하는 한편 스테레오그램 황금별자리를 이용한 수련에도 골몰했다.

윤하린은 이북하의 연락을 받자마자 세종시로 달려가고, 거기서 이북하가 준 황금별자리로 수련을 하여 소주천이 터지는 기쁨을 맛

보았다. 이어 이북하 아버지 신명의 도움으로 마지막 단계까지 올라가 호모사피엔스의 껍질을 완전히 벗어던지고 신인류가 되었다.

두 사람이 맺어 온 여러 생에 걸친 선천의 슬픈 역사도 들여다보았다. 이제 그런 아픈 숙명(宿命)쯤 깨끗이 치료할 수 있다. 서로 말하지 않아도 저절로 낫는다.

이북하는 윤하린이 신인류로 바뀌는 순간, 신인류의 아담과 이브처럼 생식세포를 가진 채 유전자와 신경세포의 변화가 일어나자 신명들은 그에게 따뜻한 애정의 기운을 쏟아부었다. 그들이 지켜보고 있지만 하나도 부끄럽지 않다. 그림물감이 흐르듯 두 사람의 기운이 오간다.

그의 아버지가 재촉하여 이북하와 윤하린은 생식능력을 자가 테스트를 했다. 섹스의 쾌감은 상상 그 이상이었다. 구인류의 섹스와는 비교할 수가 없는 극치의 쾌감이 온몸을 흘러 다녔다.

신명들이 다가와 윤하린의 몸을 조사하더니 임신이 되었다고 증명해주었다. 두 사람은 마침내 완전한 아담과 이브가 된 것이다.

인간일 적에는 사랑하면서도 차마 손을 대지 못하고 몸을 섞지도 못했지만 이제는 그러지 않고도 사랑하는 마음을 충분히 주고받을 수 있다. 이북하가 보내주는 기를 받는 것만으로도 구인류의 섹스보다 더 황홀한 쾌감을 느낄 수 있다.

기가 빠져나가지도 않고, 육체적인 에너지가 낭비되는 일도 없다. 땀이 나거나 분비물이 나오지도 않는다. 그러면서도 기운은 도리어 충만해진다. 두 사람은 영적인 교류야말로 가장 아름답고 멋진 섹스라는 걸 느끼면서 헤어진 뒤 처음으로 애절한 사랑을 나누었다.

오전 9시, 끊겨 있던 방송이 송출되기 시작했다. 보건복지부에서 긴급 충원한 기술자들이 스튜디오에 설치한 카메라를 통해 방송 화면을 KBS 위성 텔레비전망으로 송출했다.

이북하는 준비한 기사를 또박또박 읽어 내려가기 시작했다.

—한국 세종시에서 보내드리는 KBS 위성 텔레비전 방송입니다.

우리 대한민국은 지금 묵은 하늘을 벗고 새 하늘로 바꾸는 선두에 있습니다. 우리 태양계는 지구가 이전에 들어가본 적 없는, 우리 은하계에서 에너지가 가장 강력한 대역에 들어와 있습니다. 이곳은 그동안 천문학자들이 암흑 물질과 암흑 에너지가 가장 많은 곳이라고 관찰해오던 지역으로서, 우주의 비밀창고로 여겨지던 검은 공간입니다.

우리 지구는 지금 새 하늘에 적응하기 위해 몸부림치고 있습니다. 새 땅이 되기 위한 몸부림으로 전 세계에 걸쳐 무수한 지진, 화산 폭발 등으로 땅을 갈아엎고 있습니다. 일본 열도 대부분이 지진으로 가라앉고 있으며, 미국의 서부 지대가 현재 태평양으로 빨려들어 가는 중입니다. 또한 우리나라 서쪽 바다는 해발 5미터까지 해수면이 상승하면서 중국과 맞닿을 정도로 가까이 다가가고 있습니다.

따라서 새 하늘 새 땅에서 살아남기 위해서는 새 사람이 되어야 합니다. 묵은 인류의 몸으로는 새 하늘 새 땅에 적응하기가 어렵습니다. 만일 새 사람이 되지 못하면, 그래서 신인류로 재탄생하지 못하면 현재의 호모 사피엔스는 죽거나 혹은 장차 생식기능을 잃어 앞으로 백 년 내에 거의 소멸될 것입니다.

저는 지금 X-바이러스에 감염되기 직전의 세종시 방송국에서 매우 안

전하게 방송을 하고 있습니다. 그뿐 아니라 저 말고도 이 방송을 위해 많은 방송 요원이 현재 이 건물과 방송국에서 일하고 있습니다.

그 순간 화면은 방송국 내부를 비쳤다. 과연 수십 명의 기술 요원들이 일하고 있는 장면이 카메라에 잡혔다. 이어서 카메라는 건물 밖의 광경을 잡았다. 푸른 물결을 이루며 유유히 흐르는 금강과 정부종합청사, 대공원 등이 화면에 나타났다. 정전이 되지 않아 불빛은 간간이 보이지만 자동차가 움직이는 불빛은 거의 잡히지 않는다. 세종시는 시민들이 다 피난을 떠난 유령도시다. 이 화면만 보고도 X-바이러스로 패닉에 빠져 있던 국민들은 크게 안심할 수 있다.

―먼저, 여러분께 보내드릴 자료 화면이 있습니다.

화면이 바뀌면서 윤하린의 얼굴이 나타났다.

―저는 뉴스 전문 라디오 핫코리아의 윤하린 기자입니다. 저는 어제 스테레오그램 황금별자리로 수련을 한 뒤 X-바이러스에 자진하여 감염되었다가 세 시간 만에 깨어났습니다. 스테레오그램 황금별자리의 효능을 실험하기 위해 X-바이러스가 감염된 지역으로 카메라와 함께 진입할 계획입니다.

곧이어 윤하린이 벽면에 붙어 있는 황금별자리를 마주 대하고 한동안 부동자세로 앉아 있는 모습이 비쳤다. 그러는 동안 황금별자리를 어떻게 바라보아야 하는지 안내하는 자막이 떴다. 별이 보이는 밤이라면 구인류도 직접 하늘을 보면서 수련을 할 수 있지만, 지금은 워낙 다급한 상황이라 그렇게 한가하게 기다릴 시간 여유가 없다. 이북하는 천문을 그려 이 스테레오그램을 보면서 운기조식할 수 있는 방법을 만들어 냈다. 윤하린도 이미 포스트 휴먼, 즉 신인류로 바뀌었지만 시청자들을 위해 처음부터 시연을 해 보였다.

꼼짝도 않고 있던 윤하린이 어느 순간 몸을 움찔하더니 이윽고 자리에서 일어났다. 화면에는 10여 분 경과라는 자막이 떴다.

—저는 다른 사람처럼 X-바이러스에 감염돼 죽을지도 모릅니다. 그러나 스테레오그램 황금별자리로 수련한 저는 절대 죽지 않으리라는 확신을 가지고 있습니다. 제 몸에서 뭔가 다른 기운이 느껴지기 때문입니다. 국민 여러분, 지금부터 저는 X-바이러스 감염 지역으로 직접 들어가겠습니다.

윤하린은 자신의 몸에 소형 카메라를 단 다음 위성중계 시설이 작동되고 있는 차량에 올랐다. 그리고 고속도로로 핸들을 돌렸다. 중계 화면은 끊어지지 않고 이어졌다.

차량이라고는 흔적조차 없는 고속도로를 전속력으로 달리던 윤하린은 바이러스 감염 지역인 밀양시로 들어섰다. 그곳에서 일시 차를 세운 윤하린은 잠시 몸을 떨다가 곧 눈을 떴다.

윤하린의 몸에 부착된 카메라는 X-바이러스가 휩쓸고 간 밀양 시내를 비췄다. 그러자마자 화면에 이북하가 등장했다.

―방송을 보시고 당황하셨으리라 짐작됩니다. 이 방송 내용이 과연 진실인가 아닌가 의심하는 분도 있을 것입니다. 저희를 믿으십시오. 시간이 급박합니다. 지금은 진위를 따질 때가 아니라, 살아남기 위해 어떤 방법이든 써보아야 할 때입니다. 지금 보건복지부에서 여러분의 휴대폰으로 이미지 사진을 일제히 발송하고 있을 것입니다. 텔레비전을 켜신 분은 모니터를 봐주시고, 스마트폰이나 인터넷 역시 마찬가지입니다. 이 화면에 시선을 고정시켜 주시기 바랍니다. 시범을 보신 다음에는 보건복지부에서 보낸 황금별자리라는 스테레오그램 천문도를 이용하여 추가 수련을 하시면 됩니다.

자, 편안한 자세로 앉아 배꼽 아래 단전에 힘을 준 다음, 텔레비전에 나타나는 형상, 즉 황금별자리를 응시하시기 바랍니다. 무념무상한 마음으로 지긋이 바라보십시오. 매직아이를 보듯 좌우에 난 두 점을 똑바로 응시하십시오.

북극성과 북두칠성의 손잡이별인데요, 여기가 아주 중요합니다. 여기 이 점과 이 점 두 개만을 똑바로 응시하다 보면 어느 순간 이 평면 그림이 입체로 보일 것입니다. 여러분이 늘 보던 밤하늘의 별자리, 즉 천문, 새 하늘이 보내는 메시지입니다. 어느 순간 장엄한 우주의 맥박과 숨결이 느껴질 것입니다. 그때부터는 붉은빛이 흐르는 황금별자리의 선을 따라가기만 하십시오. 그렇게 의식을 계속 돌리기만 하면 됩니다. 끝까지 한 바퀴 돌면 여러분의 신체에서 뜨거운 열이 느껴질 것입니다. 아름다운 꽃밭이 보이기도 하고, 어린 시절의 기억이 또렷하게 보이기도 할 것입니다. 어쩌면 전생을 볼지도 모릅니다. 그러면 한 걸음을 내디딘 겁니다. 하지만 그런 것에 연연하지 말고 계속 수련하십시오. 여러 차례 반복해서 수련을 하면 X-바이러스를 반드시 이겨내실 수 있습니다.

텔레비전 화면 가득 스테레오그램 황금별자리가 비쳤다. OLED 화면인 만큼 텔레비전에 비친 황금별자리는 색상이나 선이 매우 또렷하다. 이때 휴대폰마다 보건복지부가 보낸 스테레오그램이 수신되었다. 그리고 앱으로도 얼마든지 스테레오그램 황금별자리를 내려받을 수 있도록 하고, 각종 포털에서도 첫 화면에 띄웠다.

5분쯤 지나자, 다시 이북하가 화면에 나타났다.

―현재 하루 시간은 24시간에서 3분이 모자랍니다. 또한, 지축 변화로 지난 일주일간 일출 시각과 일몰 시각이 같았습니다. 이 상태라면 우리나라는 늘 봄이나 가을 같은 기온이 유지되는 상춘(常春) 지역이 될 것입니다.

수련을 하면서 들어주십시오. X-바이러스는 사실 바이러스나 세균이 아닙니다. 우리 태양계가 심우주로 들어온 뒤 기울어진 지축이 바로 서는 데 따른 지자기 변화로 인체에 미치는 자기장에 그 변화가 찾아온 것뿐입니다. 컴퓨터로 치자면 업그레이드 프로그램이나 마찬가지입니다. 그래서 그걸 받아들일 수 있게 자신의 파동을 변화시킨 사람, 즉 오래도록 기 수련을 쌓은 사람은 업그레이드에 큰 부하를 받지 않지만, 그렇지 못한 사람은 감당해내지 못하고 해마 뇌 회로가 타버려 사망할 수도 있는 것입니다. 컴퓨터로 치면 CPU, 즉 중앙처리장치에 과부하가 걸려 다운되는 것과 마찬가지 현상입니다.

그러나 지적장애인이나 동물, 식물, 박테리아, 바이러스 들은 업그레이드 프로그램에 영향을 받지 않습니다. 그런 변화를 받아들일 수 있을 만큼 민감하지 못하기 때문입니다. 물론 그 경우 새 하늘 새 땅이 열린 신천지에서는 대부분 생식을 하지 못하고 당대만 살게 됩니다.

X-바이러스는 여러분을 새 사람, 즉 포스트 휴먼으로 만들기 위해 찾아오는 은혜로운 손님입니다. 그러니 X-바이러스를 두려워하지 마십시오. 이 방송은 30분마다 반복해서 보내드리겠습니다. 지금 방송을 보지 못한 분들께 널리 홍보해서 스테레오그램 황금별자리로 X-바이러스를 맞이해주시기 바랍니다.

이북하가 수련법을 설명하는 동안 화면 밑으로 자막이 계속 흘러갔다.

그는 일부 사람의 경우 신명들이 수련을 도와준다는 말은 일부러 하지 않았다. 신명이라는 단어 자체가 두려움을 일으킬 수 있고, 수련에 방해가 될 수 있기 때문이다. 너무 자세히 설명하다 보면 어려운 처지에 빠질 수 있다.

전 세계 통신사들은 KBS의 방송 내용을 대대적으로 보도하면서 더 정확한 자료를 요청하거나 한국인 통역을 구해 중계하기도 했다.

이북하는 미국과 유럽 쪽에 연락을 취해봤지만 그들은 신인류, 즉 포스트 휴먼이라는 개념조차 잘 받아들이려 하지 않았다. 그래서 이북하의 아버지를 비롯한 여러 신명이 나서보기도 했지만 그다지 먹혀들지 않았다. 그들은 절망 속에서 계속 두리번거리기만 할 뿐 길이 있다는 사실을 받아들이지 않았다. 불행한 일이지만 어쩔 수 없다.

X-바이러스 발생 15일째부터는 신인류를 대상으로 한 방송을 별도 편성하기로 하여, 감염 지역인 부산에 다녀온 윤하린은 처음으로 책상 앞에 앉아 원고를 읽었다. 신인류 전용 주파수(극저주파)로 나가는 방송인 만큼 일본, 중국, 미국 등지에서도 들을 수는 있으나 구인류는 청취가 불가능하다. 대신 신인류와 살아남은 신명들은 이 방송을 얼마든지 들을 수 있다.

―아름다운 세상, 아름다운 사람들, 여기는 신천지에서 보내드리는 뉴스입니다. 우리가 구인류로 살면서 늘 꿈을 꾸던 천국, 하늘나라가 곧 이곳 새 지구에 건설되고 있습니다. 사람이 휴거된 것이 아니라 지구가 휴거되고, 이 환경에 적응하지 못한 사람들과 영혼들은 옛 지구 같은 열악한 환경으로 도로 내려갔습니다.
우리는 전 지구가 신천지로 변할 때까지 죽은 사람들과 죽은 영혼들을 위해 노력해야 합니다. 그들이 안고 떠나간 원한과 업장을, 살아난 우리가 나서서 풀어 주고 끌러주고, 그들과 우리 사이에 맺힌 악연을 녹여야 합니다. 신명들은 그들을 찾아가 꿈이든 현실이든 그들이 미몽에서 깨어날 때까지 이 소식을 알려주십시오.
1년은 360일, 다달이 똑같고 달과 태양이 일정한 주기로 움직이는 상춘의 낙원에서 옛 인연들과 더 큰 열락을 누리시길 바랍니다.

방송을 마친 윤하린은 이북하와 그의 가족, 그리고 딸 꽃님이와 함께 산책을 나섰다. 이북하의 아내 황부영도, 윤하린도 서로를 거북하게 여길 이유가 없다. 아이들 간에도 쑥스러울 게 없다. 천안이 열려다 보이고, 숙명통으로 누생의 인연까지 투명한 마당에 작은 미움과 원한은 가질 필요가 없다.

그들이 함께 걷는 길로 신천지에서 새로 피어난 아름다운 꽃들이 다투어 향기를 뿜는다. 포스트 휴먼, 즉 새로운 인종으로 재탄생한 이들은 구인류처럼 빨강, 파랑, 초록 3가지의 원추세포로 약 100만 가지 색만을 보지 않는다. 이들은 노랑을 감지하는 원추세포 한 개가 더 있다. 그러다 보니 1억 가지 색깔을 볼 수 있다. 새 세상은 옛날과 완전히 다른 색깔이다.

누구의 손길을 입었는지 나무들도 새로운 종으로 변화하면서 더 맑고 아름다운 꽃을 피운다. 그들을 따르는 신명들도 또한 화락하다.

호모사피엔스의 종말

『황금별자리』를 읽었다면 아래 금오 천제석의 어록을 훨씬 더 쉽게 이해할 수 있을 것이다. 금오 천제석은 조선 후기 사상가의 가탁이다. 지금 그의 제자 혹은 그를 숭배하는 사람들이 워낙 여러 종파로 각기 서로 다른 주장을 하며 갈라져 있기 때문에 역사에 등장한 이분의 진짜 호와 이름은 덮어둔다. 좋은 프리즘이 아니면 빛을 제대로 들여다 볼 수 없다. 금오의 제자인 차윤홍이 보천교를 일으켜 조선 인구의 절 반가량인 7백만 명을 신도로 두지만, 그는 27년 헛도수를 놓았다고 후회하며 세상을 떠나갔다. 그는 천제석의 천지공사가 당대에 이루어질 줄 잘못 알았다. 노력 없이, 고통 없이 후천 개벽이 이루어지는 줄 알았다. 하지만 후천 개벽은 해원, 상생, 대동 없이는 열리지 않는다.

나는 오늘내일 금세 개벽이 될 것처럼 금오의 어록을 색칠하여 조선 백성 7백만 명을 미혹케 한 경석 차윤홍의 손자 차길진 선생으로

부터 이런 반성과 참회의 말을 10여 차례 들으면서 해원상생의 이치를 더듬어 보았다. 금오로부터 이어져 온 천지인 공사의 기운이 가득 차 있는 듯한 그는 묵은 하늘에 터질 듯이 쌓인 원한을 푸는 해원상생에 평생을 바치고 있다고 말하며(2019년 작고), 내가 그 이야기를 글로 써주기를 간절히 원했다.

나도 그동안 쓴 내 소설마다 나오는 주인공들이 대부분 억울하고, 오해받고, 한을 안은 채 세월에 파묻혀 지내는 인물들이라 역시 해원상생의 새 하늘 이야기를 한 게 아닌가 스스로 믿고 있다.『소설 토정비결』의 주인공 토정 이지함은 천하를 주무를 경륜을 지녔으나 뜻을 펴지 못한 채 겨우 역술인, 기인이라는 포장에 파묻혀 지낸 인물이다.『당취』의 주인공은 임진왜란 때 이순신 수군의 절반, 권율 행주대첩 때의 절반을 차지하고, 평양성 수복전에서 선봉에 서고, 일본군 천지로 변한 충청도 금산에서 왜군 1만 5천 명 부대를 궤멸시킨 처영의 8백 승군들이다. 제 명에 죽지 못한 원혼들이다.『사도세자』에서는 왕후이지만 권력투쟁에 희생된 희빈 장옥정과 왕이 되지 못한 세자 사도 이선을 다루고,『정도전』에서는 재상의 나라이자 민본 국가인 조선을 설계한 그가 막상 조선 5백 년간 역적이 되어 원혼으로 남아 있던 것을 소설로 해원시키고,『바우덕이』에서는 창녀로 치부되던 남사당 처녀 꼭두쇠 바우덕이가 조선을 대표하는 예인이었음을 드러내어 오늘날 안성시를 대표하는 역사 인물로 조명해냈다. 또한『천년영웅 칭기즈칸』에서는 한국에서는 원수로 간주되고, 가해자로만 인식되던 고려의 적 몽골이 우리와 어떤 관계였으며, 몰락한 부족장의 아들 테무친이 어떻게 해서 세계를 정복했는지 그려냈다.『태사룡 삼국지』에서도 『삼국지연의』가 원나라 치하에서 원한 맺힌 한족들이 자존심을 기르기 위해 울부짖으며 만들어 낸 이야기라는 역사의 실체를 드러내 사대주의 모화사상으로 일관한 우리나라 작가들의 삼국지에 경종을 울렸다. 그러고도 원과 한의 실체인 마음병을 치유하는 '바이오코드'를 30년간 개발하여 상담 현장에서 응용하도록 했다. 이러고 보면 나도 새 하늘, 새 땅, 새 사람을 설계하고 이를 실현하기 위해 평생 천지공사를 하다 떠나신 그분의 뜻에 상당히 부합하려고 노력해온 셈이라는 자부심을 느낀다.

물론 언제 새 하늘이 열릴지, 새 땅이 일어날지 모른다. 따라서 새 사람이라는 신인류가 언제 출현할지 역시 알 수 없다. 천제석이 말한 '한 도수 돌아오는 시기'가 언제인지 누구도 계산할 수 없다. 다만 그때가 오고 있다는 건 분명하다. 나의 '바이오코드'도 새 사람, 즉 신인류를 가리키는 훌륭한 도구라고 자부한다.

그래도 새 하늘, 새 땅, 새 사람은 아직 안갯속에 있다. 봄을 기다리는 섣달그믐의 심정이다. 하지만 봄이 어김없이 오듯 그날도 그렇게 올 것이다.

그러니 보채서는 안 된다. 천제석은 생전에 왜 후천 개벽이 일어나지 않느냐는 제자들의 성화에 시달렸다. 욕을 먹기도 했다.

후천 개벽은 어느 날 갑자기 오겠지만 기다림이란 늘 지루하다. 이 소설에서 영사의 이름을 차기하라고 지은 것에는 이유가 있다.

이 세상에는 기하의 법칙이 굉장히 많이 존재한다. 인류가 느끼는 것이나 메모리 집적도가 느끼는 황의 법칙 등이 모두 기하급수의 법칙이

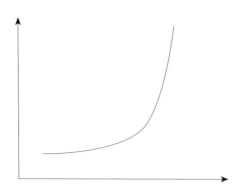

다. 인터넷 트래픽도 해마다 두 배씩 늘어 왔다.

이 도표를 보면 처음부터 상당히 오랫동안 그래프가 거의 바닥을 긴다.

천제석의 9년 천지공사 내내 그를 따르던 제자들은 거의 변화가 없는 이 그래프의 초기 상태를 보았다. 제자리걸음(踏步), 아무리 재촉해도 변화는 눈곱만치도 일어나지 않았다.

하지만 때가 되면 하루 이틀, 혹은 몇 달 사이에 갑자기 변화가 폭발한다. 이게 기하급수의 법칙이요, 천지공사의 법칙이다.

오늘 이루어졌다면 어제는 오늘의 50퍼센트가 이뤄진 것이다. 그저께는 25퍼센트가 이뤄졌다. 그러니 이러한 수리를 천제석 시대까지 끌어올리면 천지개벽은커녕 당시에는 개 짖는 소리도 나지 않은 것이다. 스스로 하늘이라던 천제석도 일경에 잡혀가서는 웬일인지 때리는 대로 얻어맞고, 화난 신도 앞에서는 말대답도 하지 않았다. 그는 아는 것이다.

천제석을 따라다니던 제자 차윤형 역시 보천교 교주로 있는 27년 동안 어째 개벽이 오지 않느냐는 신도들의 아우성에 시달렸다. 오늘

날 천제석의 계보를 자처하는 여러 교단의 교주들도 조화선경(造化仙境)이라는 개벽 좀 보자, 지상천국 좀 보자, 신천지 좀 보자며 달려드는 교도들 앞에서 말 못 할 시달림을 받고 있을지 모른다.

1894년부터 무기력한 나날이 16년 지난 어느 날 아침에 조선이 망하여 일본의 식민지가 되는 것처럼, 36년의 모욕이 일상처럼 흐르던 지루한 어느 날 아침에 잠에서 깨어나 보니 해방 소식을 듣는 것처럼, 모내기하자마자 터진 6·25전쟁처럼, 18년간 분노를 움켜쥔 채 억눌려 있다가 어느 날 밤 갑자기 독재자가 총에 맞아 길고 긴 군부 통치가 끝나는 것처럼 변화는 그렇게 굼벵이처럼 느릿느릿느릿 지겹게 기어오다가 마지막에 장승처럼 벌떡 일어나 벼락같이 내리치는 것이다. 따라서 이 소설에서 말한 새 하늘, 새 땅, 새 사람의 시대는 어쩌면 우리가 까마득히 잊고 있을 어느 시점에 천둥 번개 치듯 이뤄질지도 모른다.

비록 그 시기가 언제가 될지는 모른다 해도, 대신 그가 말한 후천 세상, 즉 새 하늘 새 땅 새 사람을 엿볼 기회는 얼마든지 있다. 보라.

그의 제자들이 저마다 들은 내용을 기록하여 이러한 어록이 전해온다. 이 어록 속에 그날의 세상이 잘 묘사되어 있다.

─그가 천지공사만 내리 9년째 하고 있자 제자들이 언제 좋은 세상이 오냐고 성화를 부렸다. 어떤 제자는 술을 먹고 와서 일부러 주정을 부리기도 하고, 사기꾼이라면서 대놓고 욕을 퍼붓기도 했다.

그럴 때마다 그는 묵은 하늘, 묵은 땅, 묵은 사람에 대해 통곡했다.

"아무리 된다 된다 해도 일이 그렇게 쉽게 되는 것인 줄들 아시오? 하늘이 하는 일은 더디기도 하고, 꼬이기도 하고, 어긋나기도 한다오. 봄 여름 가을 겨울이 있지 않은가."

"그러면 이루어지지도 않을 개벽을 주장하면서 우리네 재산을 축냈으니 무슨 수로 책임질 거요?"

이렇게 따지고 드는 제자들이 자꾸만 늘어갔다. 그래서 정 힘들어 견디기 어려울 때면 그는 극진히 따르는 제자들에게만 이렇게 일렀다.

"천지는 일월이 없으면 빈껍데기요, 일월은 사람이 없으면 빈 그림자 아니더냐. 힘들어도 사람은 써야 하니 일이 이렇게 어렵기만 하구나."

그러고는 도저히 견디기 어려우면 혼자서 이렇게 탄식했다.

"내 어묵동정(語默動靜) 하나하나가 천지공사 아닌 것이 없어 겨를 없이 바쁘거늘 저 선천 사람들은 이 이치를 알지 못하는구나. 일이 힘든 게 아니라 더딘 게 힘이 든다."

그의 천지공사 9년이 바로 그날을 대비한 것이지만, 제자들조차 그 뜻을 아는 이가 없었다.

─어느 날 그는 제자들에게 하늘에 지내는 천제를 준비하라고 시켰다.

돈이 모자라자 제자들은 건성건성 제물을 준비해 상을 차렸다.

그는 종이에 사람 형상을 그려 지방처럼 붙이고 제자들에게 하늘에 대한 예법으로 절을 시켰다.

그러고 나서는 스스로 지방을 붙인 자리에 가서 앉아 제물을 먹었다.

"내가 산 제사를 받았다."

자신이 새 하늘, 새 땅, 새 사람의 후천 세계를 만들기 위해 하늘에서 내려왔다는 것을 이렇게 표현했지만, 알아듣는 이가 드물었다.

―어느 날 그는 한자 옥편을 불살랐다.

"초서(草書)나 전자(篆字)로 글을 쓰지 마라. 앞으로는 누구나 배우기 쉽고 알기 쉬운 문자만으로 모든 것을 표현할 수 있게 하고 통용되게 할 것이다. 한자를 피치 못해 쓸 일이 있으면 꼭 정자로 써라."

"공부 안 하고도 다 깨우칩니까?"

"쉬운 문자로 통용될 것이니 내 세상에는 무식한 사람이 없다."

그는 『해동명신록』, 『관매점서』, 『신약전서』, 『자전』, 『사요』 등 수많은 한문책을 불살랐다.

이때만 해도 한글이 이렇게 널리 쓰이고, 문맹이 사라질 줄 알지 못했다. 또한, IT 기술로 영어, 중국어, 불어 등 전 세계 언어가 실시간으로 번역되고 소통되리라고 믿은 사람도 없었다. 그는 천지공사를 통해 인류를 한 몸으로 묶어 놓았다. 그렇게 해서 지금 70억 인류가 한 몸이 되어 가고 있다.

―그는 여성의 운명(坤道)을 뜯어고치는 천지공사를 유난히 많이 했다.

묵은 하늘 묵은 세상에서는 남성의 운명(乾道)이 지나치게 높아 남녀가 불평등하고 음양이 기울었다. 그가 그것을 바로잡는 천지공사를 벌였다.

"조선 시대만 해도 겉으로는 억음존양을 하면서도 사람들이 흔히 쓰는 말에는 '음양'이라고 하여 음을 앞에 두었는데, 그 까닭이 무엇입니까?"

"참으로 기이한 일이다. 앞으로 음양이라는 말 그대로 사실을 바로 꾸밀 것이다."

"여자가 더 중한 시대입니까?"

"몇천 년 동안 깊이 갇혀 있으면서 남자들의 완롱거리와 사역거리에 지나지 못하던 여자의 한을 풀어 정음정양으로 건곤을 바로 지을 것이다. 앞으로는 남녀 간의 예법을 고쳐 여자의 말을 듣지 않고는 함부로 남자의 권리를 행사하지 못하게 될 것이다."

"그러면 여자가 주장을 합니까?"

"내 세상에는 여자를 동(動)하게 하고 남자를 정(靜)하게 할 것이다."

그는 종이에다가 대장부(大丈夫) 대장부(大丈婦)라고 써서 불살랐다.

이 어록이 1900년경에 이뤄진 그분의 대화를 적은 것이라는 사실을 잊지 마라. 여권에 대해 상상도 하지 못할 때였다.

─그는 구릿골에서 49일 동안 종이등을 한 개씩 매일 만들고, 짚신 한 켤레씩을 삼았다. 종이등에 '음양'이라고 두 자를 써서 모두 불살랐다. 그러고는 은행 두 알을 종이등과 짚신 태운 재에 싸서 물에 띄웠다.

"이 신을 후천 하늘을 열 일꾼들에게 신기고, 이 등으로 앞길을 훤히 밝혀야 하느니."

남녀가 힘을 합쳐 열어 갈 새 하늘을 표현한 것이다.

─그는 일하지 않고 게으르게 사는 것을 몹시 경멸했다.

"글도 배우지 않고 일도 하지 않는 자는 사농공상에서 벗어난 자니 내 세상에서는 쓸데가 없다."

"공부는 어떻게 하리까?"

"대충 보고 대충 아는 박람박식이 가장 두렵다."

"나면서부터 다 아는 사람은 없습니까?"

"예로부터 나면서부터 안다(生而知之)고 하지만 그것은 틀린 말이다. 천지의 조화로도 비바람을 일으키려면 무한한 공이 드는데, 어떻게 공부하지 않고 아는 법이 있겠는가. 북창 정염같이 뛰어난 재주를 가진 사람도 천하사를 깨우치는 데 사흘이나 걸렸다."

"많이 공부하면 됩니까?"

"안다는 자는 죽으리니 아는 것도 모르는 체해서 어리석은 자처럼 굴어야 한다. 말을 꾸미면 수숫대 꼬이듯 하여 죽고, 거짓말하는 자는 쓸개가 터져 죽는다. 있는 말로 지으면 천지가 부수려 해도 부서지지 않을 것이요, 없는 말로 꾸미면 저절로 부서진다. 그래서 대인의 말 한마디는 구천에 사무치는 법이다."

"결국, 바르게 살라는 말씀입니까?"

"늘지도 줄지도 않고, 부절(符節)처럼 딱 들어맞는 말이 곧 바른 공부다. 정직한 사람의 말에는 하늘도 오히려 떤다."

"그러면 천지간에는 진리 아닌 말도 많고 진리인 말도 많겠습니다."

"천지간에 있는 말은 하나도 헛된 말이 없다."

새 하늘에서는 거짓, 위선, 사기, 곡학아세(曲學阿世)가 발을 붙이지 못한다.

—"마음은 성인의 바탕으로 닦고, 일은 영웅의 도략(韜略)을 취하라."

"장차 성인과 영웅을 다 쓰신다는 말씀입니까?"

"묵은 하늘을 뜯어고쳐 새 하늘을 여는 것은 엄청나게 큰 혁명이자 전에 없이 큰일이다. 그런즉 겉으로는 영웅을 쓰되 속으로는 성인을 써야 하니 곧 성웅이다."

성웅이란 단어는 여기서 비롯되었다.

새 하늘을 열기 위해서는 성인의 마음을 가져야 하지만, 그것을 실천하려면 간난신고가 있다는 뜻이다. 즉 죽는 사람도 많으리라는 암시다.

—제자가 물었다.

"주역은 장차 어떻게 쓰입니까?"

"주역 64괘가 곧 천지자연의 이치이자 원리이니, 내가 차례로 돌려 썼다."

"새 하늘에서도 역학은 계속 공부를 해야겠군요?"

"괘 이름 정도나 알아두면 되느니, 천지의 운이 쇠하면 역도 쇠하고, 천지의 운이 성하면 역도 흥한다."

어느 때 그는 두루마리에 별자리 이름 28수를 왼쪽에서부터 가로로 쓰게 했다. 글 쓴 곳만 끊으니 길이가 한 자다. 이것도 곧 불에 태웠다.

새 하늘에서는 주역의 정신만 남고 실체는 없어진다는 의미다. 조선 시대 선비들이 말끝마다, 자나 깨나 외우던 선천 주역은 오늘날 실

생활에서 사라졌다. 후천 정역만 남았다.

─그가 천지공사를 하는 모습은 한결같지가 않았다.

어느 시절, 그는 제자를 시켜 49일간 떡을 쪄 후천 신명을 먹여 위로했다.

때때로 그는 백지 여러 장에 무슨 글을 쓰거나 부적을 그렸다. 그러고는 손가락에 먹물을 묻혀 도장처럼 찍고는 꼭 불을 살랐다.

또한, 무슨 글인지 써서 자주 땅에 묻거나 불에 태웠다. 종이가 없을 때에는 허공에다 쓰기도 했다.

새 하늘을 열 신명들에게 다가오는 그날에 할 일을 지시한 것이라고 해석되는 어록이다. 천지공사 내내 그가 가장 많이 한 것이 그림이나 글을 적어 태우거나 땅에 묻은 것이다.

─어느 날 제자가 이렇게 물었다.

"일을 꾸미는 것은 사람이지만 일을 이루는 것은 하늘이라는데, 무슨 뜻입니까?"

"그것은 선천의 말이다. 내 세상 후천에서는 일을 꾸미는 게 하늘, 이루는 건 사람이다. 오죽하면 하늘이 내려왔겠느냐."

"사람이 하늘보다 더 중요하단 말씀입니까?"

"천존보다 인존이 더 중하다. 앞으로는 인존 시대가 열린다."

그는 사람이 가장 중요한 시대가 온다고 예언했다.

그가 말하는 사람이란 새 사람이다. 새 사람이 세상을 바꾸리라는 의미다. 일을 꾸민 건 하늘을 자처한 그 자신이다.

그도 그럴 것이, 오늘날 단 한 사람이 짧은 시간 내에 세상을 바꾸는 일이 많아졌다. 스티브 잡스, 빌 게이츠 등이 바로 그런 사람들이다. 앞으로도 새 사람들이 잇따라 나올 것이다. 이런 사람들조차 도수에 따라 미리 맞춰놓은 것이라는 뜻이다.

—어느 날, 선악에 대해서 제자들 간에 의견이 분분했다. 대부분 악을 멀리하고, 악을 쫓아내야 한다고들 했다.

그는 혀를 차면서 이렇게 말했다.

"선도 하늘이 놓은 도수(天數)요, 악도 하늘이 놓은 도수라. 혹세무민하며 세상과 사람을 속이는 짓도 실은 천지 기운을 받아서 하는 짓이다. 선천에는 그랬지."

"악도 하늘의 뜻이라고요?"

"걸(하나라 마지막 왕으로 폭군이다)이 악한 것은 그 시절이 그렇기 때문이고, 탕(폭군 걸을 죽이고 은나라를 연 은왕)이 선한 것 역시 그 시절이 그렇기 때문이다. 천도가 악으로써 걸과 세상을 가르치고, 천도가 선으로써 탕과 세상을 가르쳤다."

선악을 하늘의 문자로 이해할 수 있어야 한다.

—어느 날, 개벽이 언제 될지 몹시 궁금해하던 제자가 물었다.

"세상일(天下事)이 장차 어떻게 되어 갑니까?"

"자축인묘진사오미신유술해."

"무슨 말씀이신지 못 알아듣겠습니다. 십이지만으로 어떻게 천하사가 펼쳐질지 알 수 있겠습니까?"

"갑을병정무기경신임계다."

"예?"

"이 십간십이지는 베를 짜는 바디와 같고 머리 빗는 빗과 같다."

"그래도……."

"닭이 울면 새벽이 오고 개가 짖으면 사람이 다닌다."

때가 되면 저절로 이루어진다는 의미다. 그때에 대해 그는 결코 딱 부러지게 말하지 않았다. 가장 정확하게 표현한 것이 '한 도수 돌아오는 시기'였지만 사우디아라비아에서는 2015년에야 여성에게 참정권이 주어지고, 아프리카에서는 인권 자체가 유린되고 있다. 아직 한 도수가 언제 돌아오는지 아는 사람이 없다.

—어느 날, 제자가 세상이 개벽하면 역(曆)도 달라지느냐고 물었다.

"그야 물론이지. 하나라는 인월(2월)로 세수(1년의 첫 달)를 삼고, 은나라는 축월(1월)로 세수를 삼고, 주나라는 자월(12월)로 세수를 삼았다. 그러다가 진나라는 해월(11월)로 세수를 삼았는데, 내 세상에서는 묘월(3월)로 세수를 삼을 것이다.

내가 천지간에 뜯어고치지 않은 것이 없지만 오직 책력만은 선천에서 일부 김항이 지어 놓은 '정역'을 쓸 것이다."

그가 설계한 새 하늘 새 땅은 사실 일부 김항 선생이 『정역』이란 책을 통해 그려 놓은 것이다. 김항은 새 하늘 새 땅은 알았으나 새 사람은 알지 못했다. 이후 그는 새 하늘, 새 땅, 새 사람이 어우러지는 후천 세상을 열기 위해 9년간 천지공사를 벌였다.

─그는 9년 동안 천지공사를 하면서 신명을 부리는 일을 많이 했다. 제자를 데리지 않고 혼자 방문을 닫아걸고는 신명들을 몰래 불러 일을 집행하는 형식이다. 그래서 제자들이 신명이 그렇게 중요하냐고 물으면 이렇게 대답했다.

"천지간에 가득 찬 것이 신명이니 풀잎 하나라도 신명이 떠나면 마르고, 흙 바른 바람벽이라도 신명이 떠나면 무너지고, 손톱 밑에 가시 하나 드는 것도 신명이 들어서 그렇다."

그는 제자를 기르지도 가르치지도 않았다. 다만 대화를 나누었다. 그것은, 그의 천지공사 9년 동지들이 사람이 아닌 신명들이었다는 뜻이다. 그는 천지공사가 끝나자 교단을 만들지 않고, 부인께만 비밀한 말씀을 전한 뒤 미련 없이, 딱 보름 만에 하늘로 돌아가버렸다.

─어느 날, 그는 태인 읍내에 나갔다가 좁은 길에서 한 여자와 마주쳤다. 그는 옆으로 붙어 서서 여자가 지나갈 수 있도록 길을 비켜주었다. 여자가 몹시 미안해하면서 길을 먼저 지나가자 그제야 자신의 길을 갔다. 이때만 해도 길에서 남녀가 마주치면 여자가 옆으로 비켜서서 남자가 지나간 뒤에 가는 게 법도였다.

제자들이 깜짝 놀라 그 까닭을 물었다.

"선천에는 여자가 남자에게 길을 양보했지만 후천 내 세상에서는 남자가 여자에게 길을 양보해야 한다. 내가 그렇게 하니 너희도 나를 따라서 여자에게 길을 비켜주어라."

─제자들은 이따금 언제나 되어야 좋은 세상이 오느냐고 물었다.

그런 질문은 늘 있었다. 그러면 그는 이렇게 대답하곤 했다.

"천지 도수를 물샐틈없이 짜놓았다. 그렇지만 한 바퀴 돌아 제 도수에 닿아야 새 기틀이 열리는 법이다. 천하의 형세를 보면 어디쯤 돌아가는지 알 수 있으니 그 기틀을 보아 가며 행동해야 한다."

"무슨 뜻인지 어렵습니다."

"나고 자라고 거두고 저장한다(生長斂藏)."

또 다른 말로는 이렇게 말했다.

"솔과 대가 사시사철 푸르다고 하나 그것은 철모르는 소리다."

또 다른 말로는 이렇게 말했다.

"후천 새 하늘이 열리는 것은 먼 산 바위 다가오듯이 느릿느릿하니, 어찌 산은 저리도 멀리 있는가."

그는 천지공사를 통해 수많은 주문과 부적을 태우고 땅에 묻었다. 새 하늘의 씨앗, 새 땅의 씨앗, 새 사람의 씨앗을 묻었으니 그것들이 싹 트고, 꽃 피고, 열매를 맺을 시간이 필요하다. 그것이 바로 '한 도수 돌아오는 시기'다.

—"남에게 부러움을 사지도 말고, 원망도 사지 말고, 원한도 사지 말아야 한다. 파리 죽은 귀신이라도 원망이 붙으면 천지공사가 안 된다. 한 사람의 원한이 능히 천지 기운까지 가로막는다. 예로부터 처녀나 과부의 사생아와 그 밖에 억울하게 죽은 사람들이 하늘에 원한을 호소하여 그 신명이 탄환과 폭약으로 옮아가 세상을 진멸케 한다."

그래서 해원(解冤) 해원(解怨)이 중요하다.

그의 제자 차경석이 27년 헛도수를 놓은 뒤에야 해원의 뜻을 알아차린 손자 차길진은 천지공사로 뿌린 씨앗이 발아하고, 꽃이 피고, 열매 맺으려면 역시 해원이 가장 중요하다고 보고 평생 해원 일에 앞장섰다.

김구는 이승만 쪽 사람에게 죽고, 박헌영은 동지인 김일성에게 죽고, 박정희 대통령은 동지인 김재규 총에 죽고, 쿠데타 집권 세력 노태우는 임시 모면하려고 불러들인 김영삼에 의해 구속되어 사형선고를 받는 게 선천의 풍경이다. 부부가 칼부림하고 동업자끼리 사기를 치고, 아랫사람이 윗사람을 치는 게 밥 먹듯이 벌어지고, 아귀나 아수라처럼 싸우는 게 정치판이다. 원한이 가득 찬 세상에서는 왜 죽는지도 모르고 죽는 사람이 많았다. 이제 새 하늘 새 땅에서는 사방에 귀인들이 넘친다. 봉사와 자비로 가득 찬 세상이 된다. 내가 아플 때 사람들이 먼저 알고 더 아파하며, 내가 슬플 때 사람들이 먼저 알고 달려와 위로해준다.

─어느 날, 그는 제자들을 불러 모아 항아리에 담긴 물을 각자 한 바가지씩 떠서 우물에 가져가 쏟아붓게 했다.

그런 다음에는 우물물을 한 바가지씩 길어 항아리에 도로 담게 했다. 이러기를 번갈아 했다.

"무슨 까닭으로 똑같이 반복해야 합니까?"

"내 세상에서는 세상의 모든 나라가 여러 가지 물건을 마음대로 사고팔 것(物貨相通)이다."

오늘날의 자유무역협정, 즉 FTA 같은 것이다.

새 하늘 새 땅에서는 세계가 한 집안이요, 인류가 한 몸이다.

―일본의 침탈이 날로 심해지자 나라를 걱정하는 목소리가 높아
갔다. 그러자 그는 이렇게 제자들을 위로했다.

"천하의 형세가 꼭 바둑을 두는 모양이다. 두 신선이 마주하여 바
둑을 두고, 두 신선은 옆에 앉아 각자 훈수를 한다. 용이 싸우듯 호랑
이가 싸우듯 바둑이 펼쳐지나, 끝나고 나면 판은 주인이 거두는 법. 한
고조 유방은 말에 앉아 천하를 얻었다고 하는데, 우리나라는 앉아서
천하를 얻을 것이다."

당시 일본, 러시아, 청나라, 미국 등이 조선을 뜯어먹으려고 아귀다
툼을 벌이고 있었다. 그는 휘둘리지 말고 기다리면 바둑이 끝날 것이
고, 그러면 그들은 물러나고 바둑판은 우리에게 남을 것이라고 예언
한 것이다.

다만 바둑이 아직 다 끝나지 않았으니, 새 하늘은 아직 오지 않은
것이다. 그러니 새 하늘 새 땅은 통일로부터 시작된다는 믿음을 잃지
말아야 한다. 지나가는 사람 아무나 빨갱이라고 부르는 자는 선천 악
인이요, 새 하늘 새 땅이 열리지 않도록 막는 귀신이다. 선한 손과 마
음이 새 세상을 부른다.

―어느 날 그는 안씨 성을 가진 제자를 불러 자신의 몸을 단단히 묶
으라고 시켰다.

"아프도록 꼭꼭 묶어."

제자는 감히 세게 묶지 못했다. 몇 번이나 다그쳐도 마찬가지다.

"내가 지금 너하고 장난하자는 줄 아느냐? 남의 희롱거리로 만들
지 말고 어서 단단히 묶어라."

제자는 하는 수 없이 그를 묶었다.

이번에는 제자더러 몽둥이를 구해 오라고 하더니 자신의 몸을 아프도록 치라고 했다.

"제발, 그것만은 시키지 말아 주십시오. 제가 어찌 감히 하늘에게 몽둥이질을 하리까?"

"다 까닭이 있어 시키는 일인데 왜 그렇게 머뭇거리는가? 어서 쳐라!"

제자는 하는 수 없이 울먹이면서 몽둥이를 들어 그를 쳤다.

한참 아프도록 매를 자청한 그는 다음에는 마룻장을 마구 두드리라고 시켰다.

"장차 병독에 걸린 인류를 건지려면 일등방문(一等方文)을 써야지 이등방문(二等方文)은 불가하다. 이 일에 내가 안씨 성을 쓰겠다."

일 년 뒤, 이토 히로부미는 안중근 의사가 쏜 총에 맞아 죽었다.

이를 가리켜 새 하늘 새 땅을 열기 위해서는 우리 민족이 가장 많은 매를 맞을 수밖에 없다는 것을 암시한 말이라고들 한다.

묵은 하늘에서는 예수도 십자가 형틀에 매여 고통스럽게 죽듯이 새 하늘을 열기 위해서도 그런 고통이 뒤따른다는 말이다. 그는 천지공사를 마친 뒤 15일 동안 갖가지 병을 일부러 앓더니, 마지막에는 스스로 식음을 끊고 마침내 세상을 떠났다. 스스로 굶어 명을 끊었으니 이 또한 마지막 천지공사라고 한다. 자이나교 성자들은 고행 끝에 깨달음을 이루면 곡기를 끊고 앉아 명상을 하다가 숨을 거두는데, 할 일을 다 끝냈다는 뜻이다.

—어느 날 그는 아는 사람을 찾아가 다섯 살 난 그의 딸을 청했다.

"내가 하늘과 땅과 사람을 뜯어고치는 천지공사를 벌이는데, 댁의 딸이 필요하니 증인으로 내주시오."

이후부터 그는 이렇게 해서 얻은 여자아이를 사내아이처럼 꾸며 데리고 다녔다.

이렇게 하여 9년 천지공사 내내 이 아이를 증인으로 삼았다.

어느 날, 그가 어딘가 나갔다 들어왔다.

"우리 아기, 뭐 하고 놀았나?"

"나 배고파."

"밥 안 주든? 정말 안 먹었어?"

"아무도 밥 안 줘."

그때는 식량이 모자라 너나없이 숱하게 굶었다. 그래서 어린아이들까지 밥을 거르는 일이 잦았다.

"고얀 것들. 가자, 내가 밥 사 줄게. 죽 먹을래, 떡 먹을래, 밥 먹을래?"

"그야 떡이지."

그는 아이를 등에 업고 걸어서 5리나 되는 장까지 나가 떡을 사 주었다. 떡고물이 옷에 묻는다며 수건까지 꺼내 아기 턱에 받쳐주었다. 아이가 맛있게 먹는 걸 보고는 다시 등에 업어 집으로 돌아왔다.

새 하늘 새 땅을 열어 갈 주인공 새 사람을 이렇게 보듬었으니 이 또한 천지공사다.

—어느 날 그는 제자들이 굶주림으로 고생하면서도 속히 천지개벽

이 일어나지 않는다고 불만을 갖자 『맹자』의 한 구절을 들려주며 한 도수가 돌아올 때까지 괴로움을 꿋꿋이 견디라고 말했다.

"하늘이 장차 어떤 사람에게 큰일을 맡기려 할 때는 반드시 먼저 그의 마음과 뜻을 괴롭힌다. 그러고도 뼈가 꺾이는 듯한 고난을 당하게 한다. 그러고도 몸을 굶주리게 하고 생활은 곤궁에 빠뜨려 하는 일마다 어지럽게 한다. 그러한 까닭은 그 마음을 단련시켜 능히 천하의 큰일을 감당할 수 있게 하려는 것이다."

그는 1909년 천지공사를 끝내고 스스로 굶어 죽을 때까지 숱한 시달림을 받았다. 보리쌀 한 됫박이라도 건넨 사람들은 그를 붙잡고 왜 도화선경이 온다더니 안 오느냐, 신천지는 언제 생기느냐고 따지고 투덜거린 것이다. 하늘도 시련을 겪는다. 꽃 피는 봄이 온다 온다 한들 정월에 꽃을 피울 수는 없다.

—어느 날, 일본 경찰이 찾아와 그를 체포했다. 누군가 의병이라고 고자질을 한 것이다.

일경이 그에게 물었다.

"병기를 가졌는가?"

"병기가 무엇이오?"

"사람 죽이는 무기 말이다."

"사람 살리는 도는 있어도 사람 죽이는 무기는 없소."

"관원은 몇 명이나 죽였는가? 일본인은 또 몇 명이나 죽였는가?"

"나를 의병으로 알고 하는 말이오?"

"그렇다."

"의병을 일으키려면 산중에서 몰래 만나지 왜 굳이 사람들이 많이 왕래하는 길거리에 있겠소?"

"너희들이 의병이라고 누가 신고했다."

"의병이 뭐요?"

"이씨 왕가를 위하여 일본에 반대하는 사람들이다."

"그러면 그대들이 잘못 알았소. 나는 그런 일을 하지 않소."

"그러면 왜 그대 주변에 사람들이 자꾸 모이는가?"

"나는 의병이 아니라 천하사를 도모하는 사람이오. 어지러운 하늘과 땅을 뜯어고쳐 새 세상을 열려는 것이오."

"네가 예수냐!"

그러면서 일본 경찰은 그를 무수히 때렸다.

"미친놈이 헛소리하는군. 너 같은 놈은 맞아야 정신이 들어. 여기가 예루살렘이 아닌 걸 다행으로 여겨라."

그는 매를 맞으면서도 웃어 가며 말대꾸했다.

"하기야 도략(韜略)과 자비(慈悲)가 있는 사람이라면 어찌 내 볼기나 때리겠소?"

더 화가 난 일본 경관은 그를 무수히 구타한 뒤 유치장에 가두어버렸다.

예수가 로마 총독에게 잡혀가 이런 고초를 겪었으니, 그 역시 동포들이 겪는 고통을 대신했다.

─어느 날, 그는 매사 자신이 없어 머뭇거리고 쭈뼛거리는 제자들을 꾸짖으며 이렇게 말했다.

"사람들은 흔히 풍신 좋고 재주 있는 사람을 보고는, 저런 사람이 큰일을 하는 것이지 나같이 용렬한 사람이 어떻게 큰일을 하느냐며 쉽게 포기한다. 그렇게 생각하는 사람은 절대로 아무 일도 이루지 못한다. 그런 생각이 있는 한 아무리 잘하려 해도 절대로 될 수가 없다. 그런 사람을 호위하던 신명들이 생각하기를 이렇게 나약한 자에게 붙어 있다가 우리네 일까지 그르친다고 하여 서로 떼를 지어 떠나기 때문이다.

세상에 뜻을 둔 사람은 어려움을 헤치고, 괴로움을 무릅쓰고, 정성을 다하여 뜻을 이루어야 한다. 그러다가 설사 시세가 이롭지 못하여 뜻을 이루지 못하고 죽더라도 천상에서 귀하게 대접받을 것이니 분발심을 놓지 말아야 한다."

뜻이 굳지 않으면 일이 성사되지 않는다는 경고다. 하지만 그의 제자들은 개벽세상이 곧 올 것처럼 떠들고 돌아다니며 수많은 백성을 속이다 각자 흩어졌다. 오늘날에도 개벽이 되면 느닷없이 하늘에서 맛있는 음식이라도 쏟아지는 듯한 천국이 이 땅에 펼쳐질 줄 믿는 사람들이 있다. 씨를 뿌려야 싹이 나지 하늘만 바라봐서는 아무 싹도 나지 않는다.

하늘이라는 그조차도 묵은 하늘 묵은 땅에 내려와 직접 천지공사를 했거늘 어찌 손가락 하나 까딱 안 하고 결실을 구하겠는가.

―어느 날 큰 부자 세 명이 제자가 되겠다고 찾아왔다.

그는 형개(荊芥)라는 한약을 묶어 매달아 형가(荊軻, 진시황을 암살하려다 실패한 자객)를 피하는 비방을 한 다음에 거부들을 들였다.

이들이 들어와 인사를 하자 여러 가지 재산을 헌상하라고 요구했다. 그 물목대로 장만하자면 세 사람의 재산을 다 합쳐도 되지 않는 어마어마한 양이다. 결국 세 거부는 도저히 불가능하다고 말하고는 물러갔다.

제자들이 이상하게 여겨 그 까닭을 물었다.

"그 사람들은 큰 부자라서 제자로 삼기만 하면 앞으로 곤궁한 살림이 크게 펴고, 배곯는 고통도 잊을 텐데 왜 터무니없는 보시를 요구하여 그들을 내쫓으셨습니까?"

"쓸데없이 많은 재산을 움켜쥐고 있는 사람은 남의 부러움도 많이 사고, 원망도 많이 사서 그 척(慽)이 재산만큼이나 많다. 내가 그 척을 풀어 주려면 발목이 잡힐 텐데 어느 세월에 천지공사를 하겠는가."

그래도 배고프고 힘든 제자들은 몹시 섭섭해했다.

"부자들이 특별히 진수성찬을 바쳐도 선생님께서는 두세 수저를 드시고는 그만두니 무슨 까닭입니까?"

"부자들의 마음이 진실하고, 또 그들의 힘이 어느 정도 되는지 알고는 있으나, 그런 집에는 원망에 사무친 귀신들이 많아 쌀알 하나하나마다 붙어 있으니 어떻게 내가 먹을 수 있겠는가. 부호의 창고에는 원귀가 충만하니 언젠가 때가 이르면 폭발한다."

남의 것을 빼앗고, 훔치고, 속여서 만든 부는 피고름을 움켜쥐고 있는 것과 같으니 언제고 그 재앙이 자신에게 미치든지, 자손에게 미치든지 한다는 경고다. 돈에는 한숨과 피눈물이 배어 있으니 함부로 만지지 말라는 뜻이다.

—어느 날 그는 제자들에게 작은 행동이나 말도 아주 조심하라며 이렇게 말했다.

"아무리 큰일이라도 도수에 맞지 않으면 허사가 되고, 아무리 사소한 일이라도 도수에 딱 맞으면 크게 이루어진다.

제갈량이 결국 위나라 북벌에 성공하지 못한 이유는 뽕나무 8백 그루 때문이다. 제갈공명은 평소 청빈하게 사는 것을 자랑하면서 가진 재산이라고는 뽕나무 8백 그루밖에 없다고 말했으나 그것도 가난한 사람들이 보기에는 너무 큰 재산이다."

겸허하게 받아들여야 할 경구다. 사람은 항상 위를 올려다볼지언정 아래를 내려다보질 못한다.

—그는 여행을 할 때면 언제나 좋은 방을 물리고 장사꾼들이 묵는 봉놋방에 들어 장꾼들과 농닭도 하며 놀았다. 봉놋방은 방값이 싸기도 하지만 여러 사람이 함께 묵다 보니 세상 소식을 듣기에 매우 좋다.

그럴 때면 술을 마셔도 꼭 약주를 물리치고 막걸리를 즐겨 마셨다.

"좋은 방이 있건만 굳이 지저분한 봉놋방에서 천한 사람들과 즐겨 어울리고, 좋은 술이 있건만 굳이 막걸리를 마시는 건 무슨 까닭입니까?"

"봉놋방이 곧 복노방(福老房)이니 나는 놀면서 복을 주었다. 이 장사꾼들이 장차 큰 복을 지을 것이다. 또한, 막걸리는 농부들이 먹는 술이니, 농부란 저도 모르게 묵묵히 선을 행하는 사람들이다. 나는 복이 티끌이나 거스러미만큼 작더라도 버리지 않는다."

과연 그는 들판을 지나가다가 농부를 만나면 더불어 환담하고, 막걸리라도 함께 마시면 분수를 잃을 만큼 몹시 즐거워했다.

주역은 적선지가 필유여경(積善之家 必有餘慶)이라고 말했다. 작은 복이라도 열심히 짓고, 작은 선이라도 널리 실천하면 언젠가 경사로운 일이 넉넉히 생긴다는 뜻이다. 해원하는 일도 중요하지만, 적선 역시 그만큼 중요하다는 의미다.

―어느 날 한 제자가 물었다.

"대지가 넓고 크다 보니 동서로 나뉘고, 세계 여러 나라가 각자 웅거하니 언어가 다르고 문자가 다르고 문화와 풍속이 같지 않아 서로 싸우고 센 놈이 약한 놈을 잡아먹습니다. 장차 새 하늘 후천에서는 어떠합니까?"

"나는 장차 대동 세계를 만들어 천하의 산하 대운을 하나로 돌이켜 조화롭게 할 것이다. 내 세상에는 지역 구분이 없고, 인종이 다르지 않으며, 언어가 다르지 않고, 문자가 다르지 않고, 습속이 다르지 않으면서 폭력으로 싸우지 않고 즐겁게 상생할 것이다."

70억 인구가 인터넷으로 연결되고, 스마트폰으로 전 지구인이 실시간 소통하는 시대가 왔다.

1900년경에 이런 상상을 하는 사람은 금오 천제석 말고는 아무도 없었다.

이 소설은 금오 천제석이 하늘과 땅과 사람을 개벽시키는 공사를 한 지 한 도수 지나서 생길 수 있는 일을 철저히 나 혼자 상상하여 쓴 것이다. 금오 천제석은 이 소설에서 쓴 가명이고, 그의 일대기에 대해서는 『하늘북』이라는 작품으로 따로 썼다. 그의 본명을 쓰지 않은 것은, 그의 법맥 혹은 도맥을 이었다고 주장하는 세력이 너무 많고, 저마다 다른 주장을 하여 내 소설과 그들의 교리가 뒤섞일까 봐 걱정돼서다. 난 내 소설이 소설로서 독립하기를 바라지 그들의 주장을 보조하는 근거로 쓰이는 걸 결코 원치 않는다.

황금별자리

초　판 1쇄 발행 2016년 1월 29일
개정판 1쇄 인쇄 2020년 4월 29일
개정판 1쇄 발행 2020년 5월 11일

지은이 이재운
펴낸이 이수철
본부장 신승철
주　간 하지순
교　정 차은선
디자인 권석중
마케팅 안치환
관　리 전수연

펴낸곳 나무옆의자
출판등록 제396-2013-000037호
주소 (03970) 서울시 마포구 성미산로1길 67 다산빌딩 3층
전화 02) 790-6630 팩스 02) 718-5752
페이스북 www.facebook.com/namubench9
인쇄 제본 현문자현

ⓒ 이재운, 2016

ISBN 979-11-6157-099-0 03810